와인즈버그, 오하이오

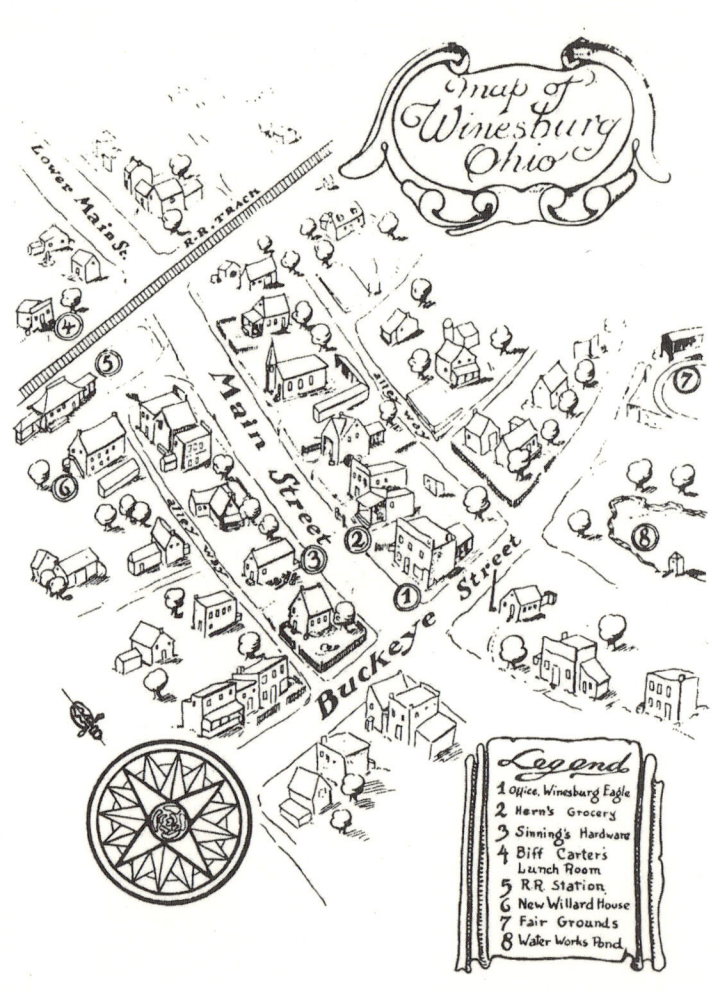

부클래식
024

와인즈버그, 오하이오

셔우드 앤더슨
최인환 옮김

부북스

어머니 영전에 바칩니다

차례

괴상한 사람들에 관한 책 •9
손 •14
종이 알맹이 •23
어머니 •28
철학자 •40
아무도 모를 거야 •50
신의 길: 4부작 이야기 (1부와 2부) •55
굴복 (3부) •83
공포 (4부) •95
생각 많은 사람 •102
모험 •114
존경스러움 •124
생각하는 사람 •133
탠디 •151
하느님의 힘 •156
선생님 •167
외로움 •178
깨달음 •192
"괴짜" •204
말하지 못한 거짓말 •218
술 취한 날 •227
죽음 •239
성숙 •254
출발 •267

옮긴이의 글 •273
셔우드 앤더슨 연보 •279

일러두기
이 책의 원본은 Oxford World's Classics 판 Sherwood Anderson, *Winesburg, Ohio* (New York: Oxford University Press, 1999)입니다.

괴상한 사람들에 관한 책

콧수염이 하얀 노인네인 작가는 침대에 드는 데 좀 어려워했다. 그가 사는 집의 창문이 높았고 아침에 깨면 나무를 보고 싶어 했다. 목수가 와서 침대가 창문과 같은 높이가 되도록 손봤다.

이 일로 꽤 큰 소란이 있었다. 남북전쟁 참전용사인 목수가 작가의 방으로 들어와 앉아 침대를 높이는 단(壇)을 하나 만드는 일을 얘기했다. 작가는 여기저기에 시가를 흩어 놓았고 목수는 그것을 피웠다.

한동안 두 남자는 침대 높이는 얘기를 하다가는 다른 얘기도 했다. 군인은 주제로 전쟁을 꺼냈다. 사실 작가가 군인을 그 주제로 끌어들인 셈이다. 목수는 한때 앤더슨빌 감옥[1]에 수용되었었고 남동생을 잃었다. 동생은 굶어 죽었고 목수는 그 주제를 말할 때면 언제나 울었다. 그도 늙은 작가처럼 하얀 콧수염이 있었고 울 때는 입술을 오므렸고 콧수염을 위로 아래로 까딱거렸다. 시가를 입에 물면서 울고 있는 노인의 모습은 우스꽝스러웠다. 침대를 높이려던 작가의 계획은 잊혔고 나중에 목수가 자기 방식대로 그 일을 해서, 작가는 나이 육십이 넘어 밤에 잠자리에 들 때 의자를 딛고 올라가야만 했다.

---

1. 역자주. Andersonville. 미국 남북전쟁 중에 남군이 북군 전쟁포로를 수용했던 조지아 주에 있는 캠프 섬터(Camp Sumter)를 가리키는데 수용포로의 1/3이 영양실조와 질병으로 사망하였다.

침대에서 작가는 몸을 옆으로 굴려 가만히 누워 있었다. 여러 해 동안 자신의 심장에 관한 생각들 때문에 그는 시달리고 있었다. 그는 담배 골초였고 심장이 불규칙하게 벌렁거렸다. 언젠가 갑자기 죽을지도 모른다는 생각이 들었고 잠자리에 들 때면 항상 그 생각이 났다. 그 생각이 그를 경계시키게 한 것은 아니었다. 사실 이런 생각이 쉽사리 설명할 수 없는 특별한 효과를 낳았다. 이것이 다른 어느 때보다도 그를 거기 침대 안에 있을 때 훨씬 살아 있게 만들었다. 그는 꼼짝 안하고 누워 있었고 그의 몸은 늙어서 더 이상 별 쓸모는 없었지만, 자기 속에 있는 무언가는 완전히 젊었다. 그는 임신한 여자와 닮았는데 차이라면 자기 속에 있는 것이 애기가 아니라 젊은이라는 것이었다. 아니다. 그건 젊은이가 아니라 한 여자인데 젊고 마치 기사처럼 미늘갑옷을 입고 있는 그런 여자였다. 여러분도 알다시피 그가 높은 침대에 누워 자기 심장의 두근거림에 귀 기울이고 있을 때면 그 늙은 작가의 속에 무엇이 있는지 말하려고 하는 것은 터무니없는 일이다. 우리가 파악해야 할 것은 작가, 혹은 그 작가의 속에 있는 젊은 것이, 무엇을 생각하고 있는가이다.

늙은 작가는 세상의 모든 사람들과 마찬가지로 자신의 긴 생애 동안 아주 많은 생각들을 머리에 담았다. 그는 한때 꽤 미남이었고 많은 여자들이 그를 사랑했다. 그리고 물론 그는 사람들을, 많은 사람들을 알아 왔고, 여러분이나 내가 사람들을 아는 방식과 달리 독특하고 친밀한 방식으로 이들을 알아 왔다. 적어도 그것이 작가가 생각했던 것이었고 그 생각이 그를 기쁘게 했다. 늙은이가 무슨 생각을 하는가에 관해 늙은이와 다툴 필요가 뭐 있겠는가?

잠자리에서 작가는 꿈같지 않은 꿈을 꿨다. 약간 졸음이 오지만 아직 의식이 있을 때 사람들이 그의 눈앞에 나타나기 시작했다. 그는 말로 표현할 수 없는 자기 내부의 젊은 것이 그의 눈앞에서 사람들의 긴 행렬을 몰고 있다고 상상했다.

여러분도 알다시피 이 모든 일에 있어서 흥밋거리는 작가의 눈앞을 지나가는 사람들에게 있다. 이들은 모두 괴상한 사람들이었다. 작가가 지금껏 알아 왔던 모든 남자와 여자가 괴상한 사람들이 되었다.

이 괴상한 사람들이 다 끔찍한 것은 아니었다. 어떤 사람들은 즐겁게 해 줬고, 또 어떤 사람들은 거의 아름다울 정도였는데, 어떤 한 사람, 즉, 모습이 몹시 흉해진 어느 여자만이 그녀의 괴상함으로 인해 노인의 마음을 아프게 했다. 그녀가 지나갈 때 노인은 마치 작은 개가 낑낑대듯 소리를 냈다. 여러분들이 만약 방에 들어갔었다면 그 노인이 언짢은 꿈을 꾸거나 아니면 소화불량에 시달리고 있다고 생각했을지도 모른다.

한 시간 동안 괴상한 사람들의 행렬이 그 노인의 눈앞을 지나갔고, 그런 다음 이렇게 하는 게 고통스럽긴 하지만, 노인은 침대에서 기어 나와 글을 쓰기 시작했다. 괴상한 사람들 중의 어떤 한 사람이 그의 마음에 깊은 인상을 남겼고 그는 그것을 서술하고 싶었다.

책상에 앉아 작가는 한 시간 동안 작업했다. 결국 그는 책을 한 권 써냈고 〈괴상한 사람들에 관한 책〉이란 제목을 붙였다. 이 책은 출판된 적은 없지만 내가 한번 본 적이 있고 이 책이 내 마음에 지워지지 않는 인상을 심어 주었다. 이 책에는 무척 이상하면서 늘 내 곁을 떠나지 않는 하나의 중심적인 생각이 있었다. 그걸 기억함으로

써 나는 전에는 결코 이해할 수 없었던 많은 사람과 사물을 이해하게 되었다. 그 생각은 복잡한 것이었지만 간단하게 말로 해 본다면 다음과 같이 될 것이다.

즉, 세상이 젊었던 태초에는 아주 많은 생각들이 있었지만 진리와 같은 그런 것은 존재하지 않았다. 사람이 스스로 진리들을 만들었고 각각의 진리는 아주 많은 막연한 생각들의 복합체였다. 세상의 모든 것들에게는 진리가 있었고 그 진리는 다 아름다웠다.

노인은 자신의 책에 수백 가지의 진리들을 죽 적어 놓았다. 난 여러분들에게 이 모든 걸 다 말하지는 않겠다. 처녀성의 진리도 있고, 열정의 진리, 부와 가난의 진리, 검소와 방탕의 진리, 조심스러움과 방종의 진리도 있었다. 백 가지, 천 가지가 진리였고 그들은 모두 아름다웠다.

그런 다음 사람들이 나왔다. 그들은 나타나면서 제각각 진리 하나씩을 낚아챘고 힘이 아주 센 사람은 열두어 개나 낚아채기도 했다.

사람들을 괴상하게 만드는 것이 바로 이 진리였다. 이 문제에 대해 노인은 상당히 정교한 이론을 갖고 있었다. 한 사람이 하나의 진리를 취해서 자기 것이라 부르고 그것에 의해 살아가려 할 때 그는 괴상한 사람이 되고 그가 껴안은 진리는 거짓이 된다는 것이 그의 생각이었다.

평생을 글 쓰며 살아왔고 말로 가득 찬 이 노인이 이 문제에 관해 어떻게 수백 페이지를 쓰게 되는지 여러분 스스로도 알 수 있다. 이 문제는 그의 마음속에서 너무나 커져서 그는 자기 스스로가 괴상한 사람이 되는 위험에 처해질 수도 있었다. 그러나 나는 그가 괴상한 사람이 되지는 않았다고 생각하는데 그건 그가 이 책을 결코 출판하지 않은 이유와 마찬가지이다. 노인을 구해준 것은 그 안의 젊은 것이었다.

작가를 위해 침대를 고쳐 준 늙은 목수와 관련하여서는, 나는 그가 아주 평범한 사람이라고 불리는 많은 사람들처럼, 작가의 책에서 등장하는 모든 괴상한 사람들 중에서 가장 이해할 만하고 사랑스러운 존재가 되었기 때문에 그를 언급한 것뿐이다.

손

 오하이오 주 와인즈버그 읍 근처의 계곡 가장자리 가까이에 세워져 있는 어느 작은 목조가옥의 반쯤 썩은 베란다 위에 어느 뚱뚱하고 키 작은 늙은 남자가 안절부절못하며 왔다 갔다 걸어 다니고 있었다. 클로버 씨를 뿌렸는데 노란 겨자색 잡초만 촘촘하게 들어찬 긴 들판 너머로, 딸기 따는 일꾼들이 짐마차에 잔뜩 타고 공용 신작로를 따라 들에서 돌아오는 것을 그는 볼 수 있었다. 딸기 따는 일꾼들인 젊은 처녀총각들은 웃고 요란스럽게 소리를 질러 댔다. 푸른 셔츠 입은 총각 하나가 짐마차에서 뛰어내려서, 비명 지르면서 날카로운 소리로 항의하는 처녀들 중 한 명을 끌고 가려고 했다. 길 위에 서 있는 총각의 발이 땅을 차니 먼지가 구름처럼 일어나, 지는 해의 얼굴을 가로지르며 떠돌았다. 긴 들판 위로 가녀린 소녀 같은 목소리가 들렸다. 그 목소리가 "오, 이봐요, 윙 비들봄, 머리 좀 빗으시지, 눈 찌르겠네"라며 그 남자에게 명령을 했다. 그 남자는 대머리였고 그의 불안한 작은 손이 마치 헝클어진 머리타래를 매만지기라도 하듯 머리카락 하나 없는 하얀 이마 주위를 만지작거렸다.

 유령 같은 수많은 의심에 사로잡히고 끊임없이 겁에 질린 윙 비들봄은 자신을, 이십 년 동안 살아온 이 마을의 삶의 일부라고 전혀 생각하지 않았다. 와인즈버그의 모든 사람들 중에 단 한 사람만 그에게 가까이 왔다. 뉴 월러드 하우스 호텔의 소유주 톰 월러드의 아들인 조지 윌러드와 그는 우정 비슷한 관계를 형성했다. 조지 윌러드는 〈와인즈버그 이글〉 신문의 기자였고 저녁에는 가끔씩 신작로를 따라 윙 비들봄의 집으로 걸어가곤 했다. 이제 그 늙은 남자가 베란다 위를 왔다 갔다 걷고 있을 때 그의 손은 안절부절못하고 여기저기 움직이고 있었고 조지 윌러드가 와서 그와 함께 저녁시간을 보내기를 바라고 있었다. 딸기 따는 일꾼들을 실은 짐마차가 지나가자, 그는 키 큰 겨자색 잡초를 지나 들을 가로질러 갔고 가로장 울타리에 올라서서 마을 쪽으로 나 있는 길을 근심스레 응시했다. 잠시 동안 그는 그렇게 서 있으면서 손을 비비고는 길을 위아래로 쳐다보았고, 그런 다음 두려움이 엄습하자 뛰어 돌아와 자기 집 현관 위를 다시 걸었다.

조지 윌러드와 함께 있으면 지난 이십 년간 마을의 수수께끼였던 윙 비들봄은 소심함이 사라지고 의심의 바다에 잠겨 있던 그의 그늘진 성격이 밖으로 튀어나와 세상을 바라본다. 옆에 그 젊은 기자가 있으면 그는 밝은 대낮에 메인 스트리트에 들어갈 용기가 났고 아니면 삐걱거리는 자기 집 현관 위를 들떠 말하면서 큰 걸음으로 왔다 갔다 했다. 나지막하고 떨렸던 목소리가 날카롭고 커졌다. 구부정한 몸도 똑바로 펴졌다. 꿈틀거리며, 마치 어부에 의해 다시 시냇물로 보내어진 물고기마냥, 그 말없던 비들봄이 오랜 침묵의 기간 동안 그의 마음에 누적되어 온 생각들을 말로 옮기려고 애쓰면서 이야기하기 시작한다.

윙 비들봄은 손을 써서 많은 말을 했다. 가늘고 표현력 풍부한 손가락들이 언제나 움직이고, 언제나 그의 주머니 속에 혹은 등 뒤에 숨기려고 애썼는데, 이제 앞으로 나와 그의 표현 기계의 피스톤 막대가 되었다.

윙 비들봄의 이야기는 손의 이야기이다. 마치 새장에 갇힌 새의 날갯짓과 같은 그 손의 쉬지 않는 움직임이 그에게 그런 이름을 붙여 줬다. 마을의 어떤 무명시인 한 사람이 이 생각을 해 냈다. 이 손은 주인을 겁나게 했다. 그는 손을 안 보이게 감추고 싶었고 사람들이 밭에서 그의 옆에서 일할 때나 아니면 졸린 말들이 끄는 마차로 시골길을 가느라 그의 옆을 지나가는 그때 가만히 있고 아무것도 표현하지 못하는 사람들의 손을, 놀라서 쳐다보았다.

조지 윌러드에게 말할 때면 윙 비들봄은 주먹을 꽉 쥐고 테이블 위나 아니면 집의 벽을 내리쳤다. 이렇게 하면 그는 마음이 더 편안해졌다. 이들 둘이 들판을 걷는 동안 말하고 싶은 욕망이 일어나면 그는 나뭇등걸이나 울타리의 제일 꼭대기의 널빤지를 찾아 손으로 바삐 두들겨 다시 편안해진 다음 이야기를 했다.

윙 비들봄의 손에 관한 이야기는 그 자체가 하나의 책이 될 만하다. 공감하며 전개한다면 그 이야기는 대단치 못한 사람들의 이상하고 아름다운 많은 요소들을 쏟아낼 거다. 이건 시인이 해야 할 일이다. 와인즈버그에서 그 손은 순전히 그 움직이는 동작 때문에 관심을 끌었다. 그 손으로 윙 비들봄은 하루에 140쿼트[2]나 되는 딸기를 땄다. 손은 그의 두드러진 특징이자 그의 명성의 원천이 되었다. 또한 손은 안 그래도 이미 괴상하고 파악하기 어려운 그의 개성을 더

---

2. 역자주. 곡물이나 과일을 재는 단위로 1quart는 약 1.2리터의 분량

더욱 괴상하게 만들었다. 와인즈버그 마을은 은행가 화이트 씨의 새 석조주택과, 클리블랜드의 가을 경주에서 1500피트를 두 바퀴 도는 속보 경주에서 우승한 웨슬리 모이어의 밤색 종마 토니 팁을 자랑스럽게 여기는 것처럼 윙 비들봄의 손을 자랑스럽게 여겼다.

조지 윌러드로 말하자면 그는 여러 차례 그 손에 대해 물어보고 싶었다. 가끔씩 거의 압도하는 호기심이 그를 사로잡았다. 그는 그 손의 이상한 움직임과 자꾸 감추려는 성향에는 뭔가 이유가 있음에 틀림없다고 느꼈지만 윙 비들봄에 대해 점점 더 커지는 존경심 때문에 자기 마음속에 종종 생겨나는 질문들을 불쑥 내뱉지 않았다.

한번은 거의 물어볼 뻔했다. 두 사람은 어느 여름 오후에 들판을 같이 걷고 있었는데 그러다 걸음을 멈추고 풀이 난 강둑에 앉았다. 오후 내내 윙 비들봄은 마치 신들린 사람처럼 얘기를 했다. 그는 울타리 곁에 멈춰서 마치 커다란 딱따구리처럼 울타리 위 널빤지를 두들기면서, 조지 윌러드가 주위 사람들에게 너무 좌지우지된다고 욕하며 소리 질렀다. "너는 너 자신을 파괴하고 있어." 그가 외쳤다. "너는 홀로 있고 꿈꾸려는 경향이 있는데 막상 꿈꾸는 건 두려워하고 있어. 너는 여기 이 마을의 다른 사람들처럼 되고 싶어 하지. 너는 그들이 말하는 걸 듣고 따라 하려고 애쓰지."

풀이 우거진 강둑에서 윙 비들봄은 다시금 그의 논지를 확실히 하려고 했다. 그의 목소리는 부드럽고 추억에 잠기는 목소리가 되어 만족하는 한숨을 내쉬며 그는 길고 두서없는 얘기를 마치 꿈꾸는 사람처럼 말하기 시작했다.

그 꿈으로부터 윙 비들봄은 조지 윌러드에게 하나의 그림을 보여 주었다. 그림 속에서 남자들은 일종의 목가적인 황금시대에 다시 살고 있었다. 초록의 탁 트인 들판 가로질러 팔다리가 잘 빠진 젊은 남자들이 어떤 사람은 걸어서, 어떤 사람은 말을 타고 왔다. 젊은이들은 무리를 지어 조그만 정원의 나무 아래 앉아 있는 어느 노인의 발치에 모여들었고 노인은 그들에게 이야기했다.

윙 비들봄은 완전히 신들린 사람이 되었다. 한번은 자기 손에 대해 잊었다. 그의 손이 슬그머니 천천히 나와서 조지 윌러드의 어깨에 놓여졌다. 말하는 그의 목소리에 새롭고 대담한 뭔가가 들어왔다. "너는 지금까지 배운 모든 것들을 다 잊도록 해야 하느니라." 노인이 말했다. "너는 꿈을 꾸기 시작해야 한다. 지금 이 시간부터 너는 다른 사람들의 떠드는 소리에 귀를 막아야만 하느니라."

말을 잠시 멈추고 윙 비들봄은 오랫동안 진지하게 조지 윌러드를 바라봤다. 그의 눈이 이글거렸다. 다시 그는 소년을 어루만지기 위해 손을 들었고 그때 공포의 표정이 그의 얼굴을 휩쓸고 지나갔다.

윙 비들봄은 몸을 부르르 떨면서 벌떡 일어나 손을 바지 주머니 깊이 찔러 넣었다. 그의 눈에 눈물이 어렸다. "나 집에 가야겠어. 너랑 더 이상 얘기할 수 없구나." 그가 불안하게 말했다.

황당해 하고 겁에 질린 조지 윌러드를 풀 많은 비탈에 남겨 놓고 노인은 뒤돌아보지도 않고 언덕을 내려가 풀밭을 가로질러 서둘러 떠났다. 두려움에 몸을 떨며 소년은 일어나 마을 쪽을 향해 난 길을 따라갔다. "난 그에게 그의 손에 관해 물어보지 않을 거야." 그는 그 남자의 눈에서 본 공포를 기억하고 이렇게 생각했다. "뭔가 잘못된 게 있지만 나는 그게 뭔지 알고 싶지 않아. 그의 손은 나나 다른 모든 사람들에 대해 그가 갖는 두려움과 뭔가 관련이 있을 거야."

그리고 조지 윌러드의 생각이 옳았다. 자, 이제 우리가 그 손의 이야기를 간략히 들여다보도록 하자. 아마도 우리가 손에 대해 얘기하면 시인은 깨어나 무엇 때문에 이런 일이 있게 되었는가 하는 감추어진 놀라운 얘기를 들려 줄 것이다. 손은 시인이 이런 이야기를 해주겠다는 약속의 펄럭이는 깃발일 따름이다.

젊은 시절에 윙 비들봄은 펜실베이니아 어느 마을의 학교 선생님이었다. 그때는 윙 비들봄이라는 이름으로 알려져 있지 않았고 아돌프 마이어즈라는 귀에 좀 거슬리는 이름으로 통했다. 아돌프 마이어즈로서 그는 학교의 소년들로부터 많은 사랑을 받았다.

아돌프 마이어즈는 천성이 어린이들을 가르치는 선생이었다. 그는 너무나 부드러운 힘으로 다스려서 그 힘이 하나의 사랑스런 연약함으로 여겨지는 드물게 보이는 남자 중의 한명이었는데 이런 그를 이해하는 사람은 거의 없었다. 자기 반 소년들에게 느끼는 이런 남자들의 감정은 남자를 사랑할 때 좀 더 섬세한 여인들이 느끼는 감정과 별반 다를 바 없었다.

그러나 이건 아직 대충만 말한 것이다. 여기에서도 시인이 필요하다. 학교의 소년들과 함께 아돌프 마이어즈는 저녁 때 걷기도 했고 아니면 학교 계단에 내려앉은 땅거미가 꿈결같이 잠길 때까지 앉아서 이야기를 했다. 소년들의 어깨를 쓰다듬거나 헝클어진 머리를 갖고 장난치기도 하며 여기저기 그의 손이 오갔다. 말할 때 그의 목소리는 부드럽고 음악적이 되었다. 그는 목소리로도 어루만지고 있었다. 어떻게 보면 그 목소리와 손, 어깨 쓰다듬기와 머리카락 만지기는 어린이들의 마음에 꿈을 불어넣어 주려는 선생의 노력의 일부였다. 손가락으로 하는 애무를 통해 그는 자신을 표현했다. 그는 생명을 창조해낸 힘이 집중화되지 않고 흩어진 그런 부류의 사람 가운데 하나였다. 그의 손 애무를 받으면 소년들의 마음에서 의심과 불신이 사라졌으며 그들도 또한 꿈꾸기 시작했다.

그러다가 비극이 닥쳤다. 정신박약인 학생 하나가 이 젊은 선생님을 사모하게 되었다. 밤에 잠자리에서 소년은 말로 할 수 없는 일들을 상상했고 아침에 가서는 자신이 꾼 꿈을 사실로 말했다. 희한하고도 끔찍한 비난이 그의 가벼운 입에서 흘러 나왔다. 이 펜실베이니아 마을 전체에 전율이 감돌았다. 아돌프 마이어즈에 관해 사람들의 마음속에 있었던 막연한 의심이 전기가 통한 듯 갑자기 믿음으로 변했다.

비극은 거기서 그치지 않았다. 부모들이 벌벌 떠는 애들을 잠자리에서 갑자기 끌어내어 추궁했다. "선생님이 팔로 저를 안았어요"라고 한 아이가 말했다. 또 한 아이는 "선생님이 손가락으로 맨날 내 머리카락을 만지작거렸어요"라고 했다.

어느 날 오후 읍내에 살며 술집을 하는 헨리 브래드포드라는 사람이 학교 문까지 찾아 왔다. 그는 아돌프 마이어즈를 운동장으로 불러내서 주먹으로 때리기 시작했다. 그의 단단한 주먹이 학교선생의 겁먹은 얼굴을 내려칠수록 그의 분노는 점점 더 끔찍해졌다. 마치 누가 집을 건드린 벌레들처럼 아이들은 경악하여 비명 지르면서 우왕좌왕 뛰어다녔다. "다시는 내 아들 만졌단 봐라, 가만 놔두나, 이 짐승 같은 놈아." 술집 주인이 이렇게 고함질렀고 선생을 주먹으로 때리다 지친 나머지 이제는 운동장을 이리저리 끌고 다니면서 발로 차기 시작했다.

아돌프 마이어즈는 그 펜실베이니아 마을에서 밤에 쫓겨났다. 손에 등불을 들고 열두어 명의 남자들이 그가 혼자 살고 있는 집 문간으로 와서 그에게 옷 입고 나오라고 명령했다. 비가 오고 있었고 남자들 중 한 명은 손에 밧줄을 들고 있었다. 이들은 선생을 목매달 의도였었는데 너무나 조그마하고 하얗게 질리고 불쌍한 그의 모습에서 뭔가가 이들의 마음을 움직여서 이들은 그가 도망가게 놔뒀다. 그가 어둠 속으로 달아나자 이들은 자신들의 나약함을 후회하고 그를 쫓아갔고, 비명 지르면서 점점 더 빨리 어둠 속으로 뛰어가는 그 사람을 향해 욕을 퍼붓고 막대기와 큰 진흙 덩어리를 던졌다.

이십 년 동안 아돌프 마이어즈는 와인즈버그에서 혼자 살아왔다. 그는 마흔밖에는 안 됐지만 예순 다섯은 되어 보였다. 비들봄이라는 이름은 그가 어느 동부 오하이오의 도시를 서둘러 지날 때 화물역에서 본 상품상자에 쓰여 있는 글자에서 따온 것이다. 와인즈버그에는 숙모가 살고 있었는데, 이가 검고 닭을 키우는 노파였고, 그는 숙모가 죽을 때까지 한 집에서 살았다. 그는 펜실베이니아에서 당한 일 이후로 일 년 동안 아팠고, 회복된 뒤에는 밭에서 날품팔이꾼으로 일하면서 겁먹은 채 여기저기 주뼛거리고 손을 감추려 애썼다. 무슨 일이 일어났었는지 이해하지 못했지만 그는 자신의 손에 잘못이 있음에 틀림없다고 느꼈다. 자꾸만 자꾸만 소년들의 아버지들이 그 손에 대해 했던 말이 떠올랐다. "손 함부로 놀리지 마"라고 술집 주인이 학교마당에서 분노해 날뛰며 고함쳤었다.

골짜기 옆에 있는 자기 집 베란다 위에서 윙 비들봄은 해가 사라지고 들판 너머 길이 회색 그림자 속에 안 보이게 될 때까지 계속 왔다 갔다 걸어 다녔다. 집으로 들어가자 그는 빵을 썰었고 그 위에 꿀을 발랐다. 그날 딴 딸기를 실은 급행 화물칸을 끌고 가는 저녁 기차의 우르릉거리는 소리가 지나가고 여름밤의 정적이 되돌아오자 그는 다시 나가서 베란다 위를 왔다 갔다 걸었다. 어둠 속에서 그는 자기 손을 볼 수 없었고 손은 잠잠해 졌다. 사람에 대한 자신의 사랑을 전달해 주는 매개체인 그 소년이 옆에 있기를 여전히 갈망 했지만 그 갈망은 또 다시 그의 외로움과 기다림의 일부가 되어 버렸다. 램프를 켜고 윙 비들봄은 간단한 식사에도 지저분해진 몇 안 되는 접시를 닦았고 그리고는 현관 쪽으로 나 있는 덧문 옆에 접이식 간이침대를 펴고 옷을 벗고 잘 준비를 했다. 테이블 곁에 깨끗이 닦은 마룻바닥 위에 흰 빵 껍질 몇 조각이 흩어져 있었다. 등 없는 낮은 의자 위에 램프를 올려놓고 그는 빵 껍질을 줍기 시작했고 그걸 믿을 수 없을 만큼 빠른 속도로 하나씩 입으로 가져갔다. 테이블 가의 짙게 어두운 곳에서 무릎 꿇고 있는 그의 모습은 마치 교회에서 미사를 드리고 있는 사제처럼 보였다. 빛이 있는 곳과 없는 곳을 번득이고 오가는 그 안절부절못하고 뭔가 표현하려는 손가락들은 수십 년 동안 빠르게 묵주를 헤아리고 있는 독실한 신자의 손가락들로 오해될 만도 했다.

종이 알맹이

그는 흰 턱수염이 났고 코와 손이 매우 큰 노인이었다. 우리가 그를 알기 훨씬 전부터 그는 의사였고 와인즈버그 거리를 늙어 빠진 흰 말을 몰고 이 집 저 집 다녔다. 나중에 그는 돈 있는 어느 처녀와 결혼했다. 아버지가 죽자 그 여자는 크고 비옥한 농장을 물려받았다. 그 처녀는 말이 없고 키가 크며 피부가 가무스름했고 많은 사람들에게 아주 아름답게 보였다. 와인즈버그의 모든 사람들은 왜 그녀가 의사와 결혼했을까 의아하게 생각했다. 결혼 후 일 년도 안 돼서 여자는 죽었다.

의사의 손은 주먹마디가 굉장히 컸다. 주먹을 쥐고 있을 때면 손은 마치 호두 크기만 하고 색칠 안 된 나무 공들을 철사로 여러 개 묶은 다발처럼 생겼다. 그는 말린 옥수수 대로 만든 파이프를 피웠고 아내가 죽은 후에는 거미줄에 뒤덮인 텅 빈 진료실 창가에 하루 종일 앉아 있었다. 그는 창문을 여는 법이 없었다. 팔월 어느 더운 날에 한번 창문을 열려고 했으나 꽉 잠긴 것을 알고는 그 후로는 창문에 대해 완전히 잊었다.

와인즈버그는 이 늙은 남자에 대해 잊었지만 닥터 리피에게는 뭔가 아주 섬세한 어떤 것의 씨앗이 있었다. 헤프너 블록 거리 패리스 포목상 위층에 있는 그의 곰팡내 나는 진료실에서 혼자 그는 뭔가

종이 알맹이 23

를 만들었다가는 스스로 부수고 하는 일을 끊임없이 했다. 진리의 작은 피라미드들을 그는 세웠고, 세우고 난 다음에는 진리가 다른 피라미드를 세울 수 있도록 그 피라미드들을 때려 부쉈다.

  닥터 리피는 키가 컸고 옷 한 벌로 십 년을 입었다. 옷은 소매가 닳아빠졌고 무릎과 팔꿈치에는 구멍이 생겼다. 진료실에서 그는 거대한 주머니가 달린 리넨 천 먼지막이 외투를 입고 있었는데 이 주머니 속에 그는 끊임없이 종잇조각들을 쑤셔 넣었다. 몇 주가 지나면 종잇조각들은 작고 단단한 공처럼 되고, 주머니가 가득 차면 그는 그것들을 바닥에 버렸다. 십년 동안 그는 친구가 하나밖에 없었는데 그 친구도 늙은 사람이고 존 스패니어드라고 하는 이름이었는데 묘목원을 소유하고 있었다. 가끔 장난하고 싶은 기분이면 늙은 닥터 리피는 주머니에서 종이 알맹이 한 줌을 집어 그 묘목원 주인에게 던졌다. "이건 자네 엿 먹이는 거야, 이 허튼 소리하는 늙어빠진 감상주의자야"라고 외쳤고 그는 너무 웃어서 몸이 뒤흔들렸다.

  닥터 리피의 이야기와, 그의 아내가 되어 돈을 물려 준 키 크고 가무스름한 처녀와의 구애 이야기는 아주 희한한 이야기이다. 이 이야기는 마치 와인즈버그의 과수원에서 자라는 뒤틀린 작은 사과들처럼 맛있다. 가을이면 사람들이 과수원에서 걷는데 땅은 발밑에 서리가 내려 단단하다. 사과는 따는 사람들에 의해 이미 나무에서 다 따졌다. 사과는 통에 넣어져서 도시로 실려가 책, 잡지, 가구와 사람들로 가득 찬 아파트에서 사람들이 먹게 될 것이다. 나무에는 이제 사과 따는 사람들이 안 따고 버려둔 마디 많은 사과 몇 개만 매달려 있다. 그건 마치 닥터 리피의 주먹마디처럼 보인다. 이 사과들을 한 입 베어 물면 그 맛이 좋다. 사과 옆쪽의 작고 둥그런 곳에 모든 달콤한 맛이 모여 있다. 사람들은 서리 덮인 땅 위로 이 나무에서 저 나무로 뛰어다니며 이 마디 많고 뒤틀린 사과를 따서 주머니에 채운다. 몇 사람만이 비틀어진 사과의 단맛을 안다.

처녀와 닥터 리피는 어느 여름 오후에 구애를 시작했다. 그때 그는 마흔다섯이었고 주머니를 종잇조각으로 채워 그게 딱딱한 알맹이가 되면 던져 버리는 일을 벌써 시작했었다. 이 습관은 그가 늙어빠진 회색 말이 끄는 사륜마차에 앉아 시골길을 천천히 갈 때 생겼다. 종이에는 생각이, 생각의 끝과 생각의 시작이 적혀 있었다.

닥터 리피의 마음이 하나씩 하나씩 생각들을 만들어 냈다. 많은 생각들 중에서 그는 마음속에 거대하게 솟아오르는 하나의 진리를 만들었다. 그 진리는 세상을 덮었다. 그것은 끔찍해졌고, 그리고 사라졌고, 작은 생각들이 다시 시작됐다.

키 크고 가무스름한 처녀는 임신을 했고 겁이 나서 닥터 리피에게 진찰받으러 왔다. 그녀는 역시 희한한 일련의 상황들 때문에 그런 상태가 되었다.

아버지, 어머니의 죽음과 그녀에게 물려진 비옥한 땅은 수많은 구혼자들이 그녀를 따라다니게 만들었다. 이 년 동안 그녀는 거의 매일 밤 구혼자들을 만났다. 두 사람을 제외하고 나머지 사람들은 다 똑같았다. 이 두 남자는 여자에게 열정에 대해 말했고 그녀를 바라볼 때 이들의 목소리와 눈에는 긴장되고 간절한 뭔가가 있었다. 남들과 다른 이 둘은 자기들끼리도 사뭇 달랐다. 한 명은 손이 하얀 호리호리한 젊은이였고 와인즈버그의 보석상집 아들이었는데 끊임없이 처녀성에 대해 말했다. 그녀와 함께 있을 때 그는 이 주제에서 벗어난 적이 없었다. 또 다른 사람은 귀가 크고 머리가 검은 청년인데 그는 한마디도 말하지 않고 항상 어떻게든 그녀를 어두운 곳으로 데려가려고 했고 거기에서 그녀에게 키스하기 시작했다.

한동안 그 키 크고 가무스름한 처녀는 보석상의 아들과 결혼하게 될 것이라고 생각했다. 그가 말하는 것을 몇 시간 동안 들으며 여자는 말없이 앉아 있었는데 그러다가는 뭔가가 두려워지기 시작했다. 처녀성에 관한 그의 이야기 밑에 그녀는 다른 모든 남자들에게 있는 것보다 더 큰 욕정이 있다고 생각하기 시작했다. 어떤 때는 이야기할 때 그는 그녀의 몸을 손에 쥐고 있는 것 같았다. 여자는 그가 자신의 몸을 그 하얀 손 안에서 천천히 이리저리 돌리면서 응시한다고 상상했다. 밤에 여자는 그가 자신의 몸을 깨물어서 입에서 피가 뚝뚝 떨어지는 꿈을 꿨다. 이 꿈을 세 번 꾸고 나서 여자는 아무 말도 안 하는 남자의 아이를 갖게 되었는데 이 남자는 가장 흥분했을 때 실제로 그녀의 어깨를 깨물어서 며칠 동안이나 그의 잇자국이 보였다.

닥터 리피를 알게 된 후 키 크고 가무스름한 처녀는 다시는 그를 떠나고 싶지 않을 것 같은 생각이 들었다. 그 여자는 어느 아침에 그의 진찰실에 들어갔고 여자가 아무 말을 하지 않았어도 그는 여자에게 어떤 일이 일어났었는지 아는 것 같았다.

의사의 진찰실에는 어떤 여자가 있었는데 이 여자는 와인즈버그에서 책방을 하는 남자의 부인이었다. 모든 옛날식 시골 개업의들처럼 닥터 리피는 이도 뽑았는데 대기 중이던 그 여자는 이에 손수건을 갖다 대고 신음하고 있었다. 남편이 그녀와 함께 있었고 이가 뽑

혀지자 이들은 같이 비명을 질렀고 피가 여자의 하얀 옷 위로 흘러내렸다. 키 큰 가무스름한 처녀는 이 장면을 주의해 보지는 않았다. 여자와 남자가 떠나자 의사가 웃었다. "내가 당신을 시골길 드라이브 시켜 드리겠소." 그가 말했다.

  몇 주 동안 키 크고 가무스름한 처녀와 의사는 거의 매일 함께 있었다. 그 여자를 그에게 오게 한 상태는 단순한 병으로 지나갔으나 그녀는 뒤틀린 사과의 단맛을 발견한 사람 같았고, 도시의 아파트에서 사람들이 먹는 둥그렇고 흠 없는 사과에 다시는 마음을 집중할 수 없었다. 그와의 교분이 시작된 뒤 가을에 그녀는 닥터 리피와 결혼했고 다음 해 봄에 죽었다. 겨울 동안 그는 자신이 종잇조각에 휘갈겨 쓴 모든 생각들의 이모저모를 여자에게 읽어 주었다. 읽어 주고 난 다음에 그는 웃었고 이 종이 조각들을 주머니에 쑤셔 넣어 둥글고 단단한 알맹이가 되게 했다.

어머니

조지 윌러드의 어머니, 엘리자베쓰 윌러드는 키가 크고 수척했으며 얼굴엔 마마자국이 나 있었다. 아직 마흔다섯밖엔 안 됐지만 어떤 알 수 없는 병이 그녀의 모습에서 생명의 불을 앗아가 버렸다. 그녀는 색 바랜 벽지와 너덜너덜해진 카펫을 보며 그 어질러진 낡은 호텔을 맥없이 여기저기 돌아다녔다. 그리고 거동할 수 있을 때에는 뚱뚱한 남자 여행자들이 잠을 자서 더러워진 침대 사이에서 방 치우는 여자들이 하는 일을 하기도 했다. 그녀의 남편 톰 윌러드는 호리호리하고 우아한 남자였다. 그는 어깨가 딱 벌어졌고 빠른 군인 걸음에다가 양 끝이 갑자기 위로 올라가도록 길들여진 검은 콧수염을 하고 있었는데 아내를 자기 마음에서 지우려고 애썼다. 복도를 느리게 움직여 다니는 그 키 크고 귀신같은 모습의 존재를 그는 자신에 대한 비난이라고 받아들였다. 아내를 생각할 때면 그는 화가 났고 욕을 해댔다. 호텔은 이익이 나지 않았고 항상 망하기 일보직전이어서 그는 이 일을 그만하고 싶었다. 그는 이 낡은 집과 거기서 자기와 같이 사는 그 여자를 패배하고 끝장난 어떤 것으로 보았다. 그가 희망에 가득 차서 인생을 시작했었던 호텔은 이제는 겉껍데기만 호텔일 뿐이었다. 그가 와인즈버그 거리를 말쑥하게 차려입고 사업가처럼 걸어갈 때, 가끔은 걸음을 멈추고 마치 호텔과 그 여자의 귀신이 길거리까지 따라오지나 않았는지 두려운 듯이 잽싸게 주위를 둘러봤다. "이런 망할 놈의 인생, 망할" 하며 그는 들어줄 사람도 없는데 내뱉듯 말했다.

톰 윌러드는 마을 정치를 하고 싶어 했고 공화당 색채가 강한 이 동네에서 여러 해 동안 지도적인 민주당원이었다. 그는 언젠가는 정치적 기류가 자신에게 유리하게 바뀌어 여러 해 동안의 소득 없는 봉사가 논공행상 시에 크게 평가될 것이라고 혼자 생각했다. 그는 하원에 진출하고 심지어는 주지사가 되는 꿈을 꿨다. 언젠가 한번 자기보다 어린 당원이 어느 정치 회합에서 일어나 자신의 충성스런 봉사를 떠벌리기 시작하자 톰 윌러드는 분노로 얼굴이 하얗게 질렸다. "입 닥쳐, 자네" 하며 주위를 노려보며 그가 소리 질렀다. "자네가 봉사에 대해 뭘 안단 말인가? 자넨 그저 애송이에 불과하잖은가? 내가 여기에서 지금껏 해 온 일들을 봐 보게! 나는 민주당원이 되는 게 범죄로 여겨지던 그때에도 여기 와인즈버그에서 민주당원이었네. 옛날엔 사람들이 총 들고 우리를 잡으러 다녀도 뭐라 할 수 없었지."

엘리자베쓰와 그녀의 외아들 조지 사이에는 말로 표현하지는 않았지만 오래 전에 죽어 버린 그녀의 소녀시절의 꿈을 기반으로 하는 깊은 공감대가 있었다. 아들 앞에서 그녀는 소심하고 말이 없었으나 가끔 그가 기자의 의무에 열중하여 마을 여기저기를 분주히 다니는 동안 그녀는 아들의 방에 들어가 문을 잠그고는 창가에 놓인, 부엌 식탁으로 만든 작은 책상 옆에 무릎 꿇었다. 방 책상 곁에서 그녀는 하늘에 대고 말하는 의식을 행했는데 반은 기도이고 반은 요구였다. 여자는 한때 자신의 일부였으나 반쯤 잊힌 어떤 것이 소년의 모습에서 재창조되는 것을 간절히 보고 싶었다. 기도는 그것에 관한 내용이었다. "내가 비록 죽더라도 어떻게 해서든 나는 너가 패배하지 않도록 해 줄 거야." 여자는 외쳤다. 여자의 결심이 너무나 강했기 때문에 몸 전체가 떨렸다. 여자의 두 눈이 이글거렸고 여자는 주먹을 꽉 쥐었다. "만약 내가 죽고 내 아들이 나같이 아무 의미도 없고 재미도 없는 사람이 되는 걸 본다면 난 다시 돌아올 거야"라고 그녀가 선언했다. "그런 특권을 달라고 난 이제 신께 요청할 거야. 나는 그걸 요구하는 거야. 신은 주먹으로 날 칠 수 있겠지. 난 내 아들이 우리 둘 모두를 위해 뭔가를 표현하도록 허락되기만 한다면 난 내게 내려쳐질지 모를 어떤 주먹질이라도 다 견뎌 낼 수 있어." 자신 없이 말을 멈추고 여인은 소년의 방을 여기저기 응시했다. "그리고 내 아이가 똑똑해지지도, 성공을 거두지도 않게 해 주세요"라고 애매하게 덧붙였다.

조지 윌러드와 그의 어머니 사이의 교류는 겉으로는 의미 없는 형식적인 것이었다. 그녀가 아파서 자기 방 창가에 앉아 있을 때 그는 가끔씩 저녁 때 그녀를 방문하러 갔다. 그들은 작은 목조건물 지붕 너머로 메인 스트리트가 보이는 창가에 앉았다. 머리를 돌리면 그들은 또 다른 창을 통해서 골목길이 메인 스트리트의 가게들 너머로 나 있고, 애브너 그로프의 빵집 뒷문까지 이어지는 것을 볼 수도 있었다. 가끔 그들이 이렇게 앉아 있을 때면 마을의 삶의 풍경이 그들에게 모습을 내 보였다. 자기 가게 뒷문에서 애브너 그로프가 손에 막대기 혹은 빈 우유병을 들고 나타났다. 오랜 기간 동안 약사 실베스터 웨스트의 회색 고양이와 빵집 주인 사이에 반목이 있었다. 소년과 그의 엄마는 고양이가 빵집 문으로 살그머니 기어들어 갔다가 곧 나오고 이어서 빵집 주인이 욕을 하며 팔을 휘휘 젓는 것을 보았다. 빵집 주인의 눈은 작고 충혈되었으며 검은 머리와 턱수염은 밀가루 먼지로 뒤덮여 있었다. 그는 어떤 때는 너무 화가 나서 고양이가 사라진 뒤에도 막대기, 깨진 유리조각, 심지어는 자기 밥벌이 도구들까지도 여기저기 집어던졌다. 한번은 시닝 네 철물점 뒤쪽의 유리창을 하나 깨뜨리기도 했다. 골목에서 회색 고양이는 까만 파리 떼가 그 위로 날아다니는 깨진 병과 찢어진 종이가 가득한 통 뒤에 몸을 웅크리고 있었다. 한번은 혼자 있을 때 엘리자베쓰 윌러드는 빵집 주인의 질질 끌면서도 아무 효과도 없는 분노의 폭발을 지켜보고 난 뒤에 자신의 길고도 하얀 손 위에 머리를 얹고 울었다. 그 후로 그녀는 골목을 지켜보는 일은 더 이상 하지 않았고 그 턱수염 난 남자와 고양이 사이의 경합을 잊으려고 애썼다. 그건 마치 그녀 자신의 인생의 리허설 같아서 너무나 생생하고 끔찍했기 때문이었다.

저녁에 아들이 어머니와 같이 방에 앉아 있으면 침묵 때문에 이 둘은 다 어색해졌다. 어둠이 밀려왔고 저녁 기차가 역에 도착했다. 저 아래 거리에서는 사람들이 판자 보도 위를 쿵쿵거리며 오갔다. 역 구내 마당에는 저녁 기차가 떠나자 무거운 침묵이 흘렀다. 아마 특송화물 담당인 스키너 리즌이 화차를 역의 플랫폼 길이만큼 옮겨 놓은 모양이다. 메인 스트리트 위로 어떤 남자의 웃는 소리가 울려 퍼졌다. 특송화물 사무소 문이 꽝하고 닫혔다. 조지 윌러드는 일어나 방을 가로질러서 문손잡이를 더듬거리며 찾았다. 어떤 때는 그는 의자에 부딪혀서 의자가 마루를 긁으며 미끄러지기도 했다. 창가에 아픈 여자가 아주 가만히, 멍하게 앉아 있었다. 그녀의 희고 핏기 없는 긴 손이 의자 팔걸이의 끝에 늘어져 있는 것이 보였다. "난 네가 밖에 나가 다른 애들하고 어울리면 좋겠어. 너는 너무 집안에만 있잖니." 아들이 집밖으로 나갈 때 느낄 당혹감을 애써 무마시키려 하면서 여자가 말했다. "전 산책이나 해야겠어요." 어색하고 혼란스러워진 조지 윌러드가 대답했다.

어느 칠월 저녁 뉴 윌러드 하우스 호텔을 일시적인 집으로 삼았던 뜨내기손님들이 뜸해지고 심지를 낮춘 석유 등불로만 밝혀지고 있는 복도가 어둠에 잠겨 있을 때 엘리자베쓰 윌러드는 모험을 하나 했다. 그 여자는 며칠 동안 아파 자리에 누워 있었는데 아들은 그녀를 보러 오지도 않았다. 여자는 놀랐다. 여자의 육신에 남아 있던 가녀린 생명의 불꽃에 근심으로 생긴 바람이 불붙였고, 여자는 침대에서 기어 나와 옷을 입고는 실제보다 부풀려진 두려움에 몸을 떨며 아들의 방을 향해 서둘러 복도를 따라 갔다. 걸어가며 여자는 손으로 몸을 똑바로 유지했고 복도의 종이 바른 벽을 따라 살금살금 걸었고 힘들게 숨을 내쉬었다. 여자의 이 사이로 휘파람 소리가 났다. 바삐 걸어가면서 여자는 자기가 얼마나 어리석은가 생각했다. "그 애는 사내애들이 하는 일에 관심 있는 거야." 여자가 혼자 말했다. "걔는 이제 여자애들과 저녁 때 여기저기 데이트하러 다니기 시작한 모양이군."

엘리자베쓰 윌러드는 호텔의 손님들이 자신을 볼까 두려워했는데 이 호텔은 한때 자기 아버지 것이었고 그 소유권이 여전히 군(郡) 법원에 자신의 이름으로 등록되어 있었다. 호텔이 남루해서 끊임없이 손님이 줄고 있어서 그녀는 자신도 또한 남루하다고 생각했다. 그녀의 방은 어두운 구석에 있었고 일하고 싶다고 느낄 때면 그녀는 자발적으로 침대들 사이에서 일했다. 그녀는 손님들이 와인즈버그의 상인들 틈에서 일자리를 찾으러 밖으로 나간 동안에 할 수 있는 이 일을 좋아했다.

아들의 방 문간에서 어머니는 바닥에 무릎을 꿇고 안에서 나는 소리에 귀 기울였다. 소년이 이리저리 움직이며 낮은 톤으로 말하는 소리를 듣자 여자의 입가에 미소가 떠올랐다. 조지 윌러드는 혼자 큰 소리로 말하는 버릇이 있었고 그가 그렇게 말하는 것을 듣는 것은 그의 엄마에게 항상 특별한 즐거움을 줬다. 그녀는 그의 이런 버릇이 그와 자신 사이에 존재하는 은밀한 유대를 강화시킨다고 느꼈다. 그녀는 천 번이나 이 문제에 대해 스스로에게 속삭였다. "걔는 자신을 발견하려고 애쓰며 더듬거리고 있는 거야"라고 그녀는 생각했다. "걔는 멍청한 진흙덩어리가 아니야. 그리고 맨 말만 앞세우고 겉만 뻔지르르한 애도 아니야. 그 애 안에는 자라나려고 애쓰는 뭔가 비밀스러운 게 있어. 그건 내가 내 안에서 죽게 만들었었던 바로 그 거야."

어둠 속 복도 문 가 쪽에서 이 아픈 여인은 일어나 자기 방 쪽으로 다시 가기 시작했다. 여자는 문이 열리고 소년이 나오다가 자신과 마주칠까 두려웠다. 안전한 거리에 이르러 막 두 번째 복도로 가는 모퉁이를 돌려고 할 때 여자는 멈췄고 손으로 몸을 버티며, 자신을 엄습한 떨리는 나약함의 발작을 떨쳐야겠다고 생각하면서 기다렸다. 방 안에 있는 소년의 존재는 여자를 행복하게 했다. 홀로 오랜 시간 침대에 누워있는 동안, 그녀에게 찾아온 작은 두려움들이 거인처럼 커졌었다. 이제 그 두려움은 다 사라졌다. "내 방에 다시 가면 한잠 자게 될 거야." 그녀가 감사한 마음으로 중얼거렸다.

그러나 엘리자베쓰 윌러드는 자기 침대로 돌아가 잠들려고 하지 않았다. 어둠 속에 떨며 서 있을 때 아들의 방문이 열리고 소년의 아버지인 톰 윌러드가 밖으로 걸어 나왔다. 문간에서 흘러나오는 빛 속에 그는 문손잡이를 손으로 잡고 말하고 있었다. 그가 말한 것이 그녀를 격노케 했다.

톰 윌러드는 아들에 대해 야망이 있었다. 그는 지금껏 했던 일이 그 어떤 것도 성공으로 판명된 것이 없으면서도 항상 자신을 성공한 사람으로 생각했다. 하지만 뉴 윌러드 하우스가 안 보이게 되고 아내와 마주칠 두려움이 없게 되면 그는 뻐기고 걸으며 자신을 마을의 주요인물 중 한 사람인양 극적으로 표현해 보기 시작했다. 그는 아들이 성공하기를 원했다. 아들을 〈와인즈버그 이글〉 신문에 일자리를 확보해 준 것도 그였다. 이제 목소리에 진지한 음조를 담아 그는 행동노선에 관해 충고를 하고 있었다. "내 말 들어봐, 조지, 너는 깨어나야만 해." 그가 매섭게 말했다. "윌 헨더슨이 이 문제에 대해 나한테 세 번이나 말했어. 그 사람이 말하는데 너는 누가 말 걸어도 듣지도 않고 몇 시간 동안이나 네 일만 하고 얼빠진 계집애처럼 행동한다는구나. 대체 뭐가 고민이냐?" 톰 윌러드가 마음씨 좋게 웃었다. "그래, 넌 그걸 극복할 것 같다." 그가 말했다. "난 윌에게 그렇게 말했어. 넌 바보가 아니고 여자도 아니야. 넌 톰 윌러드의 아들이고 넌 깨어날 거야. 난 걱정하지 않는다. 네 말을 들으니 분명해지네. 만약 신문사에서 일하는 게 작가가 된다는 생각을 네 마음에 심어줬다면 그것도 괜찮다. 다만 그러기 위해선 너는 깨어나야 할 거라고 생각해, 그렇지?"

톰 윌러드는 힘차게 복도를 따라 걸어가서 계단 한 참을 내려가 사무실로 들어갔다. 어둠 속에 있던 여인은 그가, 사무실 문 옆 의자에서 꾸벅꾸벅 졸면서 지루한 저녁 시간을 때우려고 애쓰고 있는, 어떤 손님과 웃으며 말하는 소리를 들을 수 있었다. 그녀는 아들 방문 쪽으로 돌아갔다. 힘없는 상태가 마치 기적처럼 그녀 몸에서 빠져나갔고 그녀는 담대하게 걸어갔다. 천 가지나 되는 생각이 그녀의 머리를 통과해 빠르게 지나갔다. 의자 끄는 소리와 펜이 종이 위에서 긁히는 소리를 듣고 그녀는 다시 몸을 돌려 복도를 따라 자신의 방으로 되돌아갔다.

와인즈버그 호텔 주인의 좌절한 아내에게 확고한 결심이 떠올랐다. 이 결심은 긴 세월 동안의 조용하고도 다소 무력한 생각의 결과였다. "자," 여자 혼자 말했다. "난 행동할거야. 내 아들을 위협하는 뭔가가 있고 나는 그걸 격퇴할 거야." 톰 윌러드와 그의 아들 사이의 대화가 마치 이들 사이에 이해가 존재하기라도 한 것처럼 조용하고 자연스러웠다는 사실이 여자를 미치게 했다. 여러 해 동안 남편을 증오해 오긴 했지만 그 전에는 여자의 증오는 항상 그의 사람됨에 관한 것은 아니었다. 그는 단지 그녀가 증오하는 다른 어떤 것의 일부일 뿐이었다. 그런데 지금은 문간에서 들은 몇 마디 말에 의해서 그는 인격화된 뭔가가 되어 버렸다. 자기 방의 어둠 속에서 여자는 주먹을 꽉 쥐었고 주위를 노려보았다. 벽의 못에 매달려 있는 천으로 된 가방으로 가서 여자는 긴 재봉가위를 꺼내 마치 단검처럼 손에 쥐었다. "그 인간을 찔러 버릴 거야." 여자가 큰 소리로 말했다. "그는 악의 소리가 되기로 결심했으니 그를 죽여야겠어. 내가 그 사람을 죽이면 뭔가가 내 속에서 탁하고 소리 내며 부러지고 그러면 나도 죽는 거지. 그건 우리 모두에게 해방이 될 거야."

톰 윌러드와 결혼하기 전 처녀 시절에 엘리자베쓰는 와인즈버그에서 평판이 안 좋았다. 여러 해 동안 그녀는 사람들이 말하는 '무대병'에 걸렸었고 아버지 호텔의 떠돌이 남자 손님들에게 그들이 가본 도시의 생활을 얘기해 달라고 조르며 요란스러운 옷을 입고 이들과 함께 거리를 활보하기도 했다. 그 여자는 남자 옷을 입은 채 자전거로 메인 스트리트를 달려서 마을을 깜짝 놀라게 한 적도 있다.

이 키 크고 가무스름한 소녀는 자기가 생각해도 그 시절에 무척 혼란스러웠다. 그녀는 아주 들떠 있었고 이것이 두 가지로 표현되었다. 먼저, 변화를 향한, 뭔가 삶에서의 크고 확실한 움직임을 향한 불안한 욕망이 있었다. 그 여자의 마음을 무대로 향하게 한 것이 바로 이 감정이었다. 그녀는 어느 극단에 합류해서 항상 새 얼굴들을 보고 자기가 가진 뭔가를 모든 사람들에게 주면서 세상을 돌아다니는 꿈을 꿨다. 가끔씩 밤이면 그녀는 이런 생각으로 거의 제정신이 아니었고 와인즈버그에 와서 아버지의 호텔에 머물고 있는 극단 사람들에게 이 일을 얘기하려 했지만 아무 효과도 없었다. 그들은 그녀가 무슨 말을 하는지를 모르는 것 같았고, 혹은 그녀가 자신의 열정을 어떻게 좀 표현했다 하더라도 그들은 그저 웃을 뿐이었다. "그건 그런 게 아니야." 그들이 말했다. "이 일도 여기 생활처럼 그렇게 따분하고 재미없어. 별로야."

그녀가 여기저기 같이 걸어 다녔던 뜨내기 투숙객들과, 나중에 같이 걷게 된 톰 윌러드는 사뭇 달랐다. 그들은 항상 그녀를 이해하고 같이 느끼는 것 같았다. 마을의 뒷길에서, 나무 밑 어두운 곳에서, 그들은 그녀의 손을 잡았고 그녀는 자신 안에서 표현되지 않고 있던 뭔가가 밖으로 나와서 그들 속에 표현되지 않고 있던 뭔가의 일부가 되었다고 생각했다.

다음으로, 그 여자의 들떠 있는 상태가 두 번째로 표현된 일이 있었다. 그것이 왔을 때 여자는 한동안 해방감과 행복을 느꼈다. 여자는 자신과 같이 걸었던 사람들을 비난하지 않았고, 그 후에는 톰 윌러드도 비난하지 않았다. 항상 똑 같았다. 키스로 시작해서는 이상한 거친 감정이 있고난 뒤에 평화, 그리고 흐느끼는 후회로 끝났다. 흐느낄 때 그녀는 남자의 얼굴에 손을 얹었고 그리고 항상 똑같은 생각을 했다. 남자가 크건, 턱수염이 났건 그녀는 그가 갑자기 작은 소년이 되었다고 생각했다. 그녀는 그 남자도 왜 자기처럼 울지 않는지 의아했다.

낡은 윌러드 하우스의 구석에 있는 자기 방에 처박혀서 엘리자베쓰 윌러드는 등불을 켜서 문 옆에 있는 화장대 위에 올려놓았다. 어떤 생각이 여자의 마음에 떠올랐고 여자는 옷장으로 가서 네모난 작은 상자를 하나 꺼내와 탁자에 올려놓았다. 상자는 분장용 재료가 안에 들어 있었고 한때 와인즈버그에서 발이 묶였던 극단 사람들이 다른 물건들과 함께 놔두고 간 것이었다. 엘리자베쓰 윌러드는 오늘 자신이 아름다워야 한다고 작정했었다. 그녀의 머리칼은 여전히 검었고 머리 여기저기에 풍성하게 땋여 있고 꼬여 있었다. 아래층 사무실에서 앞으로 일어날 장면이 그녀의 마음속에서 점점 커졌다. 귀신처럼 늙어빠진 모습이 아니라 아주 예기치 않았고 깜짝 놀라게 할 만한 어떤 것이 톰 윌러드를 대면해야 한다. 키 크고 거무스름한 뺨과 치렁치렁 어깨로부터 아래로 풍성하게 내려오는 머리카락을 한 이 모습이 성큼성큼 계단을 내려가 호텔 사무실에서 빈정대다 화들짝 놀라는 손님들 앞에 나타나야 한다. 그 모습은 말이 없을 거다. 신속하고 끔찍할 거다. 자기 새끼가 위협받는 암호랑이처럼 그녀는 나타날 거다. 그림자 속에서 나와서 손에 길고 흉측한 가위를 들고 소리 안 내고 살금살금 걸어서.

목에서 이따금씩 작은 흐느끼는 소리를 내며 엘리자베쓰 윌러드는 화장대 위에 놓여 있는 등불을 입으로 불어 껐고 어둠 속에 힘없이 떨며 서 있었다. 그녀 몸속에 마치 기적처럼 있었던 힘이 떠났고 그녀는 반쯤 비틀거리면서 마루를 가로질러 갔고, 양철지붕 너머로 와인즈버그의 중심가를 여러 날 동안 앉아서 응시하곤 했었던 의자의 등받이를 꽉 잡았다. 복도에서 발자국 소리가 들렸고 조지 윌러드가 문으로 들어왔다. 어머니 옆쪽 의자에 앉아 그는 말하기 시작했다. "저 여기 떠날 거예요." 그가 말했다. "어디로 갈 지, 뭘 할지는 모르지만 어쨌든 떠날 거예요."

의자에 앉은 여인은 기다렸고 몸을 떨었다. 그녀는 어떤 충동을 느꼈다. "네가 깨어나는 게 좋긴 할 거야." 그녀가 말했다. "너 그렇게 생각하는 거지? 너 도시에 나가 돈 벌 거야, 그렇지? 넌 사업가가 되어 정열적이고 영리하고 활동적이 되면 좋다고 생각하는 거지?" 그녀는 기다렸고 몸을 떨었다.

아들은 머리를 가로저었다. "전 엄마를 이해시킬 수가 없을 것 같아요. 아, 그럴 수만 있다면." 그가 간절하게 말했다. "전 이 문제를 심지어 아버지한테도 말할 수 없어요. 그러려고 하지도 않아요. 그래 봐야 소용없거든요. 어떻게 해야 할지 모르겠어요. 그냥 멀리 떠나서 사람들을 보며 생각하고 싶어요."

소년과 여인이 같이 앉아 있는 방에 침묵이 흘렀다. 다른 저녁때처럼 그들은 다시 당혹해 했다. 잠시 후 소년은 다시 말하려고 했다. "일이 년씩 떠나 있을 것 같진 않은데 그냥 계속 생각은 하고 있었어요." 일어나 문으로 가면서 그가 말했다. "아버지가 말씀하신 뭔가가 제가 떠나야만 한다는 걸 확실하게 해 줬어요." 그는 문손잡이를 만지작거렸다. 방 안에서 여인은 침묵을 견딜 수 없었다. 그녀는 아들의 입에서 나온 말 때문에 기뻐서 고함을 지르고 싶었지만 기쁨을 표현하는 일은 그녀에게는 불가능하게 되었다. "내 생각엔 네가 나가서 딴 애들과 어울리는 게 낫겠구나. 넌 너무 집안에만 있어." 엄마가 말했다. "좀 걸으려고 생각하고 있어요." 어색해 하며 방을 빠져나와 문을 닫으며 아들이 대답했다.

철학자

닥터 파시벌은 덩치가 크고, 입이 축 처지고 노란 콧수염이 덮여 있는 사람이었다. 그는 항상 지저분한 하얀 조끼를 입고 있었는데 조끼 주머니에서는 엽궐련이라고 알려진 시커먼 싸구려 시가가 여러 개 삐져나와 있었다. 그의 이는 검고 들쭉날쭉했고 눈 주위에 뭔가 이상한 것이 있었다. 왼쪽 눈까풀이 씰룩대서 밑으로 내려왔다가 갑자기 휙 위로 올라갔다. 마치 그건 눈까풀이 창문의 블라인더여서 누군가가 의사 선생의 머릿속에서 서서 줄을 당겼다 놓았다 하는 것 같았다.

닥터 파시벌은 그 소년, 조지 윌러드를 좋아했다. 그건 조지가 〈와인즈버그 이글〉 신문에서 일 년째 일하고 있을 때 시작되었는데 이 친분은 전적으로 의사 자신이 만든 일이다.

늦은 오후 〈이글〉지의 소유주 겸 편집인인 윌 헨더슨은 톰 윌리의 술집으로 건너갔다. 골목을 따라 걸어가 술집 뒷문으로 미끄러지듯 들어가서는 슬로 진과 소다수를 합해 만들어진 술을 마시기 시작했다. 윌 헨더슨은 쾌락주의자였고 나이는 마흔다섯이었다. 그는 진이 자기 안의 젊음을 되찾게 한다고 상상했다. 대부분의 쾌락주의자처럼 그도 여자들 얘기하는 것을 즐겼고 한 시간 동안 톰 윌리와 수다를 떨며 술집에 머물렀다. 술집 주인은 키가 작고 손이 유달리 눈에 띠는, 어깨가 넓은 사람이었다. 남자들과 여자들의 얼굴을 붉게 만드는 일종의 열꽃 점이 때로 톰 윌리의 손가락과 손등을 붉게 만들었다. 바 곁에 서서 윌 헨더슨과 얘기하면서 그는 손을 비벼 댔다. 그가 점점 더 흥분할수록 손가락의 붉은색이 점점 진해졌다. 그건 마치 그의 손이 말라붙고 색 바랜 피 속에 담가져 있었던 것 같았다.

윌 헨더슨이 그 붉은 손을 바라보며 바에 서서 여자들 얘기를 하고 있을 때 그의 조수인 조지 윌러드는 〈와인즈버그 이글〉 사무실에 앉아 닥터 파시벌의 얘기에 귀 기울이고 있었다.

닥터 파시벌은 윌 헨더슨이 사라지자마자 나타났다. 사람들은 아마도 그 의사가 진료실 창문에서 계속 보고 있다가 편집인이 골목을 따라 걸어가는 것을 봤다고 생각했을지도 모른다. 그는 앞문으로 들어와 앉을 의자를 찾아서 엽궐련 한 대에 불을 붙이고 다리를 꼬고는 말하기 시작했다. 그는 자기 스스로는 정의내릴 수 없는 어떤 행동방침을 소년이 택하는 것이 좋겠다고 설득하는 데 열중한 것 같았다.

"자네가 눈을 뜨고 잘 보면 내가 비록 의사라고 나 스스로 부르기는 하지만 환자가 진짜 적다는 것을 알게 될 거야." 그가 말을 시작했다. "그럴 만한 이유가 있지. 그건 우연이 아니고 또 내가 여기 다른 사람들보다 의학지식이 적어서도 아닐세. 나는 환자를 원하지 않아. 자네도 보다시피 그 이유는 표면에 나타나지는 않네. 그건 내 성격에 있는 건데 자네가 거기 대해 생각해 본다면 내 성격은 이상한 구석이 많다네. 왜 내가 이 문제를 자네에게 말하고 싶은지 나도 모르겠네. 난 그저 가만히만 있으면 자네 눈에 더 괜찮은 사람으로 보일 텐데 말일세. 난 자네가 날 우러러 보게 만들고 싶은데 그건 사실이라네. 왜 그런지는 나도 몰라. 그래서 내가 말하고 있는 거라네. 재미있지 않은가, 그렇지?"

가끔 의사는 자기 자신에 관한 긴 얘기를 시작하기도 했다. 소년에게 그 얘기는 무척 현실감 있고 의미로 가득 찼다. 그는 그 뚱뚱하고 깨끗하지 못해 보이는 남자를 숭배하기 시작했고 윌 헨더슨이 가고 난 오후에는 강렬한 관심으로 의사가 오기를 고대하고 있었다.

닥터 파시벌은 와인즈버그에 산 지 오 년쯤 되었다. 그는 시카고에서 왔는데 도착하던 날 취해 있었고 수하물 담당 엘버트 롱워쓰와 싸웠다. 싸움은 트렁크 때문에 일어났고 의사가 마을 유치장에 호송되어 가는 것으로 끝났다. 풀려나자 그는 메인 스트리트의 아래쪽 끝에 있는 구두 수선가게 위층에 방을 하나 세냈고 자신을 의사라고 알리는 간판을 내걸었다. 환자가 몇 명 되지도 않았고 이들마저도 치료비를 낼 능력이 안 되는 가난한 사람들이기는 했지만 그는 필요한 데 쓸 수 있는 돈은 충분한 것처럼 보였다. 그는 말로 표현할 수 없이 더러운 진료실에서 잤고 기차역 맞은 편 작은 목조 건물에 있는 비프 카터의 간이식당에서 식사를 했다. 여름에 그 간이식당은 파리로 들끓었고 비프 카터의 하얀 앞치마는 식당 바닥보다 더 더러웠다. 닥터 파시벌은 개의치 않았다. 그는 간이식당으로 슬그머니 들어와 카운터 위에 20센트를 맡겨 놓았다. "이 돈으로 먹을 수 있는 거 아무 거나 주쇼." 그가 웃으며 말했다. "이런 식으로 안 하면 팔지 못할 음식을 다 나한테 써 버리라고요. 나한테는 아무 차이도 없으니까. 난 잘난 사람이에요, 당신이 보다시피. 그런 내가 왜 먹는 거에 신경 써야 하겠어요?"

닥터 파시벌이 조지 윌러드에게 한 얘기는 시작도 끝도 없었다. 소년은 어떤 때는 그의 얘기가 모두 꾸며낸 것이고 거짓말 보따리임이 틀림없다고 생각했다. 그러다 그는 또다시 그 얘기가 진리의 가장 정수를 담고 있다고 확신했다.

"나도 여기에서의 자네처럼 기자였다네." 닥터 파시벌이 말을 시작했다. "그건 아이오와의 한 마을에서였지. 아니 일리노이였나? 기억이 잘 안 나는데 어쨌든 별 차이는 없어. 난 내 정체를 감추려는 건지도 모르지. 확실히 밝히고 싶지 않아. 내가 아무것도 안 하면서도 필요한 걸 살 돈이 있다는 게 이상하다고 생각해 본 적이 없었나? 나는 여기 오기 전에 많은 돈을 훔쳤었거나 아니면 무슨 살인사건에 연루되었을 지도 모르지. 얼마든지 그런 생각해 볼 수 있겠지? 자네가 정말로 똑똑한 기자라면 자네는 나를 존경할 걸세. 시카고에서 닥터 크로닌이라는 사람이 살해당했네. 들어본 적 있나? 어떤 자들이 그를 죽여 트렁크에 넣었지. 아침 일찍 이들은 도시를 가로질러 그 트렁크를 운반해 갔네. 트렁크는 급행 마차 뒤에 실려 있었고 이들은 아주 아무렇지도 않은 듯 좌석에 앉아 있었지. 그들은 모두가 잠든 조용한 거리를 갔다네. 해가 막 호수 위로 떠오르려고 하고 있었지. 웃기지, 그렇지? 이들이 지금 나처럼 아무렇지도 않게 파이프 담배 피고 잡담을 나누면서 마차타고 갔다는 걸 생각만 해도 말일세. 아마 나도 그들 중 한 명이었을지도 모르지. 그렇게 되면 사건이 갑자기 이상해지는 거지, 그렇지 않은가?" 닥터 파시벌이 다시 말을 시작했다. "그런데 어쨌든 나는 자네가 여기에서 그러하듯 거기에서 기자였고 여기저기 뛰어다니며 기사에 올릴 사소한 일들을 취재했지. 내 어머니는 가난하셨다네. 어머니는 빨래 일을 하셨지. 어머니의 꿈은 나를 장로교 목사로 만드는 것이었고 나는 그 목표를 갖고 공부하고 있었지.

"내 아버지는 여러 해 동안 미쳐 있었어. 아버지는 오하이오 주 데이튼에 있는 정신병원에 계셨지. 아, 이런, 내가 비밀을 누설했구먼. 이 모든 일이 다 오하이오에서, 바로 여기 이 오하이오에서 일어났지. 자네가 나를 행여 조사할 생각이 있다면 내가 실마리를 하나 알려줌세.

"나는 자네에게 내 남동생에 대해 말해 주려고 했었네. 그게 이 모든 이야기의 목적이거든. 내가 하려는 게 바로 그거야. 내 남동생은 철도 페인트공이었고 빅 포 철도회사[3]에 일자리를 얻었지. 자네도 알듯이 그 철로가 여기 오하이오을 통과해 가지. 다른 사람들과 함께 동생은 뚜껑 있는 화차 안에서 살았고 철도 소유재산인 철로 전철기(轉轍機), 철로 횡단 게이트, 다리, 그리고 역 등을 페인트칠하면서 이 마을, 저 마을로 다녔네.

"빅 포 철도회사는 자기들 철도역을 고약한 오렌지색으로 칠하고 있어. 내가 그 색깔을 얼마나 싫어했는지. 내 남동생은 맨 날 그 색으로 뒤덮여 있었네. 봉급날이면 걔는 술 취해서 페인트투성이 옷을 입고 돈을 가지고 집으로 돌아오곤 했어. 걔는 돈을 어머니에게 드리지 않고 부엌 식탁 위에 쌓아 두었어.

---

3. 역자주. the Big Four: 클리블랜드, 신시내티, 시카고, 세인트루이스 철로를 합친 미 중서부의 철도회사

"동생은 고약한 오렌지색 페인트로 덮인 옷을 입고 집안을 왔다 갔다 했네. 나는 지금도 그 모습을 떠올릴 수 있어. 충혈되고 슬픈 눈을 한 자그마한 우리 어머니는 뒤쪽의 작은 헛간에서 집안으로 들어오려 하셨지. 그 헛간이 그녀가 다른 사람들의 더러운 옷을 빨래통에서 비벼 빨면서 시간을 보내는 곳이었지. 어머니는 안으로 들어와 식탁 옆에 서서 비누거품 잔뜩 묻은 앞치마로 눈을 비비며 서 계시곤 했네.

"'건드리지 말아요. 그 돈 건드리기만 해 봐요.' 남동생이 고함질렀고 그러고 나서 5달러인지 10달러인지 집어서 발을 쿵쿵거리며 나가 술집으로 갔지. 가져갔던 돈을 다 쓰면 걔는 돈을 더 가지러 돌아왔어. 걔는 어머니에게 한 푼도 드리지 않았고 한 번에 조금씩 돈을 다 쓸 때까지 밖에서 돌아다녔네. 그리고는 다른 페인트 공들과 함께 철길로 작업하러 돌아갔어. 그가 가고 난 후에 식료품 등속의 물건들이 우리 집으로 도착하기 시작했지. 어떤 때는 어머니 입을 옷이나 내가 신을 신발이 있기도 했어.

"이상하다고? 내 어머니는 나보다 동생을 훨씬 더 사랑하셨지. 비록 나나 동생 누구에게도 친절한 말을 하신 적이 없고 항상 사나운 기세로 오르락내리락 하시면서 식탁 위에 어떤 때는 사흘 동안이나 그대로 놓여 있는 돈을 건드릴 꿈도 꾸지 말라고 우리를 으르기도 했지만.

"우리는 꽤 잘 지냈어. 나는 목사가 되기 위해 공부를 했고 기도했지. 나는 기도를 말로 하는 데에는 진짜 젬병이었어. 내가 기도하는 걸 네가 들어봤어야 하는데. 아버지가 돌아가셨을 때 난 밤새 기도 했어. 마치 내 남동생이 읍내에서 술 마시고 우리에게 줄 물건을 사러 여기저기 다닐 때 내가 가끔 기도했듯이. 저녁 식사 후 밤에 나는 돈이 놓여 있는 식탁 옆에 무릎 꿇고 몇 시간 동안이나 기도했지. 아무도 안 보면 나는 1, 2달러를 훔쳐 주머니에 넣었어. 이 일로 지금은 내가 웃지만 그때에는 끔찍했었네. 그게 내 마음에 내내 걸렸어. 나는 신문사에서 일하고 주급 6달러를 받았는데 그 돈을 받으면 곧바로 집에 가서 어머니에게 드렸었네. 동생이 쌓아놓은 돈더미에서 훔친 몇 달러는 나를 위해, 그 왜 사소한 것들 있잖아, 가령 캔디나 담배 같은 것들, 사는 데 썼다네.

"아버지가 데이튼에 있는 정신병원에서 돌아가시자 나는 거기에 가봤네. 직장 상사한테 돈을 좀 빌려서 밤기차를 타고 갔지. 비가 오고 있었어. 정신병원에서는 나를 마치 왕처럼 대하더군.

"정신병원에서 일하는 사람들이 내가 신문기자라는 것을 알아냈어. 이게 그 사람들을 두렵게 만든 거야. 아버지가 편찮으셨을 때 여기 병원에 직무태만이나 소홀함 같은 게 있었거든. 그들은 아마도 내가 이걸 신문에 올려 소란을 피울 거라 생각했던 거지. 난 그런 종류의 일은 전혀 의도하지 않았었는데 말이야.

"어쨌든 나는 아버지가 죽어서 누워 있는 방으로 갔고 시신에게 축복을 내렸지. 내가 무엇 때문에 그렇게 했는지 모르겠어. 페인트공인 내 동생이 웃지 않았겠어? 시신 위에 서서 난 손을 뻗었어. 정신병원 원장과 직원 몇 명이 들어와서 양처럼 온순하게 주위에 섰지. 그거 참 재미있었어. 나는 손을 뻗어 이렇게 말했지. '이 시체 위에 평화가 감돌게 하소서.' 이게 내가 한 말이네."

갑자기 벌떡 일어나 이야기를 멈추고 닥터 파시벌은 조지 윌러드가 귀 기울이며 앉아 있는 〈와인즈버그 이글〉 사무실을 이리저리 걸어 다니기 시작했다. 그는 걷는 게 서툴렀고 사무실이 작았기 때문에 끊임없이 물건들에 부딪혔다. "이런 말을 하다니 난 참 바보구만." 그가 말했다. "여기 와서 자네에게 억지로 친해지자고 하는 게 내 목적은 아닌데. 내 맘속엔 다른 생각이 있는 건데. 자네도 내가 한때 그랬듯이 기자여서 내 관심을 끌었지. 자네도 그냥 흔한 바보가 되는 것으로 끝날 수도 있어. 난 이걸 자네에게 경고하고, 또 계속 경고할 걸세. 이게 내가 자넬 찾아 온 이유야."

닥터 파시벌은 사람들을 대하는 조지 윌러드의 태도에 대해 말하기 시작했다. 소년에게는 이 남자가 단 하나의 목적만을, 모든 사람을 비열하게 보이게 만드는 목적만을 가진 것처럼 보였다. "나는 자네를 우월한 존재로 만들기 위해 자네를 증오와 경멸로 가득 채우고 싶다네." 그가 외쳤다. "내 동생을 보게. 그런 친구 있었잖아, 왜? 그는 자네도 알다시피 모든 사람을 경멸했네. 걔가 어머니와 나를 얼마나 심하게 경멸적으로 보았는지 자네는 상상도 못할 거야. 근데 걔가 우리보다 우월한 사람 아닌가? 그가 그렇다는 걸 자네도 알지. 자넨 걔를 본 적이 없지만 난 자네가 그렇게 느끼게 만들었지. 난 자네에게 그에 대한 인식을 갖게 해 줬지. 그는 죽었네. 언젠가 한 번 술에 취해서 철길에 누웠는데 걔가 다른 페인트 공들과 같이 살고 있던 그 화차가 걔를 치고 지나갔어."

*

팔월 어느 날 닥터 파시벌은 와인즈버그에서 이상한 사건을 겪었다.

한 달 동안 조지 윌러드는 매일 아침 의사의 진료실에 가서 한 시간씩 있었다. 이 방문은 의사가 자기가 집필 중인 책의 일부를 소년에게 읽어 주고 싶은 바람에서 비롯되었다. 닥터 파시벌은 이 책을 쓰는 것이 그가 와인즈버그에 와서 살게 된 목적이라고 선언했다.

팔월 아침 소년이 오기 전에 의사의 진료실에서 일이 하나 일어났다. 메인 스트리트에서 사고가 났다. 마차 끄는 말들이 기차 소리에 놀라서 뛰어 달아났다. 농부의 딸인 어린 소녀 하나가 사륜마차에서 내동댕이쳐져 죽었다.

메인 스트리트에서 모든 사람들이 흥분했고 의사를 부르라는 고함소리가 들려왔다. 마을에서 실제로 개업하고 있는 의사 세 명 모두가 재빨리 나왔지만 어린애는 이미 죽어 있었다. 어떤 사람이 군중 속에서 뛰어나와 닥터 파시벌의 진료실로 갔는데 의사는 진료실에서 내려와 죽은 소녀에게 가기를 퉁명스럽게 거부했다. 그렇게까지 안 해도 되는데 굳이 사건 현장으로 가기를 거부했던 그 몰인정함은 사람들이 주목하지 않는 가운데 그냥 지나갔다. 사실, 그를 부르러 계단을 올라왔었던 그 남자는 거부의 말을 듣지도 못한 채 바삐 가 버렸기 때문이다.

닥터 파시벌은 이 일의 자초지종을 몰랐고 조지 윌러드가 그의 진료실에 왔을 때 그는 의사선생이 겁에 질려 벌벌 떤다는 것을 알았다. "내가 한 일이 이 마을 사람들을 다 화나게 할 거야." 그가 흥분해서 외쳤다. "내가 인간의 본성을 모를까 봐? 무슨 일이 일어날지 모를까 봐? 내가 거부했다고 사람들이 여기지기시 수군내겠시. 곧 사람들이 패거리로 모여서 그 얘기를 하겠지. 그들이 이리로 올 거야. 우리는 싸울 테고 날 목매달자는 말이 나오겠지. 그런 다음 그들이 손에 밧줄을 들고 다시 올 거야."

닥터 파시벌은 두려움에 몸을 떨었다. "난 그런 예감이 들어." 그가 힘주어 선언했다. "내가 지금 말하고 있는 일이 오늘 아침에 일어나지는 않을지도 몰라. 오늘 밤까지 미뤄질지도 모르지만 어쨌든 난 목 매달릴 거야. 모두들 흥분하겠지. 나는 메인 스트리트에 있는 가로등 기둥에 목 매달릴 거야."

지저분한 진료실 문으로 가면서 닥터 파시벌은 겁에 질려 거리로 이어지는 계단을 내려다보았다. 돌아오자 그의 눈에 있었던 두려움은 의심으로 변하기 시작했다. 발끝으로 방을 가로질러 와서 그는 조지 윌러드의 어깨를 툭 쳤다. "지금이 아니라면 다음 언젠가." 그는 머리를 가로저으며 속삭였다. "결국에 나는 십자가에 달릴 거야, 아무 쓸모없이 십자가에 달릴 거야."

닥터 파시벌은 조지 윌러드에게 간청하기 시작했다. "자네 내 말 잘 들어야 하네." 그가 강조했다. "만약 무슨 일이 일어나면 내가 완성하지 못하게 될 책을 아마 자네가 쓸 수 있을 거야. 생각은 아주 단순하다네. 너무 단순해서 만약 자네가 신경 쓰지 않으면 잊어버릴 거야. 그 생각은 이런 거라네. 즉, 세상의 모든 사람들은 그리스도이고 그들은 모두 십자가형 당한다는 거야. 그게 내가 말하려는 내용이야. 그거 잊지 말게. 무슨 일이 일어나도 절대로 그거 잊지 말게."

아무도 모를 거야

주의 깊게 사방을 둘러보면서 조지 윌러드는 〈와인즈버그 이글〉 사무실 책상에서 일어나 서둘러 뒷문으로 나갔다. 밤은 더웠고 구름이 꼈으며 아직 여덟 시도 안 됐지만 〈이글〉지 사무실의 골목은 칠흑같이 어두웠다. 어둠 속 어딘가에 있는 말뚝에 묶여 있는 마차 끄는 말들이 딱딱한 땅바닥을 발로 쿵쿵대고 있었다. 고양이 한 마리가 조지 윌러드의 발밑에서 펄쩍 뛰어올라 어둠 속으로 달아났다. 젊은이는 초조했다. 하루 종일 그는 한 대 맞아 멍해진 사람처럼 일했다. 골목에서 그는 두려운 듯 몸을 떨었다.

어둠 속에서 조지 윌러드는 골목을 따라 주의하며 조심조심 걸어갔다. 와인즈버그 가게들의 뒷문은 열려 있었고 남자들이 가게 등불 아래에 여기저기 앉아 있는 것을 볼 수 있었다. 마이어봄의 잡화점에서 술집 주인의 아내인 윌리 부인이 팔에 바구니를 건 채 카운터 옆에 서 있었다. 점원인 시드 그린이 그녀를 시중들고 있었다. 그는 카운터 너머로 몸을 기울여 열심히 말하고 있었다.

조지 윌러드는 몸을 웅크리고 있다가 펄쩍 뛰어서 문간으로 새어 나오는 빛줄기를 넘어갔다. 그는 어둠 속에서 앞으로 내달렸다. 에드 그리피쓰의 술집 뒤에서 마을의 유명한 술주정뱅이인 늙은 제리 비드가 땅바닥에 누워 잠들어 있었다. 뛰어가던 조지는 쫙 벌린 다리에 걸려 넘어졌다. 그는 이따금씩 웃었다.

조지 윌러드는 모험에 나선 것이다. 하루 종일 그는 모험을 위한 결심을 하느라 애썼고 이제 행동에 옮기고 있었다. 그는 생각하려고 하면서 〈와인즈버그 이글〉 사무실에서 여섯 시부터 앉아 있었다.

그는 아직 결심하지는 못했다. 그는 그저 벌떡 일어나 인쇄소에서 교정쇄를 읽고 있는 윌 헨더슨을 급히 지나가 골목길을 따라 뛰기 시작했다.

조지 윌러드는 지나가는 사람들을 피하며 이 거리 저 거리를 통과해 갔다. 그는 길을 건너고 또 건넜다. 가로등을 지날 때면 모자를 얼굴 위로 눌러썼다. 그는 생각하려는 용기가 나지 않았다. 마음속에는 두려움이 있었지만 이건 새로운 종류의 두려움이었다. 그는 지금 자신이 막 시작한 모험이 망쳐지지 않을까, 용기를 잃고 뒤돌아서지나 않을까 두려웠다.

조지 윌러드는 루이즈 트러니언을 그녀 아버지 집의 부엌에서 찾았다. 그녀는 석유 등불을 켜 놓고 접시를 닦고 있었다. 그녀는 집 뒤의 작고 헛간 같은 부엌 덧문 뒤에 서 있었다. 조지 윌러드는 말뚝 울타리 옆에 멈춰 서서 떨리는 몸을 다스리려고 애썼다. 좁은 감자 밭떼기만이 그를 모험에서부터 갈라놓고 있었다. 오 분이 지나서야 그가 그녀를 부르기에 충분할 만큼 자신에 대해 확신하게 되었다. "루이즈! 오, 루이즈!" 하고 그가 불렀다. 외치는 소리가 목에 걸렸다. 그의 목소리는 쉰 속삭임이 되었다.

루이즈 트러니언은 손에 행주를 든 채로 감자밭을 가로질러 나왔다. "내가 너랑 데이트하기 원하는지 어떻게 알아?" 그녀가 뾰로통해서 말했다. "어떻게 넌 그렇게 자신만만한 거야?"

조지 윌러드는 대답하지 않았다. 그 둘은 울타리를 사이에 둔 채 말없이 어둠 속에 서 있었다. "먼저 가고 있어." 그녀가 말했다. "아빠가 저 안에 계시거든. 나도 따라갈게. 윌리암스네 헛간 옆에서 기다려."

젊은 신문기자는 루이즈 트러니언으로부터 편지를 한 통 받았었다. 편지는 그 날 아침 〈와인즈버그 이글〉 사무실로 배달되었다. 편지는 짧았다. "너가 원한다면 난 네 거야"라고 쓰여 있었다. 그는 울타리 옆 어둠 속에서 그녀가 그들 사이에 아무 일도 없는 양했다는 게 언짢았다. "이 여자 보통내기가 아니야. 아, 정말로 이 여자 보통내기가 아니야." 길을 따라 걸으며 옥수수가 자라고 있는 죽 늘어선 빈터를 지나면서 그가 중얼거렸다. 옥수수는 어깨 높이만큼 되었는데 인도에까지 바짝 붙여 심어졌었다.

자기 집 앞문에서 나왔을 때 루이즈 트러니언은 접시 닦을 때 입고 있었던 줄무늬 무명옷을 그대로 입고 있었다. 머리에 모자는 쓰고 있지 않았다. 소년은 그녀가 문손잡이를 잡고 서서 안에 있는 누군가와 말하는 것을, 물론 그녀의 아버지인 늙은 제이크 트러니언이겠지만, 볼 수 있었다. 늙은 제이크는 반쯤 귀가 먹어서 그녀는 소리를 질렀다. 문이 닫히고 모든 것이 이 작은 뒷길에서 어둡고 조용했다. 조지 윌러드는 전보다 더 몸을 떨었다.

윌리암스네 헛간 옆 컴컴한 곳에서 조지와 루이즈는 말문을 꺼내지는 못한 채 서 있었다. 그녀는 특별히 예쁘지는 않았고 코 한쪽 편에 검은 반점이 있었다. 조지는 그녀가 부엌 냄비를 씻다가 나중에 손가락으로 코를 문질렀음에 틀림없다고 생각했다.

젊은 남자가 불안하게 웃었다. "덥네." 그가 말했다. 그는 손으로 그녀를 만지고 싶었다. "난 용기가 없어." 그가 생각했다. 그저 그 지저분한 줄무늬 무명옷의 주름 접힌 데를 만지기만 해도 멋진 즐거움이 될 거라고 그는 판단했다. 그녀가 트집을 잡기 시작했다. "넌 네가 나보다 낫다고 생각하지? 말하지 마, 난 알고 있거든." 그녀가 그에게 더 바짝 다가가며 말했다.

조지 윌러드의 입에서 말이 홍수처럼 터져 나왔다. 그는 그들이 거리에서 만났을 때 소녀의 눈에 숨어 있었던 표정을 기억해 냈고 그녀가 쓴 쪽지를 생각했다. 의심이 그에게서 떠나갔다. 그녀에 관해 마을에서 떠돌아다니던 수군대는 이야기들이 그에게 자신감을 줬다. 그는 완전히 대담하고 공격적인 남성이 되었다. 그의 가슴에는 그녀에 대한 동정심이 없었다. "자, 와 봐, 괜찮을 거야. 아는 사람 아무도 없을 거야. 사람들이 어떻게 알겠어?" 그가 밀어붙였다.

그들은 키 큰 잡초가 갈라진 벽돌 틈새로 자라는 좁은 인도를 따라 걷기 시작했다. 벽돌 몇 개는 빠져 없었고 인도는 거칠고 들쭉날쭉했다. 그는 역시 거친 그녀의 손을 잡았고 그 손이 기분 좋을 만큼 작다고 생각했다. "나 멀리 못 가"라고 그녀가 말했는데 그녀의 목소리는 조용하고 차분했다.

그들은 작은 개울을 가로지르는 다리를 건너 옥수수가 자라는 또 다른 빈 땅을 지나갔다. 길이 끝났다. 길 가의 좁은 통로에서 그들은 앞뒤로 걸어갈 수밖에 없었다. 윌 오버튼의 딸기밭이 길 옆에 펼쳐져 있었고 거기에는 널빤지가 쌓여 있었다. "윌이 딸기 상자를 놓아둘 창고를 여기에 지으려고 해." 조지가 말했고 그들은 널빤지 위에 앉았다.

*

조지 윌러드가 메인 스트리트로 다시 나오자 밤 열시가 넘었고 비가 내리기 시작했다. 그는 세 번이나 메인 스트리트를 끝에서 끝까지 왔다 갔다 했다. 실베스터 웨스트의 약국은 아직도 열려 있었고 그는 안으로 들어가 시가를 하나 샀다. 점원인 쇼티 크랜들이 문까지 그와 함께 나오자 그는 기분이 좋았다. 오 분 동안 둘은 가게 차양 아래에 서서 얘기했다. 조지 윌러드는 만족했다. 그는 무엇보다도 다른 남자에게 말하고 싶었었다. 뉴 윌러드 하우스 쪽으로 모퉁이를 돌면서 그는 가볍게 휘파람을 불며 갔다.

높은 널빤지 담이 서커스 그림으로 덮여 있는 위니의 포목상 옆 인도 위에서 그는 휘파람을 멈추고 마치 그의 이름을 부르는 어떤 목소리를 들으려는 듯 귀 기울이며 아주 가만히 어둠 속에 서 있었다. 그리고 그는 다시 신경질적으로 웃었다. "내가 그 여자애에게 뭐 물린 건 없어. 아무도 모르거든." 끈질기게 중얼대며 그는 가던 길을 계속 갔다.

신의 길: 4부작 이야기

제1부

항상 서너 명의 노인네들이 벤틀리 농장의 집 현관에 앉아 있거나 아니면 정원 주위를 어정거리고 있었다. 이 노인들 중 셋은 여자였으며 제시의 누이들이었다. 이들은 핏기 없는 얼굴에 소리도 크게 못 내는 군상들이었다. 그리고 숱이 적은 백발의 말 없는 노인네가 바로 제시의 삼촌이다.

농장가옥은 나무로 지어졌는데 통나무로 뼈대를 만든 다음 그 바깥을 널빤지로 덮은 집이었다. 이 집은 사실은 집 하나라기보다는 제멋대로 한데 붙어 여러 채가 모인 집이었다. 집안에는 놀라운 것들로 가득 차 있었다. 거실에서 식당으로 가려면 계단을 올라가야 했고 한 방에서 다른 방으로 가려면 항상 계단을 올라가거나 내려가거나 해야 했다. 식사 때면 집은 마치 벌집 같았다. 어떤 때는 모든 것이 조용했고, 그러다 문이 열리기 시작하면 발걸음 소리가 계단에서 덜거덕거렸고, 낮은 목소리의 중얼거리는 소리가 커지고 사람들이 열두어 군데나 되는 잘 안 보이는 구석구석에서 나타났다.

벤틀리 농장에는 이미 언급한 늙은 사람들 외에 다른 많은 사람들이 살고 있었다. 네 명의 일꾼이 있었고, 집안 살림을 하는 캘리 비브 아줌마가 있었고, 일라이자 스타우튼이라는 이름의 좀 모자라는 소녀가 있었는데 침대를 정리하고 소젖 짜는 일을 도왔고, 마구간에서 일하는 소년이 하나 있었고, 그리고 이 모든 것의 주인이자 영주인 제시 벤틀리 본인이 있었다.

미국 남북전쟁이 끝나고 이십 년이 지났을 무렵 벤틀리 농장이 있는 북부 오하이오 지역은 서부개척 시대로부터 벗어나기 시작했었다. 그때 제시는 곡물을 수확하는 기계를 소유하고 있었다. 그는 현대적인 헛간을 지었고 그의 땅의 대부분은 정성들여 시공한 타일 배수로로 배수설비가 되어 있었다. 그러나 이 사람을 이해하기 위해서 우리는 좀 더 옛날로 거슬러 가야 할 것이다.

벤틀리 집안은 제시의 시대 이전에 북부 오하이오에서 여러 세대 동안 살았었다. 아직 나라가 세워진 지 얼마 안 되었고 땅을 낮은 가격에 살 수 있었던 때에 그들은 뉴욕 주에서 와서 여기 땅을 샀다. 오랫동안 그들은 다른 모든 중서부 지방[4] 사람들처럼 무척 가난했다. 그들이 정착한 땅은 나무가 빽빽했고 쓰러진 통나무와 덤불로 뒤덮여 있었다. 이것들을 치워 버리고 목재를 자르는 길고도 힘든 노동이 끝난 뒤에도 여전히 손봐야 할 나무 그루터기가 있었다. 들판에서 흙을 갈아엎던 쟁기는 눈에 안 보이는 뿌리에 걸리고 돌은 여기저기 널려 있었고, 낮은 지대에는 물이 고였고 어린 옥수수가 누렇게 되다가 병들어 죽었다.

제시 벤틀리의 아버지와 형제들이 이곳을 소유하게 되었을 때 개간 작업의 힘든 일은 대부분 끝났지만 이들은 옛 전통을 고수하며

---

4. 역자주. Midwest. 미국 동부의 알레게니 산맥에서 서부의 로키 산맥 사이의 중북부지역으로 오하이오, 일리노이, 네브래스카, 미시간, 미네소타 주 등을 포함한다. Middle West라고도 한다.

사람이 끄는 짐승처럼 일했다. 그들은 그 시대의 모든 농사짓는 사람들이 살던 방식 거의 그대로 살았다. 봄, 그리고 겨울의 대부분 기간 동안 와인즈버그 읍으로 가는 신작로는 온통 진창이었다. 이 집안의 젊은 네 남자는 들에서 하루 종일 힘들게 일했고 거칠고 기름기 많은 음식을 아주 많이 먹었고 밤이면 짚으로 만든 침대에서 지친 짐승처럼 잤다. 그들의 삶 속으로 거칠지 않고 짐승 같지 않은 건 거의 들어오지 않았고 겉보기에 그들도 거칠고 짐승 같았다. 토요일 오후에는 그들은 말 한 팀을 삼인승 마차에 묶고는 읍내로 갔다. 읍내에서 그들은 다른 농부나 가게 주인들과 이야기하면서 가게의 난롯가에 서 있곤 했다. 그들은 멜빵 달린 작업바지를 입고 있었고 겨울에는 진흙이 얼룩덜룩 묻어 있는 무거운 외투를 입었다. 난로 불을 쬐러 손을 뻗칠 때 그들의 손은 갈라지고 불그스름했다. 그들은 말하는 게 힘들어서 대개 말없이 있었다. 고기, 밀가루, 설탕과 소금을 사고 나면 그들은 와인즈버그 술집에 들어가 맥주를 마셨다. 새로운 토지를 개간한다는 영웅적 노동에 의해 억제되어 왔던 이들 천성의 타고난 강한 욕망이 술기운으로 인해 풀려났다. 일종의 거칠고 동물 같은 시적인 열정이 이들을 사로잡았다. 집으로 돌아가는 길 위에서 이들은 마차 좌석 위에 올라서서 별을 향해 고함을 질렀다. 어떤 때는 이들은 오랫동안 지독하게 싸우기도 했고 또 다른 때에는 일시에 노래를 불러 대기도 했다. 한번은 형제 중 제일 맏인 이넉 벤틀리가 아버지 늙은 톰 벤틀리를 마부의 채찍 끝으로 쳤고 그 노인네는 죽을 것처럼 보였다. 여러 날 동안 이넉은 만약 그의 일시적인 성깔의 결과가 살인으로 판명된다면 도망갈 준비를 하고 마구간 위 다락에서 건초 속에 숨어 있었다. 그는 어머니가 가져오는 음식으로 생명을 부지할 수 있었는데 어머니는 그에게 다친 사람의 상태도 알려줬다. 모든 게 다 잘 끝났을 때 그는 숨었던 곳에서 나와 마치 아무 일도 안 일어났었던 것처럼 다시 땅 개간하는 일을 하러 돌아갔다.

*

남북전쟁은 벤틀리네 집 사람들의 운명에 갑작스런 변화를 가져왔고 막내아들 제시가 성공하는 원인이 되었다. 이넉, 에드워드, 해리, 그리고 윌 벤틀리는 모두 입대했고 긴 전쟁이 끝나기 전에 다들 죽었다. 아들들이 남부로 간 후 한동안 늙은 톰은 그곳을 운영하려고 했으나 성공을 거두지는 못했다. 이 네 명 중 제일 끝의 아들이 죽자 그는 제시에게 편지를 보내 집으로 와야겠다고 말했다.

그러다 일 년 동안 몸이 안 좋았던 어머니가 갑자기 죽었고, 아버지는 완전히 낙담하게 되었다. 그는 농장을 팔아 읍내로 이사 가는 얘기를 했다. 하루 종일 그는 머리를 가로 젓고 중얼거리며 여기저기 돌아다녔다. 밭일은 하는 사람이 없었고 잡초가 옥수수 사이에서 높이 자랐다. 늙은 톰은 사람들을 고용했지만 이들을 현명하게 이용하지는 못했다. 아침에 이들이 밭으로 나가면 그는 숲에 들어가 배회하고 통나무에 앉기도 했다. 어떤 때는 밤에 집에 오는 걸 잊어서 딸들 중 한 명이 그를 찾으러 나가야 했다.

제시 벤틀리가 농장의 집으로 와서 일을 떠맡게 됐을 때 그는 홀쭉하고 예민하게 생긴 스물 두 살의 남자였다. 열여덟 살에 그는 학자가 되기 위해, 그리고 궁극적으로는 장로교 교회의 목사가 되기 위해 집을 떠나 학교에 들어갔었다. 소년시절 동안 내내 그는 우리 시골에서는 '중뿔난 애'라 불리는 그런 아이였고 형제들과도 잘 지내지 못했었다. 모든 가족들 중에서 어머니만이 그를 이해했었는데 지금 그녀는 죽었다. 그가 농장 일을 맡기 위해 집에 왔을 때 농장은 그때 600에이커[5]보다도 더 불어나 있었는데 주위의 농장과 인근 와인즈버그 읍내에 있는 모든 사람들이 네 명의 힘센 형들이 했었던 일을 그가 하려고 한다는 생각에 대해 웃었다.

사람들이 웃을 만한 충분한 이유가 사실 있기는 했다. 그의 시대의 기준으로 본다면 제시는 전혀 남자같이 보이지 않았다. 그는 작고 몸매가 홀쭉하고 여자 같았으며 젊은 목사들의 전통에 맞게 긴 검은 코트와 좁은 검은색 줄 타이를 맸다. 이웃 사람들은 그를 볼 때 즐거웠고 여러 해가 지난 후에는 그가 도시에서 결혼해 데려온 여자를 봤을 때 더더욱 즐거워했다.

사실상 제시의 아내는 진짜 곧 무너졌다. 그건 아마도 제시의 잘못이었을 것이다. 남북전쟁 후의 어려운 시절에 북부 오하이오에 있는 농장은 몸 약한 여자에게는 있을 곳이 못되었는데 캐더린 벤틀리는 몸이 약했다. 제시는 그 시절에 그가 주위의 모든 사람들에게 그러했듯이 그녀에게도 가혹했다. 그녀는 주위의 모든 이웃 여자들이 하는 일을 하려고 했고 그는 간섭하지 않고 그녀가 계속 일하도록 내버려뒀다. 그녀는 소젖 짜는 일을 도왔고 집안일도 했다. 그리고 남자들을 위해 이부자리를 봐 주고 그들이 먹을 음식을 준비했다. 일 년 동안 그녀는 매일 해 뜰 때부터 밤늦도록 일했고 그러다 아이를 하나 낳은 후 죽었다.

---

5. 역자주: 1에이커는 약 4,047 m² 혹은 약 1,250평

제시 벤틀리로 말하자면 비록 그가 몸이 약한 남자이긴 했지만 그의 안에는 쉽사리 죽지 않는 뭔가가 있었다. 그는 갈색 고수머리와 가끔은 냉혹하고 직선적이고, 또 다른 때에는 주저하고 자신감 없는, 회색 눈을 하고 있었다. 그는 홀쭉했을 뿐만 아니라 키도 작았다. 그의 입은 예민하고 아주 고집 센 아이의 입처럼 생겼다. 제시 벤틀리는 광신도였다. 그는 그의 시대와 장소에 걸맞지 않게 태어난 사람이었고 이 점 때문에 고통 받았고 다른 사람들을 고통 받게 만들었다. 그는 인생에서 자신이 원하는 것을 얻는데 결코 성공하지 못했고 자기가 뭘 원하는지도 몰랐다. 벤틀리 농장의 집으로 돌아온 뒤 아주 짧은 시간 동안에 그는 그곳 사람들이 그를 무서워하게 만들었고, 그의 어머니가 그러했듯 그에게 바짝 붙어 있었어야 했었던 그의 아내도 그를 무서워했다. 그가 온지 2주가 끝나 갈 무렵 늙은 톰 벤틀리는 그에게 그곳 전체의 소유권을 넘겨줬고 뒤로 물러났다. 모두 다 뒤로 물러났다. 나이도 어리고 경험도 없었지만 제시는 사람들의 영혼을 지배하는 법을 알았다. 그는 행동하고 말하는 모든 일에서 너무나 진지했기 때문에 아무도 그를 이해하지 못했다. 그는 농장의 모든 사람들이 그 전에 일해본 적이 없던 일을 하도록 만들었으나 일에 즐거움이 없었다. 일이 잘 되어 갔다면 그건 제시에게 잘 되어 갔다는 것이지 그에게 의존하는 사람들에게 잘 되어 갔다는 건 아니었다. 이렇게 나중에 여기 미국 땅에서 태어나게 된 많은 다른 강한 사람들과 마찬가지로 제시는 반만큼만 강했다. 그는 다른 사람들을 지배할 수 있었으나 자신을 지배할 수는 없었다. 전에 하지 않았던 방식으로 농장을 운영하는 것은 그에게는 쉬운 일이었다.

학교를 다니던 클리블랜드에서 고향으로 돌아온 후 그는 다른 모든 사람들과 일체 교류하지 않고 계획을 짜기 시작했다. 그는 밤이고 낮이고 농장에 대해 생각했고 그것이 그를 성공하게 만들었다. 농장에서 그의 주위에서 일하는 사람들은 너무 열심히 일을 해서 지쳐 생각을 할 수가 없었지만 제시에게는 농장에 대해 생각하고 농장의 성공을 위해 항상 계획을 짜고 있는 것이 휴식이었다. 이 일이 그의 열정적 천성 안에 있는 뭔가를 부분적으로 만족시켰다. 집에 돌아오자마자 그는 오래된 집에 붙여 별채를 하나 지었고, 서쪽을 보고 있는 큰 방에는 안뜰을 볼 수 있는 창과, 들판 너머 저 멀리 볼 수 있는 다른 창들을 냈다. 창가에 앉아 그는 생각했다. 매 시간 시간, 날이면 날마다 그는 앉아서 땅을 굽어보며 그의 인생에서의 새로운 위치가 무엇이 될지 생각해 내었다. 그의 천성 속에 들어 있는 그 열정적으로 불타고 있는 것이 활짝 불붙었고 그의 눈은 냉혹해졌다. 그는 자신의 농장이 그 주의 어느 농장도 지금껏 생산해내지 못한 양을 생산하기를 원했고, 그리고는 다른 어떤 것도 원했다. 그의 내부에 있는 뭐라 정의할 수 없는 갈망이 그의 눈을 주저하게 만들고 사람들 앞에서 항상 점점 더 침묵을 지키게 만들었다. 그는 평화를 얻기 위해서라면 많은 것을 주었을 것이고 평화는 자신이 얻을 수 없는 것이라는 두려움이 그의 속에 있었다.

제시 벤틀리는 온 몸에 생명이 가득 차 있었다. 그의 작은 체구 안에 수많은 강한 남자들의 힘이 모여져 있었다. 그는 농장의 작은 소년이었을 때, 그리고 나중에 학교 다니는 젊은이였을 때 항상 유달리 생기가 넘쳤었다. 학교에서 그는 모든 정신과 마음을 다해 신과 성경을 공부하고 생각했다. 시간이 지나고 사람들을 더 잘 알게 되었을 때 그는 자신을 비범한 사람으로, 동료들로부터 따로 떨어진 그런 사람으로, 생각하기 시작했다. 그는 자신의 삶을 아주 중요한 것으로 만들기를 열망했고, 주위의 동료들이 얼마나 멍청이처럼 사는가 보게 되자 그는 자신도 그런 멍청이가 된다는 생각을 참을 수 없었다. 그가 자신과 자기 운명에 몰두한 나머지 젊은 아내가 아이를 가져 배가 부른 뒤에도 튼튼한 여자가 하는 일을 하고 있으며 그를 위해 일하다가 스스로를 죽이고 있다는 사실을 모르고 있었지만 그렇다고 그가 아내에게 일부러 불친절하게 한 건 아니었다. 늙고 노동으로 인해 몸이 굽은 아버지가 그에게 농장의 소유권을 넘겨주고 구석으로 기어가서 죽을 날을 기다리는 데 만족한 것처럼 보였을 때 그는 어깨를 으쓱하고는 마음에서 늙은 아버지 생각을 지웠다.

물려받은 땅이 굽어보이는 방 안 창가에 앉아 제시는 자신의 일들을 생각했다. 그는 마구간에서 그의 말들의 쿵쿵거리는 소리와 소들의 불안한 움직임을 들을 수 있었다. 멀리 떨어진 들에서 그는 다른 소들이 푸른 언덕 위로 돌아다니는 것을 볼 수 있었다. 사람들의 목소리, 그를 위해 일하는 일꾼들의 목소리가 창문을 통해 그에게 들려왔다. 우유작업실에서는 지능이 떨어지는 소녀 일라이자 스타우튼이 조작하는 교유기에서 나는 쿵쿵 소리가 꾸준히 들렸다. 제시의 마음은 자신처럼 땅과 가축을 소유했었던 구약시대의 사람들에게로 거슬러 갔다. 그는 어떻게 신이 하늘로부터 내려와 이 사람들에게 말했는지 기억했고 신이 자신도 주목해서 뭔가 말을 하기를 원했다. 이들에게 드리워져 있는 의미심장함의 기미를 자기 자신의 삶에서 어떤 식으로건 획득하려는 일종의 열렬하고도 소년 같은 진지함이 그를 사로잡았다. 기도 잘 하는 사람이어서 그는 이 문제를 큰 소리로 신에게 말했고 자신의 말소리가 그의 진지함을 강하게 했고 지속되게 했다.

"나는 이 들판을 소유하러 온 새로운 종류의 사람입니다." 그가 외쳤다. "저를 봐 주세요, 하느님, 그리고 내 이웃들과, 여기에 저보다 먼저 있다 간 모든 사람들도 봐 주세요. 오, 하느님, 내 안에 또 다른 제시[6]를 창조해 주세요, 사람들을 다스리고, 통치자가 될 아들들의 아버지가 되도록 그 옛날의 예서 같은 제시를요." 제시는 큰소리로 말하면서 흥분하여 벌떡 일어나 방 안을 왔다 갔다 걸었다. 상상 속에서 그는 옛날에, 옛날 사람들 사이에 살고 있는 자신을 보았다. 그의 앞에 죽 펼쳐진 땅은 아주 의미심장하게 되었고 그의 상상에 의해 그 자신으로부터 솟아난 새로운 인간의 종족이 살게 된 그런 곳이 되었다. 그에게는 그 옛날과 마찬가지로 그의 시대에서도 왕국이 만들어질 것이고, 선택된 종을 통해 말하는 신의 권능에 의해 새로운 충동이 사람들의 삶에 주어 질 것으로 보였다. 그는 그런 종이 되기를 바랐다. "내가 이 땅에 와서 하게 된 것은 하느님의 일이야"라고 그가 큰 소리로 선언했고 그의 작은 몸집이 똑바로 펴졌고 그는 신이 자신을 인정한다는 징표인 후광처럼 뭔가가 자신에게 드리워져 있다고 생각했다.

*

훗날의 사람들이 제시 벤틀리를 이해하기는 다소 어려울지 모른다.

---

6. 역자주: Jesse. 구약성경에 나오는 예시. 사무엘 전서 16장 참조

지난 50년 동안에 거대한 변화가 우리들의 삶에서 일어났다. 사실 혁명이 일어난 것이다. 산업주의는 온갖 일들이 만들어 내는 으르렁 소리와 덜거덕거리는 소리, 바다 건너에서 우리들과 같이 살러 온 수백만 새로운 목소리의 날카롭게 외치는 소리, 기차의 왕래, 도시의 성장, 도시를 실타래처럼 엮으며 농가를 지나가는 도시간 자동차 도로망의 건설을 수반하면서 도래했다. 그리고 더 훗날인 지금에는 자동차의 도래가 중부 미국에 사는 우리들의 삶과 사고 습관에 엄청난 변화를 일으켰다. 책들은 비록 우리 시대의 서두르는 분위기 속에서 나쁘게 상상되어지고 쓰였지만 어느 집에나 비치되어 있었고 잡지는 수백만 권씩 유통되었고 신문은 어디에나 있었다. 우리 시대에는 마을의 가게 난로 가에 서 있는 농부의 마음도 다른 사람들의 말에 의해 흘러넘칠 정도로 채워졌다. 신문과 잡지가 펌프질을 해서 그에게 바람이 잔뜩 들어가게 했다. 일종의 어린애 같은 아름다운 순수함을 안에 담고 있었던 오래된 짐승 같은 무지함이 상당부분 영원히 사라졌다. 난롯가에 서 있는 농부는 도시에 사는 사람들의 형제이고, 만약 여러분이 귀 기울여 본다면 여러분은 그가 우리들 중 최고의 도시남자만큼 그렇게 입심 좋고 몰상식하게 말하고 있다는 것을 발견하게 될 것이다.

 제시 벤틀리의 시대와 남북전쟁 이후의 기간 동안 중서부 전 지역의 시골에서는 그렇지 않았다. 사람들은 너무 일을 많이 했고 너무 지쳐서 책을 읽을 수가 없었다. 그들에게는 종이 위에 인쇄된 말들에 대한 욕망이 없었다. 들에서 일할 때면 막연하고 생기다 만 생각들이 그들을 사로잡았다. 그들은 신의 존재를 믿었고 또한 그들의 삶을 지배하는 신의 권능의 존재도 믿었다. 일요일이면 그들은 신과 신의 역사(役事)에 대해 듣기 위해 작은 신교 교회에 모였다. 교회는 이 당시에 사회적, 지적 삶의 중심이었다. 사람들의 마음속에서 신의 모습은 컸었다.

그래서 상상력 풍부한 아이로 태어났고 안에 거대한 지적 열성을 갖고 있어서, 제시 벤틀리는 온 마음을 다 바쳐 신에게로 향했다. 전쟁이 그의 형제들을 앗아갔을 때 그는 그 일에서 신의 손을 보았다. 아버지가 아파서 더 이상 농장의 운영에 신경 쓰지 못하게 되었을 때도 그는 이것을 신이 보낸 신호로 받아들였다. 도시에 있을 때, 이 소식을 접하자 그는 밤에 이 문제를 생각하며 여기저기 거리를 걸어 다녔고, 고향에 내려와서 농장의 일을 진행하게 되었을 때 그는 신에 대해 생각하기 위해 다시 밤에 숲을 지나고 낮은 언덕을 넘으며 걸었다.

걷는 동안 신의 계획 속에서의 자기 자신의 중요성이 그의 마음속에서 점점 더 커졌다. 그는 탐욕스러워졌고 농장이 600에이커밖에 안 된다는 것을 참을 수 없었다. 어느 목장 가장자리의 울타리 구석에 무릎 꿇고 그는 목소리를 정적 속으로 실어 보냈고 위를 쳐다보고는 별이 그를 향하여 반짝이는 것을 보았다.

어느 저녁, 아버지가 죽은 뒤 몇 달 지나고 아내 캐더린이 언제라도 출산하기만을 기다리고 있을 때에 제시는 집을 나와 오래 걸었다. 벤틀리 농장은 와인 크릭 개울이 물을 대는 조그만 계곡 안에 자리 잡고 있었고 제시는 강둑을 따라 자기 땅이 끝나는 곳까지 왔고 그리고는 이웃들의 밭을 통과하여 계속 걸었다. 걸어가는 동안 계곡이

넓어졌고 그러다가는 다시 좁아졌다. 들과 숲이 저 멀리까지 탁 트여 앞에 놓여 있었다. 달이 구름 뒤에서 나왔고 제시는 낮은 언덕을 올라온 후 앉아서 생각했다.

제시는 신의 진정한 종복으로 그가 걸어서 지나온 그곳 전체가 자기 소유가 되었어야 했다고 생각했다. 그는 죽은 형제들을 생각했고 그들이 더 열심히 일해서 더 많은 것을 이뤄 놓지 못했다고 비난했다. 그의 앞에 달빛을 받으며 작은 시내가 돌 위로 흘러 내려가고 있었고 그는 자신처럼 가축 떼와 땅을 소유했었던 옛날 사람들을 생각하기 시작했다.

반은 두려움, 반은 탐욕인 어떤 환상적인 충동이 제시 벤틀리를 사로잡았다. 그는 구약성경 이야기에서 어떻게 주(主)가 또 다른 제시에게 나타나 그에게 아들 다윗을 사울과 이스라엘 남자들이 엘라 계곡에서 필리스티아 사람들[7]과 싸우고 있는 곳으로 보내라고 말했는지 기억해 냈다. 제시의 마음에 와인 크릭 계곡에서 땅을 갖고 있는 모든 오하이오 농부들은 필리스티아 사람들이고 신의 적이라고 하는 확신이 떠올랐다. "만약," 그가 혼자 중얼거렸다. "그들에게서 마치 가쓰 출신 필리스티아 사람인 골리앗 같은 사람이 나와서 나를 쳐부수고 내가 가진 모든 것을 빼앗아 간다면." 그는 상상 속에서 다윗이 오기 전에 사울의 마음에 틀림없이 무겁게 드리웠을 고통스런 두려움을 느꼈다. 벌떡 일어나 그는 밤을 뚫고 뛰어다니기 시작했다. 뛰어가면서 그는 신을 불렀다. 그의 목소리가 낮은 언덕을 넘어 멀리

---

7. 역자주: the Philistines. 기원전 12세기경부터 팔레스타인 지역에 살며 이스라엘인들에게 적대적으로 대했던 부족. 야만적이라고 알려져서 후에 지적이지 못하고 물질주의에 빠진 사람들을 가리키는 말로 원용됨.

까지 갔다. "만군의 여호와시여." 그가 외쳤다. "오늘 밤 캐더린의 자궁으로부터 제게 아들을 보내 주소서. 당신의 은총이 내게 내려오도록 해 주소서. 제게 데이비드[8]라고 불릴 아들을 하나 보내 주셔서 그가 저를 도와 마침내 이 땅을 필리스티아 사람들의 손에서 다 빼앗아 그 땅을 당신을 위한 사역에, 지상에 당신의 왕국을 건설하는 데에 돌리도록 해 주소서."

8.역자주: David. 구약성서의 다윗

신의 길

제2부

오하이오 주 와인즈버그의 데이비드 하디는 벤틀리 농장의 주인인 제시 벤틀리의 손자였다. 열두 살 때 그는 늙은 벤틀리네 집에 가서 살게 되었다. 그의 어머니 루이즈 벤틀리는 제시가 들판을 뛰어다니며 아들을 달라고 신에게 외쳤었던 그날 밤에 세상에 나온 여자 아이였는데 농장에서 어른이 될 때까지 자라, 와인즈버그에 사는 은행가가 된 젊은 존 하디와 결혼했다. 루이즈와 그녀의 남편은 행복하게 같이 살지 못했고 모든 사람들은 그녀 잘못이라고 생각했다. 그 여자는 날카로운 회색 눈과 검은 머리를 한 작은 여자였다. 어릴 때부터 그 여자는 성질이 불같았고 화가 나 있지 않을 때에는 종종 침울하고 말이 없었다. 와인즈버그에서는 사람들이 그녀가 술을 마신다고 얘기했다. 은행가인 남편은 주의 깊고 빈틈없는 사람인데 그녀를 행복하게 해 주기 위해 애썼다. 돈을 벌기 시작했을 때 그는 그녀를 위해 와인즈버그의 엘름 스트리트에 커다란 벽돌집을 하나 샀고 아내의 마차를 몰 남자 하인을 집에 둔 읍내 최초의 남자가 되었다.

그러나 루이즈는 행복해 질 수 없었다. 그녀는 반쯤 미친 것처럼 화를 내는데 이럴 때는 말을 안 하기도 하고 혹은 시끄럽게 싸우려 들기도 했다. 그 여자는 화가 나면 욕을 하고 고함을 질렀다. 부엌에서 식칼을 갖고 나와 남편을 죽이겠다고 위협한 적도 있다. 한번은 일부러 집에 불을 지르기도 했고, 또 자주 자기 방에 며칠씩 숨어 있으면서 아무도 만나지 않으려 하기도 했다. 반은 은둔자처럼 살아가는 그 여자의 삶은 그 여자와 관련되는 온갖 종류의 소문을 만들어 냈다. 여자가 마약을 한다는 얘기와, 또 종종 감추기 어려울 정도로 술에 너무 취하기 때문에 사람들로부터 숨으려 한다는 얘기가 나돌았다. 이따금 여름날 오후면 그녀는 집밖으로 나와 마차에 오르기도 했다. 마부를 보내고는 손에 말고삐를 쥐고 전속력으로 거리를 질주했다. 가는 길에 행인이 방해가 되면 그녀는 곧장 앞질러 달려 나갔고 그러면 겁에 질린 시민은 할 수 있는 한 최선을 다해 피해야만 했다. 읍내 사람들에게는 마치 그녀가 그들을 치어 죽이려고 하는 것처럼 보였다. 여러 길을 마차를 몰고 지나가며 그녀는 길모퉁이를 질주하며 돌고, 채찍으로 말을 때리면서 교외로 빠져나갔다. 집들이 안 보이는 시골길에서 그녀는 말들이 속도를 줄여 걷게 만들었고 그녀의 거칠고 난폭한 기분은 지나갔다. 그녀는 생각에 잠겼고 말을 중얼거렸다. 어떤 때는 눈물이 나기도 했다. 그러다가 읍내로 되돌아가면 그녀는 조용한 거리를 뚫고 다시 광폭하게 마차를 몰았다. 남편의 영향력과 남편이 사람들의 마음속에 불러일으키는 존경심이 없었다면 그녀는 여러 번 마을 보안관에게 체포되었을 것이다.

어린 데이비드 하디는 이 여자와 한 집에서 자라났고 쉽게 상상할 수 있듯이 그의 어린 시절에는 즐거움이 별로 없었다. 그는 그땐 너무 어려서 사람들에 관한 자기 나름의 의견을 갖지 못했지만 이따금씩 자기 엄마인 그 여자에 대해 아주 분명한 의견을 갖기도 했다.

데이비드는 항상 조용하고 순한 소년이었고 오랫동안 와인즈버그 사람들에게 약간 멍청이라고 여겨졌었다. 그는 눈이 갈색이었고 아이였을 때 그는 안 보는 것처럼 보이면서 오랫동안 물건이나 사람들을 보는 습관이 있었다. 누가 자기 엄마를 심하게 말하는 걸 들을 때, 혹은 엄마가 아버지를 욕하는 걸 엿들을 때면 그는 겁에 질려 뛰어나가 숨었다. 어떤 때는 숨을 곳을 찾지 못했는데 그러면 그는 당혹해 했다. 얼굴을 나무쪽으로, 혹은 집안에 있을 때는 벽 쪽으로 향하고 그는 눈을 감고 아무것도 생각하지 않으려 했다. 그는 혼자 큰 소리로 말하는 버릇이 있었는데 나이는 어렸지만 조용한 슬픔의 기운이 자주 그를 사로잡았다.

벤틀리 농장으로 할아버지를 만나러 가는 그런 때에는 데이비드는 굉장히 만족했고 행복했다. 종종 그는 다시는 읍내로 돌아갈 필요가 없게 되기를 바랐고, 언젠가 한 번 농장에 오래 가 있다가 집으로 돌아오던 때에 그의 마음에 오래 가는 영향을 남길 어떤 일이 일어났다.

데이비드는 일꾼 한 사람과 함께 읍내로 돌아왔었다. 그 남자는 자기 일을 보느라 바삐 왔다 갔다 했고 소년을 하디네 집이 있는 거리의 초입에 두고 갔다. 때는 가을 저녁의 이른 해질 무렵이었고 하늘은 구름으로 잔뜩 뒤덮여 있었다. 뭔가가 데이비드에게 일어났다. 그는 자기 엄마, 아버지가 살고 있는 그 집에 들어가는 것을 참을 수가 없었고 집에서 도망치기로 충동적으로 결심했다. 그는 농장으로, 그리고 할아버지에게로, 돌아갈 의향이었으나 길을 잃어서 여러 시간 동안 울며 겁에 질린 채 시골길을 헤매 다녔다. 비가 오기 시작했고 번개가 하늘에서 번쩍였다. 소년의 상상력이 자극되어 그는 자신이 어둠 속에서 이상한 것들을 볼 수도 있고 들을 수도 있다고 상상했다. 아무도 지금껏 가 본적 없는 어떤 끔찍한 빈 공간에서 걷고 뛰고 있다는 확신이 들었다. 주위의 어둠은 끝이 없어 보였다. 나무 사이로 불어 대는 바람의 소리가 끔찍했다. 그가 걸어가는데 길을 따라 마차 끄는 말들이 다가오자 그는 겁에 질려 울타리 위로 올라갔다. 들판을 통과해서 그는 또 다른 길에 접어들 때까지 뛰었고 무릎을 꿇고는 손가락으로 부드러운 땅을 만져 보았다. 자신이 결코 이 어둠 속에서 찾지 못할 거라고 생각하는 할아버지의 모습이 없다면 세상은 완전히 텅 빌 거라고 그는 생각했다. 마을에서 집으로 걸어 돌아가던 어떤 농부가 아이 우는 소리를 듣고 그를 아버지의 집으로 데려가자 그는 너무 지치고 흥분해서 자신에게 어떤 일이 일어나고 있었는지를 몰랐다.

데이비드의 아버지는 아들이 사라졌다는 것을 우연히 알게 되었다. 길에서 그는 벤틀리 집에서 온 농장 일꾼을 만나 아들이 읍내로 돌아온 것을 알고 있었다. 그런데 소년이 집으로 돌아오지 않자 비상이 걸렸고 존 하디는 읍내 남자 몇 명과 함께 시골길로 찾으러 갔다. 데이비드가 유괴되었다는 소식이 와인즈버그 거리 여기저기에 퍼졌다. 그가 집에 돌아왔을 때 집에 불은 켜져 있지 않았지만 엄마가 나와서 그를 팔에 간절하게 꼭 껴안았다. 데이비드는 갑자기 엄마가 딴 여자가 되었다고 생각했다. 그는 이렇게 즐거운 일이 일어났다는 것을 믿을 수 없었다. 루이즈는 자기 손으로 그의 지친 어린 몸을 목욕시켜 줬고 음식을 요리해 줬다. 그가 잠옷을 입자 그녀는 그를 잠재우려 하지 않고 불을 불어 끄고는 의자에 앉아 두 팔로 안았다. 한 시간 동안 그 여자는 어둠 속에 앉아 아들을 안고 있었다. 그동안 내내 그녀는 나지막한 소리로 계속 말하고 있었다. 데이비드는 무엇이 엄마를 그렇게 변하게 했는지 이해할 수 없었다. 그는 습관적으로 불만에 차 있던 엄마의 얼굴이 그가 지금껏 본 가장 평화롭고 아름다운 것이 되었다고 생각했다. 그가 울기 시작하자 그녀는 그를 더욱 더 꼭 껴안았다. 그녀의 목소리가 계속해서 말했다. 그 목소리는 그녀가 남편에게 말할 때처럼 거칠거나 날카로운 소리가 아니라 나무에 떨어지는 빗소리 같았다. 곧 사람들이 문 가로 와서 그가 발견되지 않았다고 보고하기 시작했는데 그녀는 이들을 보낼 때까지 그를 숨겨서 조용히 있게 만들었다. 그는 엄마와 마을 사람들이 그와 함께 놀이를 하고 있음에 틀림없다고 생각했고 즐겁게 웃었다. 그의 마음속에 자기가 어둠 속에서 길을 잃고 겁에 질렸었던 것이 아주 사소한 일이었다는 생각이 떠올랐다. 그는 길고 어두운 길이 끝나면 엄마로 갑자기 돌변하는 어떤 사랑스런 존재를 확실히 만날 수만 있다면 이 끔찍한 경험을 천 번이라도 기꺼이 겪었을 거라고 생각했다.

*

어린 데이비드는 소년 시절의 마지막 몇 해 동안 엄마를 거의 못 봤고 그녀는 그에게 그저 한때 자기와 같이 살았었던 그런 여자가 되어 버렸다. 그러나 그는 여전히 엄마의 모습을 마음에서 떠나보낼 수 없었고 나이가 들어갈수록 그 모습은 더 뚜렷해졌다. 열두 살이 되었을 때 그는 벤틀리 농장에 가서 살게 되었다. 늙은 제시가 읍내로 나와서 자기가 소년을 맡아야 한다고 당연한 것처럼 요구했다. 노인은 흥분했고 자기 방식대로 하기로 마음먹었다. 그는 와인즈버그 저축은행의 사무실에서 존 하디에게 말했고 그러고 나서 두 남자는 루이즈와 말하기 위해 엘름 스트리트에 있는 집으로 갔다. 이들 둘은 그녀가 말썽을 일으키리라 예상했지만 오산이었다. 그녀는 아주 조용했고 제시가 자기 임무를 설명하고 소년이 자연에서 오래된 농가의 조용한 환경에 있게 될 때 생기게 될 좋은 점에 관해 자세하게 설명하자 그녀는 동의하며 머리를 끄덕였다. "그곳은 나로 인해 타락되지 않은 환경이죠." 여자는 날카롭게 말했다. 여자의 어깨가 들먹거렸고 그녀는 막 발작적으로 성깔을 부릴 것 같았다. "그건 남자 아이를 위한 자리죠, 비록 나를 위한 자리는 결코 아니었지만." 여자가 계속 말을 이었다. "당신은 내가 거기에 있는 걸 원하지 않았고 물론 당신 집의 공기가 내겐 좋을 리도 없었죠. 그건 마치 내 핏속에 있는 독약과도 같았지만 이 아이에게는 다르겠죠."

루이즈는 두 남자가 당황하여 말문을 잊게 하고는 몸을 돌려 방에서 나갔다. 아주 종종 그랬듯이 그녀는 나중에 자기 방에서 여러 날 동안 옴짝달싹 안 했다. 사람들이 옷 짐을 싸서 소년을 데리고 나갈 때에도 그녀는 나타나지 않았다. 아들의 상실이 그녀의 인생에 갑작스런 단절을 가져왔고 그녀는 남편과 싸울 기분이 아닌 것처럼 보였다. 존 하디는 모든 일이 정말 다 좋게 끝났다고 생각했다.

그래서 어린 데이비드는 제시와 함께 벤틀리 농가로 살러 갔다. 이 늙은 농부의 두 누이는 살아 있었고 여전히 그 집에 살고 있었다. 그들은 제시를 두려워했고 그가 주위에 있을 때에는 거의 말하는 법이 없었다. 그 여자들 중의 한 명은 젊었을 때 불타는 듯한 붉은 머리카락으로 유명했었는데 타고난 엄마여서 소년을 돌보게 되었다. 매일 밤 그가 잠자리에 들면 그녀가 그의 방으로 들어와 그가 잠들 때까지 바닥에 앉아 있었다. 그가 졸려 할 때는 그녀는 대담해져서 이런저런 것들을 속삭였는데 나중에 그는 이것을 꿈결에 들었음에 틀림없다고 생각했다.

그녀의 부드럽고 나지막한 목소리가 사랑스런 이름으로 그를 불렀고 그녀는 엄마가 오는 꿈을 꿨다. 꿈속에서 엄마는 모습이 변해서 그가 집에서 도망쳤던 때 이후의 그 모습 항상 그대로였다. 그도 또한 대담해져서 손을 뻗쳐 바닥에 있는 여인의 얼굴을 쓰다듬어서 그녀는 무아경으로 행복했다. 소년이 그리로 온 뒤로 오래된 집의 모든 사람들이 행복하게 되었다. 이 집의 사람들을 말이 없고 겁에 질리게 만들었고, 여자 아이 루이즈의 존재로는 한 번도 없어진 적이 없었던 제시 벤틀리 안의 그 딱딱하고도 집요한 어떤 것이 소년이 오면서 분명히 휩쓸려 사라졌다. 이건 마치 신이 마음을 누그러뜨려서 그 남자에게 아들을 하나 보내 준 것 같았다.

와인 크릭 계곡 전체에서 유일하게 진정한 신의 종이라고 스스로 선포했었고, 캐더린의 자궁이 아들을 생산해서 자신을 승인한다는 신호를 보내 달라고 신에게 원했었던 그 남자는 결국 자신의 기도가 응답받았다고 생각하기 시작했다. 비록 그때 나이가 쉰다섯밖에는 안 되었지만 그는 일흔은 되어 보였고 생각과 계획을 많이 하다가 지쳐 버렸다. 그가 토지 소유분을 늘리기 위해 기울였던 노력은 성공을 거두어서 계곡 시역에서 *그*의 소유가 아닌 농장은 거의 없었으나 데이비드가 오기 전까지는 그는 몹시 낙담한 사람이었다.

제시 벤틀리에게 작용하는 영향력은 두 가지였는데 평생 동안 그의 마음은 이 영향력들이 싸우는 전쟁터였다. 먼저 그의 속에는 옛 것이 있었다. 그는 신의 사도가 되기를 원했고 신의 사도들 중의 지도자가 되고자 했다. 밤에 들판과 숲을 걷는 것이 그를 자연과 가까워지게 만들었고 열정적으로 종교적인 이 사람에게는 자연의 힘들을 향해 뛰어나가는 그런 힘이 있었다. 캐더린에게 아들이 아니라 딸이 태어났을 때의 실망감은 마치 보이지 않는 어떤 손에 일격을 당한 것처럼 그에게 내리쳐졌고, 그 일격은 그의 이기주의를 다소 경감시켰다. 그는 여전히 신이 어느 때건 바람으로부터 혹은 구름으로부터 현현하리라고 믿었지만 더 이상 신이 자신을 그렇게 인정해 달라고 요구하지는 않았다. 대신 그렇게 해 달라고 기도를 했다. 가끔 그는 완전히 의심에 빠져서 신이 세상을 버렸다고 생각했다. 그는 하늘에 있는 어떤 이상한 구름의 신호에 의해 사람들이 자신들의 땅과 집을 떠나 새로운 종족을 창조하기 위해 광야로 나갔었던, 그렇게 보다 단순하고 행복했던 때에 살도록 허락하지 않은 운명이 유감스러웠다. 자신의 농장의 생산량을 더 늘리려고, 또 토지 소유분을 늘리려고 밤이고 낮이고 일하면서 그는 자신의 쉼 없는 에너지를 신전을 짓는 데에, 불신자들을 살육하는 데에, 그리고 전반적으로 지상에 하느님의 이름을 영광되게 하는 일에 쓸 수 없다는 것이 유감이었다.

이것이 제시가 갈구하던 것이었고 그러다가 그는 또 다른 것을 갈구하게 되었다. 그는 미국에서 남북전쟁 이후의 시기에 성년을 맞았고, 그 시대의 모든 사람들처럼 근대적 산업주의의 태동기였던 그 시기에 이 나라에서 작동 중이던 커다란 흐름의 영향을 받았다. 그는 더 적은 수의 사람을 고용하면서도 농장 일을 할 수 있게 하는 기계를 사기 시작했고 어떤 때는 만약 자신이 더 젊은 사람이라면 농장 일을 완전히 그만두고 와인즈버그에서 기계 만드는 공장을 시작할 것이라고 생각했다. 제시는 신문과 잡지를 읽는 습관이 생겼다. 그는 철사로 울타리를 만드는 기계를 고안했다. 그는 자신의 마음속에서 항상 친밀하게 지녀 왔던 옛 시대와 장소의 분위기가, 다른 사람들의 마음속에서 자라나고 있는 그 무엇에게는 이상하고 낯설다는 것을 희미하게 깨닫게 되었다. 세계 역사 속에서 가장 물질적인 시대, 즉, 전쟁을 애국심 없이도 하는 때가, 사람들이 신을 잊고 도덕적 기준에만 신경 쓰는 때가, 권력에 대한 의지가 봉사하려는 의지를 밀어내고 재산의 획득을 향한 인류의 끔찍하고도 물불 안 가리는 돌진 속에서 아름다움은 거의 망각되는 그런 시대가 도래 했고, 이 시대가 그의 주위의 사람들에게 그랬던 것처럼 하느님의 사람 제시에게도 그 이야기를 들려주고 있었다. 그의 속에 있는 탐욕스러운 뭔가가 땅을 경작해서 벌 수 있는 돈보다 더 빨리 돈을 벌기를 원했다. 그는 와인즈버그 읍내로 들어가 사위인 존 하디와 이 문제로 여러 번 얘기했다. "자네는 은행가이니 내가 가질 수 없었던 기회를 갖게 되겠지." 그가 말했고 그의 눈이 빛났다. "나는 내내 이 일만 생각하고 있네. 이 나라에서 굵직한 일들이 벌어지려고 하고 있고 내가 지금껏 꿈 꿨던 것보다 더 많은 돈을 사람들이 벌게 되겠지. 자네 그 일에 참여해 보게. 난 내가 더 젊고 자네 같은 기회가 있으면 좋겠어." 제시 벤틀리는 은행 사무실을 왔다 갔다 걸었고 말하면서 점점 더 흥분했다. 살아오면서 한 번 그는 중풍에 걸린 적이 있어서 왼쪽 옆구리가 좀 약해져 있었다. 말할 때 그의 왼쪽 눈꺼풀이 씰룩댔다. 나중에 집으로 마차를 몰고 갈 때, 그리고 밤에 별이 떴을 때, 그는 가까이 있는 자신만의 신에 대한 오래된 느낌을 되살리기가 더 어려워졌는데 그 신은 머리 위 하늘에 살고 언제이건 손을 뻗쳐 그의 어깨를 두드리고 그에게 어떤 영웅적 과업을 행하라고 과업을 맡기는 존재였다. 제시의 마음은 신문과 잡지에서 읽은 것들에, 또 땅을 사고파는 영악한 사람들이 거의 노력도 안 하고 벌어들이는 재산에 고정되었다. 그에게는 소년 데이비드가 온 것은 새로워진 힘으로 옛 신앙을 회복하는 데 한몫했고 그에게는 드디어 신이 자신을 호의적으로 봤다는 것처럼 보였다.

농장의 소년으로 말하자면, 삶이 천 가지 새롭고 즐거운 방식으로 그에게 스스로를 드러내기 시작했다. 주위 모든 사람들의 친절한 태도가 그의 조용한 성품을 확장시켰고 그는 사람들과 있을 때 늘 지녔었던 반쯤 겁 많고 주저하는 태도가 없어졌다. 긴 하루 동안 마구간과 들판에서 모험을 하거나, 할아버지와 함께 이 농장에서 저 농장으로 마차타고 다니다가 들어와 밤에 잠자리에 들 때면 그는 집에 있는 모든 사람들을 껴안아 주고 싶었다. 만약 매일 밤 와서 그의 침대 옆 바닥에 앉는 여자인 셜리 벤틀리가 즉시 나타나지 않을 때면 그는 계단 꼭대기로 가서 소리를 질렀고 그의 어린 목소리는 그렇게 오랜 기간 동안 침묵의 전통이 있었던 좁은 복도를 통해 울려 퍼졌다. 아침에 일어나 침대에 가만히 누워 있으면 창문을 통해 그에게로 오는 소리들이 그를 기쁨으로 가득 채웠다. 그는 와인즈버그의 집에서 살았던 때와 항상 그를 떨게 만들었던 엄마의 화난 목소리를 생각하자 치를 떨었다. 이 시골에서는 모든 소리가 듣기 좋은 소리였다. 그가 새벽에 잠이 깨면 집 뒤의 헛간 마당 또한 잠이 깼다. 집안에서 사람들이 움직이기 시작했다. 그 모자란 소녀 일라이자 스타우튼은 농장 일꾼 하나가 옆구리를 쿡 찌르자 시끄럽게 킥킥 웃었고, 좀 떨어진 들에서 소 한 마리가 크게 울자 외양간에 있는 소들이 이에 화답했고 농장 일꾼 하나가 마구간 옆에서 솔질하고 있던 말에게 호되게 말했다. 데이비드는 침대에서 뛰어 내려와 창가로 달려갔다. 주변에서 움직이고 있는 사람들 모두가 그의 마음을 흥분시켰고 그는 엄마가 읍내에 있는 집 안에서 뭘 하고 있을까 궁금했다.

그의 방 창에서는 농장 일꾼들이 아침 일을 하기 위해 이제 모두 모여 있는 뒤뜰을 직접 볼 수는 없었지만 사람들의 말하는 소리와 말의 울음소리는 들을 수 있었다. 사람들 중 누가 웃자 그도 덩달아 웃었다. 열린 창문 밖으로 몸을 내밀어 그는 살찐 돼지 한 마리가 자그마한 한 배 새끼들을 바로 뒤에 달고 여기저기 다니고 있는 과수원을 들여다보았다. 매일 아침 그는 돼지의 수를 헤아렸다. "넷, 다섯, 여섯, 일곱." 그는 손가락에 침을 묻혀 창문턱의 위 아래로 직선을 그어서 마릿수를 적으며 느릿느릿 말했다. 데이비드는 뛰어가 바지와 셔츠를 입었다. 집밖으로 나가려는 격렬한 욕망이 그를 사로잡았다. 매일 아침 그는 계단을 내려올 때 소리를 너무 내서 가정부 케일리 아줌마는 그가 집을 부수려 한다고 선포할 정도였다. 문을 쾅 소리 나게 닫고 길고 오래된 집을 뛰어서 통과하고 나면 그는 뒤뜰로 들어오게 되고 기대에 부푼 즐거운 기색으로 주위를 둘러봤다. 그가 보기에는 이런 장소에서는 밤 동안에 엄청난 일들이 일어낳었을 것 같았다. 농장 일꾼들이 그를 보고 웃었다. 제시가 농장을 소유하게 된 이후 계속 농장에 있었고 데이비드가 오기 전에는 농담이라고는 할 줄 모르는 사람으로 알려져 있던 노인인 헨리 스트레이더가 매일 아침 똑같은 농담을 해댔다. 그것이 데이비드를 너무나 즐겁게 해서 그는 웃었고 손뼉을 쳤다. "자, 이리 와서 보렴." 노인이 외쳤다. "제시 할아버지의 하얀 암말이 발에 신고 있던 까만 스타킹을 찢어 버렸단다."

긴긴 여름 동안 날이면 날마다 제시 벤틀리는 마차를 몰고 와인 크릭 계곡을 오르락내리락 하면서 이 농장 저 농장을 다녔고 손자가 그와 동행했다. 그들은 하얀 말이 끄는 편안하고 오래된 사륜마차를 탔다. 노인은 몇 가닥 없는 흰 턱수염을 긁적이며 그들이 방문하는 밭의 생산성을 늘리는 자신의 계획에 대해, 모든 사람들이 만드는 계획에서의 신의 역할에 대해 혼자 말했다. 어떤 때 그는 데이비드를 보고는 행복하게 웃었고 그러다가는 오랫동안 소년의 존재를 잊은 것처럼 보이기도 했다. 그의 마음은 매일 점점 더 그가 처음 도시를 떠나 이 땅에 살러 왔을 때 자신의 마음을 가득 채웠던 그 꿈으로 다시 되돌아갔다. 어느 날 오후 그는 자신의 꿈에 완전히 사로잡혀서 데이비드를 소스라치게 놀라게 했다. 소년이 보는 가운데 그는 하나의 의식을 수행했는데 이들 사이에 자라나고 있던 우정을 거의 파괴해 버릴 뻔한 사건을 일으켰다.

제시와 그의 손자는 집에서 몇 마일 떨어진 계곡의 먼 곳을 마차를 타고 가고 있었다. 숲이 길까지 내려와 있었고 이 숲을 통과해 와인 크릭 개울이 꿈틀거리며 바위들 위를 지나 먼 강으로 흘러가고 있었다. 오후 내내 제시는 명상하는 분위기였고 이제 그는 말하기 시작했다. 그의 마음은 자신의 재산을 훔치고 약탈하러 올지도 모를 거인에 대한 생각으로 겁에 질렸었던 그 밤으로 되돌아갔고, 아들을 달라고 부르짖으며 들판을 달렸었던 그 밤에 그랬던 것처럼 또다시 거의 광기에 가까울 정도로 흥분하였다. 말을 세우고 그는 마차에서 내렸고 데이비드에게도 내리라고 했다. 둘은 울타리를 하나 넘고 개울가의 둑을 따라 걸었다. 소년은 할아버지의 중얼거림에 신경 쓰지 않았지만 그의 옆에서 뛰어가며 어떤 일이 일어날지 궁금해 했다. 토끼 한 마리가 훌쩍 뛰더니 숲으로 뛰어 달아났고 그는 박수를 치며 즐겁게 춤을 췄다. 그는 높은 나무를 쳐다보며 자신이 겁먹지 않고도 공중에 높이 올라갈 수 있는 작은 동물이 아니라는 것이 슬펐다. 그는 몸을 구부려서 작은 돌을 하나 집어 할아버지 머리를 넘겨 관목 숲으로 던졌다. "일어나 봐, 조그만 동물아. 가서 나무 꼭대기에 올라가 봐." 그가 날카로운 목소리로 소리 질렀다.

제시 벤틀리는 머리를 숙인 채 들끓는 마음으로 나무 아래를 따라 걸어가고 있었다. 그의 진지함이 소년에게 영향을 끼쳐 소년은 곧 말이 없어지고 약간 놀랬다. 노인에게 이제 그가 하늘에서 신의 말이나 표식을 얻을 수 있다는 생각이, 숲 어느 외딴 곳에서 소년과 그가 무릎 꿇고 있는 모습이 그가 기다려왔던 기적이 틀림없이 일어나도록 할 것이라는 생각이 들었다. "바로 이런 곳에서 또 다른 데이비드가 양떼를 돌보고 있었고 그의 애비가 와서 그에게 사울에게로 내려가라고 말했었지." 그가 중얼거렸다.

좀 거칠게 소년을 어깨에 메고 그는 쓰러져 있는 통나무를 넘어

갔고 나무 사이의 트인 곳에 이르자 무릎을 꿇고 큰 소리로 기도하기 시작했다.

전에 경험해 보지 못한 공포가 데이비드를 사로잡았다. 나무 아래에 쭈그린 채로 그는 자기 앞 땅 위에 있는 사람을 쳐다보자 무릎이 떨리기 시작했다. 마치 자신이 할아버지 앞에 있을 뿐만 아니라 자기를 해칠지도 모르는 어떤 사람, 즉 친절하지도 않고 위험하고 잔인한 다른 어떤 사람 앞에 있는 것 같았다. 그는 울기 시작했고 아래로 팔을 뻗어 작은 작대기를 집어 손가락에 꽉 쥐었다. 자기 생각에 푹 빠져서 제시 벤틀리가 갑자기 일어나 그에게로 가까이 오자 그의 공포는 몸 전체가 떨릴 정도로 커졌다. 숲에서는 짙은 정적이 모든 것 위에 내려앉은 것 같았고 갑자기 이 정적으로부터 노인의 거칠고 집요한 목소리가 들려왔다. 소년의 어깨를 쥔 채 제시는 얼굴을 하늘로 향하고 외쳤다. 그의 얼굴의 왼쪽 편 전체가 씰룩거렸고 소년의 어깨에 얹어진 그의 손 또한 씰룩거렸다. "하느님, 제게 신호를 보내 주소서." 그가 외쳤다. "여기 제가 소년 데이비드와 함께 서 있습니다. 하늘로부터 제게 내려오셔서 당신의 존재를 제게 알려 주시옵소서."

겁에 질려 울면서 데이비드는 몸을 돌려 흔들어서 자신을 붙잡고 있는 손으로부터 빠져나왔고 숲을 지나 도망쳤다. 그는 얼굴을 위쪽으로 향하고 거친 목소리로 하늘에 대고 소리친 남자가 자기의 할아버지라는 것을 전혀 믿을 수 없었다. 그 남자는 할아버지 같아 보이지 않았다. 뭔가 이상하고 끔찍한 뭔가가 일어났고 처음 보는 위험한 사람이 어떤 기적에 의해 친절한 늙은 사람의 몸 안으로 들어왔다는 확신이 그를 사로잡았다. 훌쩍거리며 그는 자꾸만 언덕을 뛰어 내려갔다. 나무뿌리에 걸려 넘어지면서 머리를 부딪쳤지만 그는 일어나 다시금 계속 뛰려고 했다. 머리가 너무 아파서 그는 곧 푹 쓰러져 가만히 누워 있었으나 제시가 그를 마차로 옮기고 그가 깨어나서 늙은이의 손이 자기 머리를 사랑스럽게 쓰다듬는 것을 알게 된 뒤에야 공포가 그를 떠났다. "나 좀 데려가세요. 숲 저 뒤쪽에 무서운 사람이 있어요." 그가 단호하게 외쳤고, 그러는 동안 제시는 멀리 나무 꼭대기 너머를 응시했고 다시금 신에게 외쳤다. "제가 도대체 뭘 잘못 했다고 당신께서는 저를 인정하지 않으시는 겁니까?" 그가 낮게 중얼거렸다. 그는 찢겨져 피나는 소년의 머리를 다정하게 잡아 자기 어깨에 기대고 길을 따라 빨리 마차를 달리며 이 말을 자꾸만 되뇌었다.

굴복

제3부

루이즈 벤틀리가 존 하디 부인이 되어 남편과 함께 와인즈버그의 엘름 스트리트에 있는 벽돌집에 살고 있는 이야기는 오해의 이야기이다.

루이즈 같은 여자들이 이해되고 그들의 삶이 살만한 것이 되려면 많은 것들이 이루어져야 할 것 같다. 사려 깊은 책이 쓰여야 할 테고 그들 주위의 사람들이 사려 깊은 삶을 살아야 한다.

허약하고 일에 혹사당한 어머니와 충동적이고 냉혹하며 상상력이 풍부한데다가 그녀가 세상에 태어난 것을 달갑게 여기지 않는 아버지 사이에서 태어난 루이즈는 어릴 때부터 신경증 환자였는데 그건 훗날 산업주의에 의해 그렇게 많이 세상에 태어나게 될 과민한 종류의 여자를 가리키는 말이다.

어릴 시절에 그녀는 벤틀리 농장에서 살았는데 말이 없고 우울한 아이였고 이 세상의 다른 무엇보다도 사랑을 원하지만 막상 얻지는 못하는 아이였다. 열다섯 살이 되자 그녀는 와인즈버그로 가서 앨버트 하디의 가족과 함께 살게 되었는데 그는 사륜마차와 짐마차를 파는 가게를 하고 있었고 마을 교육위원회의 위원이기도 했다.

루이즈는 와인즈버그 고등학교의 학생이 되기 위해 읍내로 들어

갔고 앨버트 하디와 그녀의 아버지가 친구지간이라서 하디네 집에 살게 된 것이다.

와인즈버그의 마차 상인인 하디는 그의 시대의 다른 수천의 사람들처럼 교육의 주제에 관해서는 열광적이었다. 그는 책에서 배운 것 없이 세상에서 나름 성공했으나 자신이 책을 알기만 했었더라도 일이 더 잘 풀렸었을 거라고 확신했다. 가게에 오는 모든 사람에게 그는 이 문제를 얘기했고 자기 집에서는 이 주제에 대해 귀가 따갑게 끊임없이 얘기함으로써 집안 식구들을 정신 사납게 했다.

그에게는 딸 둘과 존 하디라는 아들이 하나 있었는데 딸들은 학교를 완전히 그만 두겠다고 여러 차례 을러댔다. 그들의 행동원리는 벌을 받지 않을 정도로만 수업시간에 공부하는 것이었다. "난 책이 싫고 책 좋아하는 사람은 누구든지 싫어"라고 두 딸 중 막내인 헤리엣이 성이 나서 선언했다.

루이즈는 와인즈버그에서도 농장에서처럼 행복하지 않았다. 여러 해 동안 그녀는 세상에 나갈 수 있게 될 때를 꿈꿔 왔었고 하디의 집으로 옮겨간 것을 자유를 향한 큰 걸음을 땐 것으로 생각했다. 이 문제를 생각할 때면 항상 그녀에게는 읍내에서는 모든 것이 확실히 즐겁고 생명에 차 있고 또 남자와 여자들이 마치 바람의 느낌을 뺨에 느끼듯 우정과 사랑을 주고받으며 분명 행복하고 자유롭게 살고 있는 것으로 보였다. 그녀는 벤틀리 집에서 적막하고 기쁨 없이 살고 난 후, 뜨겁고 생명과 현실감으로 맥박 뛰는 분위기로 발걸음을 내딛어 들어가는 꿈을 꿨다. 그리고 읍내에 막 살러 들어왔을 때 저지른 실수만 아니었다면 루이즈는 하디네 집에서 그녀가 그렇게 갈구하던 것을 얼마간은 얻었을지도 모른다.

루이즈는 학교에서 공부에 열중함으로써 하디네 두 딸들인 메리와 헤리엣에게 미움을 샀다. 그녀는 개학하는 그날까지도 이 집에 오지 않았었기 때문에 이 딸들이 이 문제에 대해 느끼는 감정을 전혀 알 수가 없었다. 그녀는 소심했고 처음 한 달 동안에는 친구를 하나도 사귀지 못 했다. 매주 금요일 오후가 되면 농장 인부가 와인즈버그로 마차를 몰고 와서 그녀를 주말 동안 있게 집으로 데려가서 그녀는 읍내 사람들과 토요일 휴일을 같이 보내지 않았다. 어찌해야 할지 모르고 외로웠기 때문에 그녀는 끊임없이 공부했다. 메리와 헤리엣에게는 이건 마치 그녀가 공부에 능숙하여 이들을 곤란하게 만들려고 하는 것 같았다. 잘 보이려는 열성으로 루이즈는 선생님이 학급 학생들에게 물어보는 모든 질문에 대답하고 싶었다. 그녀는 벌떡 일어났다 앉았다 했고 눈이 번득였다. 그리고 자기는 질문에 답을 했는데 학급의 다른 학생들은 답을 못할 때 그녀는 행복하게 웃었다. "자, 난 이걸 너희를 위해 한 거야"라고 그녀의 눈이 말하는 것 같았다. "너희는 이 일에 신경 쓸 필요 없어. 내가 모든 질문에 대답할 거야. 내가 여기 있는 동안은 우리 반 애들 모두가 편할 거야."

하디네 집에서 저녁식사가 끝난 저녁에 앨버트 하디는 루이즈를 칭찬하기 시작했다. 선생들 중의 한 명이 그녀를 높게 평가했고 그는 기분이 좋았다. "자, 그런 말 또 들었네." 자기 딸들은 험하게 쳐다보고 고개를 돌려 루이즈에게는 웃으면서 그가 말하기 시작했다. "또 다른 선생님이 루이즈가 얼마나 공부 잘하고 있는지 나한테 말했단다. 와인즈버그의 모든 사람이 그 아이가 얼마나 똑똑한지 나한테 말하고 있지. 그 사람들이 막상 내 딸들에 대해서는 그렇게 말하지 않는 게 난 창피해." 일어나 상인은 방을 돌아다니다가 저녁 시가에 불을 붙였다.

두 소녀는 서로를 쳐다보다가 지겨워하며 머리를 가로저었다. 이들이 관심이 없어 하는 것을 보고 아버지는 화가 났다. "이건 너희 둘이 좀 생각해 봐야 할 문제라서 내가 말하는 거야." 그들을 노려보며 그가 큰 소리로 말했다. "여기 미국에 큰 변화가 오고 있고 다가오는 세대의 유일한 희망은 배움에 있어. 루이즈는 부잣집 딸이지만 공부하는 걸 부끄러워하지 않아. 그 여자애가 하는 걸 보고 너네는 부끄러운 줄 알아야 해."

상인은 문 가의 옷걸이에서 모자를 집어 저녁 외출 준비를 했다. 문 가에서 그는 멈추고 뒤돌아서 노려보았다. 그의 태도가 너무 무서워서 루이즈는 이층으로 뛰어 올라가 자기 방으로 갔다. 딸들은 자기들 이야기를 하기 시작했다. "내 말 잘 들어." 상인이 소리 질렀다. "너희들 정신상태가 안이한 거야. 너희들이 교육에 무관심한 게 너희들 성격에 영향을 주고 있어. 너넨 아무것도 못 될 거야. 자, 내가 말하는 거 잘 들어 봐. 루이즈는 너희들 보다 훨씬 더 앞서 있어서 너희는 결코 그 애를 따라잡을 수가 없을 거야."

심란해진 남자는 집을 나가 분노로 치를 떨며 거리로 나섰다. 그는 말을 중얼거리고 욕을 하며 길을 걸어갔는데 메인 스트리트로 접어들자 분노가 사라졌다. 그는 걸음을 멈추고 다른 상인이나 읍내에 들어온 농부와 날씨나 곡물 수확 얘기를 했고 딸들은 완전히 잊었다. 아니면 딸들 생각이 나도 그저 어깨를 으쓱하며 "아, 그래, 계집애들이 하는 짓이 다 그렇지 뭐"라며 달관한 듯 중얼거렸다.

집 안에서 두 소녀가 앉아 있는 방으로 루이즈가 내려오면 이들은 그녀를 아는 체도 하지 않으려 했다. 그녀가 이 집에 6주 이상 머물고 있었고 이 딸들이 항상 그녀에게 보이는 계속되는 냉랭함에 가슴이 상해 있었던 어느 날 저녁 그녀는 울음을 터뜨렸다. "우는 거 닥치고 너 방에 돌아가서 책이나 읽어." 메리 하디가 톡 쏘며 말했다.

*

루이즈가 있는 방은 하디네 집의 이층에 있었고 창문에서는 과수원이 내다 보였다. 방에는 난로가 하나 있었고 매일 저녁 젊은 존 하디가 장작을 한 아름 안고 와서는 벽 옆에 세워져 있는 상자에 넣었다. 이 집에 와서 두 달이 됐을 때 루이즈는 하디네 딸들과 잘 지낼 수 있다는 희망을 포기했고 저녁식사가 끝나면 곧바로 자기 방으로 갔다.

그녀의 마음에는 존 하디와 친구하면 어떨까 하는 생각이 들기 시작했다. 그가 팔에 장작을 안고 방으로 들어오면 여자는 일부러 공부하느라 바쁜 척했지만 그를 열심히 지켜봤다. 그가 장작을 상자에 넣고 나가려고 몸을 돌릴 때 여자는 고개를 떨구고 낯을 붉혔다. 여자는 말을 하려고 했으나 아무 말도 할 수 없었고 그가 나가고 난 다음에는 자신의 어리석음에 화가 났다.

시골 소녀의 마음은 어떻게 하면 그 젊은 남자와 가까워질 수 있을까 하는 생각으로 가득 차게 되었다. 그녀는 자기가 여태 살아오면서 사람들에게서 찾으려 했던 어떤 요소가 아마도 그에게서 발견될 것이라고 생각했다. 자신과 세상의 다른 모든 사람들 사이에 벽이 하나 세워져 있고, 다른 사람들에게는 완전히 열려 있고 이해되는 삶의 따뜻한 핵심의 그저 변두리에 자신이 살고 있을 뿐이라고 생각했다. 그녀는 사람들과의 교제를 좀 더 다른 것으로 만들려면 자신이 하나의 용기 있는 행동만 하면 된다는 생각에, 그리고 그러한 행동에 의해 마치 사람들이 문을 열고 방 안으로 들어가는 것처럼 새로운 삶 속으로 통과해 들어갈 수 있다는 생각에 집착하게 되었다. 낮이고 밤이고 그녀는 이 문제를 생각했으나 그녀가 그렇게 간절하게 원하는 것이 아주 따뜻하고 친밀한 어떤 것이기는 했지만 아직은 섹스와 의식적으로 연결되어 있지는 않았다. 그것은 아직 그렇게 뚜렷해지지 않았고 그녀의 마음은 단지 존 하디라는 사람에게 끌렸을 뿐인데 왜냐하면 그는 가까이에 있었고 그의 누이들과 달리 그녀에게 쌀쌀맞지 않았기 때문이었다.

하디 자매인 메리와 헤리엇은 둘 다 루이즈보다 나이가 많았다. 세상에 관한 어떤 종류의 지식에 있어서는 그들은 더더욱 나이가 많았다. 그들은 중서부 도시들의 모든 젊은 여자들이 사는 것처럼 살았다. 그 당시에는 젊은 여자들이 동부에 있는 대학에 가려고 우리네 마을을 떠나지 않았고 사회계급에 대한 생각이 거의 존재하지도 않았다. 노동자의 딸은 농부나 상인의 딸과 거의 같은 사회적 지위였고 유한계급이라는 건 없었다. 여자 애는 그저 '괜찮은 애' 아니면 '안 괜찮은 애' 둘 중 하나일 뿐이었다. 만약 괜찮은 처녀라면 젊은 남자가 일요일, 그리고 수요일 저녁에 그녀와 데이트하러 집으로 왔다. 가끔 그녀는 자신의 젊은 남자와 춤추러 가거나 아니면 교회의 사교모임에 갔다. 또 다른 때에는 그녀는 집에서 그를 맞았고 그 목적을 위해 거실을 사용할 수 있도록 허락받았다. 아무도 그녀에게 끼어들지 않았다. 여러 시간 동안 둘은 닫혀 있는 문 뒤에 앉았다. 가끔은 불이 심지가 낮아 젊은 남자와 여자가 포옹하기도 했다. 뺨이 뜨거워지고 머리카락이 헝클어졌다. 한두 해가 지나고 이들 속에 있는 충동이 충분히 강하고 끈질기다면 이들은 결혼했다.

와인즈버그에서 첫 번째 맞은 겨울 어느 저녁에 루이즈는 모험을 하나 하게 되었는데 이 모험은 그녀가 생각하기에 자신과 존 하디 사이에 있는 벽을 무너뜨리려는 욕망에 새로운 자극을 주는 것이었다. 그 날은 수요일이었고 저녁 식사가 끝나자마자 바로 앨버트 하디는 모자를 쓰고 밖으로 나갔다. 젊은 존은 장작을 가져와 루이즈의 방 상자 안에 넣었다. "공부 열심히 하네요, 그렇죠?" 그가 어색해 하며 말했고 그녀가 대답하기도 전에 밖으로 나갔다.

루이즈는 그가 집밖으로 나가는 소리를 들었고 뛰어서 그를 쫓아 가려는 미친 듯한 욕망이 생겼다. 창문을 열고 몸을 밖으로 내밀어 그녀는 작은 소리로 불렀다. "존, 사랑하는 존, 돌아와요, 가지 말아요." 밤은 구름이 껴서 어둠 속 멀리까지 볼 수 없었지만 기다리는 동안 여자는 과수원에서 나무 사이를 발끝으로 걸어가는 누군가의 부드럽고 작은 소리가 들린다고 상상했다. 여자는 겁이 났고 바로 창문을 닫았다. 한 시간 동안 여자는 흥분하여 몸을 떨며 방안을 왔다 갔다 했고 더 이상 기다릴 수 없자 살금살금 복도로 나가 계단을 내려가 거실 쪽으로 통하는 마치 벽장 같은 방으로 들어갔다.

루이즈는 몇 주일 동안 생각만 하고 있었던 용감한 행동을 실제로 하기로 결심했다. 그녀는 존 하디가 자기 방 창문 아래 과수원에 몸을 숨겼다는 것을 확신했다. 그를 찾아 그가 더 가까이 와서 자신을 팔에 안고 그의 생각과 꿈을 말해 달라고, 자신이 그에게 자기의 생각과 꿈을 얘기할 때 귀담아 들어 달라고 말해야겠다고 결심했다. "어두운 데서는 말하기가 더 쉬울 거야." 작은 방 안에서 문을 찾으려고 더듬거리며 그녀가 중얼거렸다.

그러다 갑자기 루이즈는 집 안에 자기만 있는 게 아니라는 것을 깨달았다. 방 반대쪽의 거실에서 어떤 남자의 부드러운 목소리가 들리더니 문이 열렸다. 메리가 젊은 남자와 함께 작고 어두운 방으로 들어갈 때 루이즈는 계단 밑 작은 틈에 가까스로 숨을 시간은 있었다.

한 시간 동안 루이즈는 어둠 속에서 바닥에 앉아 귀를 기울였다. 메리 하디는 그녀와 밤을 지내기 위해 온 남자의 도움을 받아 말을 하지 않고도 이 시골 소녀에게 남자와 여자에 관한 지식을 전해 줬다. 몸이 작은 공처럼 말릴 때까지 머리를 더 숙이며 그녀는 완전히 가만히 누웠다. 그녀가 보기에 마치 신들의 어떤 이상한 충동에 의해서 커다란 선물 하나가 메리 하디에게 전해졌고 그녀는 자기보다 더 나이든 이 여자가 왜 그렇게 죽기 살기로 저항하는지 이해할 수가 없었다.

젊은 남자는 메리 하디를 팔에 안고 키스했다. 그녀가 발버둥 치며 웃자 그는 그 여자를 그냥 더 꽉 껴안았다. 한 시간 동안 이들 사이의 시합이 계속되었고 그러고 나서 이들은 거실로 되돌아갔고 루이즈는 빠져나와 이층으로 올라갔다. "거기 밖에 있을 땐 조용히 했으면 좋겠어. 공부하는 그 작은 쥐 같은 계집애를 방해하면 안 되잖야." 그녀는 헤리엇이 위층 복도 자기 방 옆에 서서 이렇게 언니에게 말하는 것을 들었다.

루이즈는 존 하디에게 쪽지를 하나 썼고 그날 밤 늦게 집안의 사람들이 다 잠들었을 때 살금살금 아래층으로 내려와 쪽지를 그의 방문 밑에 밀어 넣었다. 그녀는 자기가 이 일을 즉시 하지 않으면 용기가 사라질 거라고 생각했다. 쪽지에서 그녀는 자기가 원하는 것을 구체적으로 밝히려 했다. "난 누군가가 날 사랑하기를 원하고, 또 누군가를 사랑하고 싶어요"라고 썼다. "당신이 바로 그 사람이라면 밤에 과수원으로 들어와 내 방 창문 밑에서 인기척을 내세요. 내가 헛간 위로 기어 내려가 당신에게 가는 건 쉬울 거예요. 난 그동안 내내 이 생각을 해 왔으니까 기왕 올 거면 바로 와야만 해요."

오랜 시간 동안 루이즈는 연인을 확보하려는 자신의 대담한 시도가 어떤 결과가 될지 알지 못했다. 어떤 면에서 그녀는 그가 오기를 원하는지 아닌지 아직도 몰랐다. 어떤 때는 꼭 껴안겨 키스 받는 것이 삶의 비밀의 전부인 것으로 보였고, 그러다가 어떤 새로운 충동이 생겨나서 무척 두려워지기도 했다. 소유되려고 하는 나이 먹은 여자의 욕망이 그녀를 사로잡았으나 삶에 대한 그녀의 인식이 너무 막연했기 때문에 존 하디의 손이 자기 손 위에 닿기만 해도 그녀는 만족할 것 같았다. 그녀는 그가 이런 생각을 이해할까 궁금했다. 다음날 밥 먹는 자리에서 엘버트 하디가 말을 하고 두 딸들은 귓속말하며 웃고 있는 동안 그녀는 존이 아니라 식탁을 쳐다보다가 가능한 빨리 자리를 피했다. 저녁에 그녀는 그가 장작을 자기 방으로 가져다 놓고 간 것을 확인할 때까지 집에서 나가 있었다. 바짝 귀 기울인 지 여러 밤이 지나도 과수원 어둠 속에서 자신을 부르는 소리를 듣지 못하자 그녀는 슬픔으로 반은 미쳤고 자기를 삶의 환희로부터 차단해 온 벽을 무너뜨릴 방법이 자신에게는 없다고 판단했다.

그러다가 쪽지를 쓴 지 이삼 주일이 지난 어느 월요일 밤에 존 하디가 그녀에게 왔다. 루이즈는 그가 온다는 생각을 완전히 포기했었기 때문에 과수원에서 자신을 부르는 소리를 오랜 기간 동안 듣지 못했다. 그전 금요일 저녁에 인부가 모는 마차를 타고 주말을 보내기 위해 그녀가 농장으로 가고 있을 때 그녀는 충동에 의해 자신을 깜짝 놀라게 한 어떤 일을 저질렀었다. 그래서 존 하디가 아래 어둠 속에서 그녀의 이름을 작은 소리로 끈질기게 부르는 동안 그녀는 방을 왔다 갔다 걸으며 어떤 새로운 충동으로 자신이 그렇게 우스꽝스러운 행동을 했는지 의아해 했다.

검은 곱슬머리의 젊은이인 농장 일꾼이 그 금요일 저녁에 좀 늦게 오는 바람에 그들은 어두울 때 마차를 타고 집으로 갔다. 존 하디에 대한 생각으로 가득 차 있던 루이즈는 말을 하려고 했지만 그 시골 청년은 당혹해 하며 아무 말도 하려고 하지 않았다. 그녀의 마음이 자신의 어린 시절의 외로움을 다시 돌아보기 시작했고 이제 막 자신에게 생겨난 찌르는 듯한 새로운 외로움을 고통스럽게 기억했다. "난 다 미워요." 그녀가 갑자기 소리를 질렀고 그리고는 장황한 얘기를 일시에 쏟아 부어 그녀를 데려가는 사람을 겁에 질리게 했다. "난 아버지도 밉고 그 노인네 하디도 미워요." 그녀가 격하게 선언했다. "나는 읍내 학교에서 공부를 하지만 난 그것도 미워요."

루이즈는 몸을 돌려 뺨을 그의 어깨 위에 얹어서 농장 일꾼을 더

더욱 겁에 질리게 했다. 막연하게 그녀는 메리와 함께 어둠 속에 서 있었던 그 젊은 남자처럼 그도 자신을 팔로 둘러 키스하기를 희망했지만 그 시골 청년은 놀라기만 했다. 그는 채찍으로 말을 때리며 휘파람을 불기 시작했다. "길이 험하죠, 그렇죠?" 그가 크게 말했다. 루이즈는 너무 화가 나서 팔을 뻗어 그의 머리에서 모자를 낚아채 길에 내던져 버렸다. 그가 마차에서 뛰어내려 모자를 집으러 갔을 때 여자가 마차를 몰고 가버린 바람에 그는 나머지 길을 내내 걸어 농장까지 오게 되었다.

루이즈 벤틀리는 존 하디를 자신의 애인으로 삼았다. 그건 그녀가 원한 일은 아니었지만 그 젊은 남자는 그녀가 접근하는 것을 그렇게 해석했고, 그녀는 뭔가 다른 것을 간절히 얻고 싶었기 때문에 저항하지 않았다. 몇 달이 지나 이 둘은 여자가 곧 엄마가 되는 것이 두려워져서 어느 저녁에 군청 소재지에 가서 결혼했다. 몇 달 동안은 이들은 하디네 집에 살았고 그 뒤에는 자신들 집을 얻었다. 첫해 동안 내내 루이즈는 자신에게 쪽지를 쓰게 만들었고 아직도 충족되지 않은 채 있는 막연하고도 손에 잡히지도 않는 갈증을 남편에게 이해시키려고 애썼다. 자꾸만 자꾸만 그녀는 그의 품으로 기어들어가 그 얘기를 하려고 했으나 늘 실패했다. 그는 남녀 간의 사랑에 대한 자기 나름의 생각들로 가득 차서 얘기를 들으려 하지 않았고 여자의 입술에 키스하기 시작했다. 이것이 여자를 혼란스럽게 해서 결국에 여자는 키스 받는 것을 원하지 않게 되었다. 여자는 자신이 뭘 원하는지 알 수 없었다.

이들을 속여 결혼으로 몰고 갔던 그 경보가 근거 없는 것으로 판명되자 그녀는 화가 났고 모질고 상처 주는 말들을 했다. 나중에 아들 데이비드가 태어나자 그녀는 그를 키울 수 없었고 자신이 아들을 원하는지 원하지 않는지도 알 수 없었다. 어떤 때는 그녀는 방에서 여기저기 걸어 다니거나 가끔 기어서 바짝 다가가서 손으로 그를 부드럽게 만지면서 아들과 하루 종일 머물렀고, 또 다른 날에는 이 집에 태어난 이 한 줌밖에 안 되는 조그마한 인간을 보려고도, 가까이 있고 싶어 하지도 않았다. 존 하디가 그녀의 몰인정함을 비난하자 그녀는 웃었다. "애는 남자아이니까 어쨌든 자기가 원하는 걸 갖게 될 거예요." 그녀가 톡 쏘며 말했다. "여자아이였다면 내가 애를 위해서 이 세상에서 못해 줄 일이 아무것도 없었을 거예요."

공포

제4부

데이비드 하디가 열다섯 살의 키 큰 소년이었을 때 그는 자기 어머니처럼 모험을 하나 겪게 되었는데 이것이 그의 인생의 흐름 전체를 바꿔 놓았고 그를 자신만의 조용한 구석으로부터 몰아내 세상으로 나가게 했다. 그의 삶의 환경이라는 껍질이 부서졌고 그는 밖으로 나갈 수밖에 없게 되었다. 그는 와인즈버그를 떠났고 거기 사는 누구도 그를 다시 보지 못했다. 그가 사라지고 난 후 그의 어머니와 할아버지 둘 다 죽었고 그의 아버지는 큰 부자가 되었다. 아버지는 아들을 찾느라 많은 돈을 썼지만 그건 이 이야기에서 말하려는 게 아니다.

벤틀리 농장에 예년과 다른 늦가을이 되었다. 모든 곳에서 수확이 풍성했다. 그해 봄에 제시는 와인 크릭 계곡에 있는 긴 검은 습지대의 일부를 샀었다. 그는 낮은 가격에 땅을 샀지만 개간하는 데 돈이 많이 들어갔다. 커다란 도랑을 파야 했고 수천 개의 타일을 깔았다. 이웃의 농부들은 이 비용에 대해 머리를 가로저었다. 이들 중 어떤 사람들은 웃으며 제시가 이 모험으로 손해를 많이 보게 되기를 바랐지만 노인은 조용히 일을 계속해 나갔고 아무 말도 하지 않았다.

그는 땅의 물을 빼고 양배추와 양파를 심었고 이웃들은 다시 한

번 웃었다. 그런데 수확은 엄청났고 높은 가격을 받았다. 일 년만에 제시는 땅을 준비하는 데 들어간 모든 비용을 지불하기에 충분한 돈을 벌었고 두 개의 농장을 더 살 수 있는 잉여금이 생겼다. 그는 의기양양했고 즐거움을 감출 수 없었다. 농장을 소유한 이래 처음으로 그는 웃는 낯으로 인부들 사이를 다녔다.

제시는 노동비용을 줄이기 위해 새 기계를 다량으로 구입했고, 남아 있는 검고 비옥한 습지대 땅을 전부 샀다. 어느 날 그는 와인즈버그 읍내에 들어가서 데이비드 주려고 자전거와 새 옷 한 벌을 샀고 두 누이에게는 오하이오 주 클리블랜드에서 열리는 종교집회에 갈 수 있게 돈을 줬다.

그해 가을 서리가 내리고 와인 크릭을 따라 나 있는 숲의 나무들이 황금빛 갈색으로 변할 때 데이비드는 학교에 안 가도 되는 날은 매번 밖에서 시간을 보냈다. 혼자 혹은 다른 소년들과 함께 그는 매일 오후 밤을 주우러 숲으로 들어갔다. 이 시골의 다른 소년들은 대부분이 벤틀리 농장 일꾼들의 아들들이었고 총을 갖고 가서 토끼와 다람쥐를 사냥했는데 데이비드는 이들과 함께 가지 않았다. 그는 직접 고무줄과 굽은 막대기로 새총을 하나 만들어 밤 주우러 혼자 나갔다. 여기저기 다닐 때 그에게 생각들이 떠올랐다. 그는 자신이 거의 어른이 되었음을 깨달았고 인생에서 뭘 하게 될지 궁금했지만 이 생각들은 뭔가 구체적인 것이 되기 전에 사라졌고 그는 다시 소년이 되었다. 어느 날 그는 나무 아래쪽 가지에 앉아 그에게 재잘대던 다람쥐 한 마리를 죽였다. 그는 다람쥐를 손에 쥐고 집으로 뛰어갔다. 벤틀리 자매 중의 한 명이 그 작은 동물을 요리했고 그는 아주 맛있게 먹었다. 가죽은 판자에 압정으로 붙여 놓았고 그 판자를 줄에 매서 자기 방 창문에다 매달아 놓았다.

이 일이 그의 마음에 변화를 가져왔다. 이후로 그는 숲에 들어갈 때는 꼭 주머니에 새총을 넣어 갖고 다녔으며 나무의 갈색 잎 사이에 숨어 있는 가상의 동물들을 향해 여러 시간 동안 새총을 쏘아 댔다. 성년이 된다는 생각은 지나갔고 그는 소년의 충동을 지닌 소년으로 만족했다.

어느 토요일 아침 그가 주머니에 새총을 넣고 어깨에는 밤을 담을 자루를 메고 숲으로 막 출발하려는 때에 할아버지가 그를 멈추게 했다. 늙은이의 눈에는 늘 데이비드를 겁나게 하는 찌푸리고 심각한 표정이 있었다. 그럴 때면 제시 벤틀리의 눈은 앞을 똑바로 보지 않고, 주저하며 아무것도 보지 않는 것 같았다. 눈에 안 보이는 커튼 같은 뭔가가 그와 나머지 세상 전부 사이에 끼어들어 온 것처럼 보였다. "너 나랑 같이 가면 좋겠구나." 그가 짤막하게 말했고 그의 눈은 소년의 머리 너머 하늘을 쳐다봤다. "우린 오늘 중요한 할 일이 있단다. 원하면 밤 담을 자루를 가져가도 된다. 그건 중요하지 않고 어쨌든 우리는 숲으로 갈 거다."

제시와 데이비드는 벤틀리 농가를 떠나 하얀 말이 끄는 낡은 사륜마차를 타고 출발했다. 말없이 한참 동안 가고 난 뒤에 그들은 양떼가 풀을 뜯고 있는 들판의 가장자리에 멈췄다. 철이 지나서 태어난 새끼 양이 있었고 데이비드와 할아버지가 이 양을 붙잡아 묶었는데 너무 꽁꽁 묶어서 마치 작은 하얀 공처럼 보였다. 다시 마차를 타고 갈 때 제시는 데이비드가 팔에 새끼 양을 안도록 했다. "어제 이 양을 보는 바람에 오랫동안 하려고 했던 일이 떠올랐다." 그가 이렇게 말했고 다시금 소년의 머리 너머 망설이며 불확실한 시선으로 먼 곳을 보았다.

그 해 농사가 잘되어서 그 농부에게 생겼던 의기양양한 느낌이 지나고 또 다른 기분이 그를 사로잡았다. 오랫동안 그는 아주 겸허하고 기도하고 싶은 느낌을 경험하고 있었다. 그는 다시 신을 생각하면서 밤에 혼자 걸었고, 걸어가면서 다시금 자기 자신의 모습을 옛날의 사람들 모습에 연결시켰다. 그는 별빛 아래 축축한 풀 위에 무릎을 꿇고 기도하면서 목소리를 높였다. 이제 그는 성경의 페이지들을 채우는 이야기 속의 사람들처럼 신에게 제물을 바치기로 결심했다. "내게 이런 풍성한 수확이 주어졌고 하느님이 또 데이비드라고 불리는 소년을 보내 주셨네." 그가 중얼거렸다. "아마 난 이 일을 오래 전에 했어야만 했는지 몰라." 그는 이 생각이 자기 딸 루이즈가 태어나기 전 무렵에 떠오르지 않았다는 것이 유감이었고 이제 그가 숲의 외진 곳에서 장작더미를 쌓아 새끼 양의 몸을 번제로 바치는 이때에 분명히 신이 그에게 나타나 계시를 내릴 것이라고 생각했다.

이 일을 더 생각하면 할수록 그는 데이비드를 생각했고 열렬한 자기 사랑을 좀 잊을 수 있었다. "이제 이 아이가 세상으로 나갈 생각을 하기 시작할 때니 이 아이에 관한 계시가 내릴 거야." 그는 결정했다. "하느님은 걔를 위해 길을 만들어 주실 거야. 하느님은 데이비드가 인생에서 어떤 자리를 차지하게 될지, 언제 길을 떠나야 할지, 내게 말해 주실 거야. 얘가 거기에 있어야 하는 게 옳아. 내가 운이 좋아서 하느님의 천사가 임하신다면 데이비드는 인간에게 현현하시는 하느님의 아름다움과 영광을 보게 될 거야. 그것이 이 아이도 진정한 하느님의 사람으로 만들게 되겠지."

제시와 데이비드는 말없이 길을 따라 마차를 타고 갔고 제시가 그 전에 신에게 빌다가 손자를 겁에 질리게 했었던 그곳에 이르게 되었다. 아침은 밝고 상쾌했지만 이제 차가운 바람이 불어오기 시작했고 구름이 해를 가렸다. 그들이 왔었던 이곳을 보자 데이비드는 두려움에 떨기 시작했고 시냇물이 나무 사이로 흘러 내려오는 다리 가에 멈추자 그는 사륜마차에서 뛰어내려 도망치고 싶었다.

여러 가지 탈출계획이 데이비드의 머리를 스치고 지나갔지만 제시가 말을 세우고 울타리를 넘어 숲으로 들어가자 그는 따라갔다. "겁먹는 건 어리석은 짓이야. 아무 일도 일어나지 않을 거야." 그는 팔에 새끼 양을 안고 걸어가면서 혼잣말했다. 그의 팔에 꽉 안겨 있는 이 작은 동물의 무력한 상태에는 그에게 용기를 주는 뭔가가 있었다. 그는 이 짐승의 빠른 심장 박동을 느낄 수 있었고 그것이 그의 심장을 좀 느리게 했다. 할아버지 뒤를 따라 빨리 걸어가면서 그는 새끼 양의 네 다리를 한데 묶고 있는 끈을 풀었다. "무슨 일이 일어나면 우린 같이 뛰어 달아날 거야." 그가 생각했다.

길에서부터 숲으로 한참 들어온 뒤에 제시는 나무들 사이의 빈 터에서 멈췄는데, 여기에는 작은 관목으로 온통 뒤덮인 개간지까지 시냇가로부터 죽 위로 오르막길이었다. 그는 여전히 말이 없었지만 곧바로 마른 나뭇가지 더미를 쌓아서 불을 붙였다. 소년은 새끼 양을 팔에 안고 바닥에 앉았다. 그의 상상력은 노인의 모든 움직임에 의미를 부여하기 시작했고 매 순간마다 더 두려워졌다. "난 새끼 양의 피를 꼬마의 머리에 발라 줘야 해." 제시는 나뭇가지가 탐욕스럽게 활활 타오르기 시작할 때 이렇게 중얼거렸고 주머니에서 긴 칼을 꺼내서는 몸을 돌려 개간지를 가로질러 데이비드 쪽으로 빠르게 걸어 왔다.

공포가 소년의 영혼을 엄습했다. 그는 겁에 질렸다. 잠시 동안 그는 꼼짝 않고 앉아 있다가 몸이 뻣뻣해지더니 벌떡 일어났다. 그의 얼굴이 새끼 양의 털처럼 하얗게 되었는데 새끼 양은 갑자기 줄이 풀려진 것을 알고는 언덕을 뛰어 내려갔다. 데이비드도 뛰었다. 공포가 그의 발을 날아가게 했다. 낮은 관목과 베어진 나무 위를 그는 미친 듯이 뛰어 넘었다. 뛰면서 그는 손을 주머니에 넣어 다람쥐 쏘는 새총이 달려 있는 갈라진 나무막대를 꺼냈다. 시냇물이 얕고 돌 위로 철석 대는 곳에 이르렀을 때 그는 물속으로 뛰어 들었고 뒤를 돌아보았다. 이때 할아버지가 손에 긴 칼을 꽉 쥐고 여전히 자신을 향해 뛰어오고 있는 것을 보자 그는 주저하지 않고 팔을 뻗쳐 돌멩이를 하나 골라서 새총에 끼웠다. 온 힘을 다해 그는 무거운 고무줄을 뒤로 당겼고 돌은 바람을 가르며 휙 소리를 냈다. 돌이 제시의 머리를 정통으로 맞췄는데 그는 소년은 까맣게 잊고 새끼 양을 쫓아가던 중이었다. 신음소리와 함께 그가 앞으로 곤두박이쳐서 거의 소년의 발치에 쓰러졌다. 할아버지가 움직이지 않은 채 누워 있고 겉보기에 죽은 것처럼 보이자 데이비드의 두려움은 엄청나게 커졌다. 그것은 광적인 공포가 되었다.

그는 비명을 지르며 몸을 돌렸고 발작적으로 훌쩍이면서 숲을 지나 뛰어 도망쳤다. "난 상관 안 해. 내가 할아버지를 죽였어. 하지만 난 상관 안 해." 그가 흐느꼈다. 자꾸만 뛰어가면서 그는 다시는 벤틀리 농장이나 와인즈버그로 돌아가지 않겠다고 갑작스레 결심했다. "하느님의 사람을 죽였으니 이제 나 자신이 어른이 되어 세상으로 나갈 거야." 그는 뛰다가 멈추고 들판과 숲을 통과해서 서쪽으로 흘러가는 와인 크릭의 구불구불한 물길을 따라 나 있는 길을 빠른 걸음으로 걸어가며 당차게 말했다.

시냇가 땅 위에서 제시 벤틀리는 힘들게 이리저리 몸을 움직였다. 그는 신음하며 눈을 떴다. 오랫동안 그는 미동도 안 한 채 누워 있었고 하늘을 쳐다보았다. 드디어 일어나자 그의 마음은 혼란스러워서 소년이 사라졌어도 놀라지 않았다. 길가에서 그는 통나무에 앉아 신에 대해 말하기 시작했다. 여기까지가 사람들이 그에게서 들었던 얘기의 전부이다. 데이비드의 이름이 언급될 때마다 그는 멍하게 하늘을 올려다보고는 신이 보낸 사자(使者)가 소년을 데려갔다고 말했다. "그건 내가 너무 영광을 갈망했기 때문에 일어난 일이야." 그가 단언했고 이 문제에 대해 더 이상 말하려고 하지 않았다.

생각 많은 사람

그는 어머니와 함께 살았는데, 어머니는 특이한 잿빛 안색을 한 회색 머리의 조용한 여자였다. 그들이 사는 집은 작은 숲 안에 있었는데 그 숲 너머로 와인즈버그의 중앙로가 와인 크릭 개울을 가로지르고 있었다. 그의 이름은 조우 웰링이었고 그의 아버지는 지역에서 한자리 하는 사람이었고 변호사였으며 콜럼버스[9]의 주 의회 의원이었다. 조우 본인은 몸집이 작고 마을의 그 누구와도 다른 성격을 지녔다. 그는 며칠 동안 가만히 있다가는 갑자기 불을 내뿜는 아주 작은 화산 같았다. 아니다, 그는 그런 건 아니고, 마치 발작을 일으키기 쉬운 사람 같았다. 그는 사람들 틈을 걸어가다 발작이 갑자기 엄습하면 눈이 돌아가고 다리와 팔이 경련하는 이상하고도 괴기한 몸 상태가 되기 때문에 공포를 일으켰다. 그는 그런 사람이었는데, 다만 조우 웰링을 불시에 덮치는 것은 육체적인 것이 아니라 정신적인 것이었다. 그는 생각에 포위되었고 하나의 생각이 태어나려고 진통할 때 그는 통제 불능이 되었다. 그의 입에서 말이 구르고 뒹굴며 나왔다. 특이한 웃음이 그의 입술에 떠올랐다. 그의 금니 가장자리가 빛을 받아 반짝였다. 구경꾼에게 달려들어 그는 말하기 시작했다. 구경꾼에게는 피할 방도가 없었다. 이 흥분한 남자는 구경꾼의 얼굴에

---

9. 역자주: 오하이오 주의 중앙부에 있는 도시로 주도(州都)이다.

입김을 불고, 눈을 뚫어져라 응시하고, 떨리는 집게손가락으로 자신의 가슴을 치면서 자기 말을 잘 들으라고 요구하고 강요했다.

그 당시에 스탠더드 석유회사[10]는 지금 그런 것처럼 큰 마차와 트럭에 석유를 실어 소비자들에게 배달해 주지 않았고 대신 소매 식료품점, 철물점 같은 데로 배달했다. 조우는 와인즈버그에서, 또 이 읍을 통과하는 철길의 인근 여러 마을들에서 스탠더드 석유 판매 대리인이었다. 그는 전표를 모으고, 주문장을 기입하고, 그 외의 일들도 했다. 주 의회 의원인 그의 아버지가 그를 위해 이 자리를 만들어 주었다.

와인즈버그의 가게들을 들락날락 거리며 조우는 조용하고 과도할 정도로 공손하게 자기 일에 열중하며 다녔다. 사람들은 경계하지만 즐거워하는 시선으로 그를 지켜보았다. 그들은 도망갈 준비를 하고 그가 지껄여 대기 시작하기를 기다렸다. 그를 엄습하는 발작은 무해했지만 웃어넘길 일은 아니었다. 그 발작은 질리게 할 정도였다. 생각이라는 말에 올라탄 조우는 압도하는 존재가 되었다. 그의 존재가 거인같이 커졌다. 그의 존재는 그와 말하고 있는 사람을 타고 넘어 휩쓸어 갔고 그의 목소리가 닿는 곳에 있는 모든 사람들을 휩쓸었다.

실베스터 웨스트의 약국 안에 네 명의 남자가 서서 경마 얘기를 하고 있었다. 웨슬리 모이어의 종마 토니 팁이 오하이오 주 티핀에서 유월에 경주하기로 되어 있었고 이 말이 지금까지의 경력 중에서 이

---

10. 역자주: Standard Oil Company. 록펠러(John D. Rockefeller)가 1870년 오하이오 주에서 설립한 석유회사

번에 가장 힘든 경쟁을 치를 것이라는 소문이 돌았다. 위대한 기수 팝 기어스도 참가한다는 말도 있었다. 토니 팁의 성공에 대한 의심이 와인즈버그의 공기에 무겁게 드리워져 있었다.

약국 안으로 조우 웰링이 덧문을 거세게 젖히며 들어왔다. 어디에 빠진 이상한 눈빛으로 그는 에드 토마스에게 달려들었는데, 에드 토마스는 팝 기어스에 관해 알고 있었고 토니 팁의 우승 가능성에 관한 그의 의견은 경청할 만했다.

"와인 크릭에 물이 차올랐어요." 조 웰링이 마라톤 전투에서 그리스인들이 승리한 소식을 가져왔던 페이디피데스처럼 크게 외쳤다. 그의 손가락이 에드 토마스의 넓은 가슴 위의 문신을 두들겼다. "트러니언 다리까지 오면 시냇물이 다리 바닥에서 11인치 반도 안 남게 올라와요." 그가 계속했고 그의 말은 빠르게 나왔고 이 사이에서 작은 휘파람 같은 소리가 났다. 어찌 할 수 없는 언짢아하는 표정이 네 사람의 얼굴 위를 스쳤다.

"이건 정확한 사실이에요. 틀림없어요. 나는 시닝스네 철물점에 가서 자를 갖고 왔어요. 그리고는 돌아가서 재 봤지요. 난 내 눈을 믿을 수 없었어요. 아시다시피 열흘 동안 비가 안 왔잖아요. 처음엔 어떻게 생각해야 할 지 몰랐어요. 생각이 내 머릿속으로 밀려들어 왔어요. 지하에 있는 물길과 샘을 생각해 봤죠. 마음속에서 땅 밑으로 여기저기 파헤치며 내려가 봤죠. 난 다리 바닥에 앉아 머리를 긁적였어요. 하늘엔 구름이 단 한 점도 없었어요. 거리로 나가서 한번 보세요. 구름이 한 점도 없었어요. 지금도 구름이 없어요. 맞아요, 구름이 한 점 있었어요. 난 어떤 사실도 감추고 싶지 않아요. 지평선 근처

저 아래 서쪽에 구름이 하나 있었어요. 남자 손만 한 구름 한 점이.

"근데 그게 이 일과 관련 있다고 내가 생각해서가 아니에요. 저기 구름 있잖아요. 내가 얼마나 헛갈렸는지 이해하시죠?

"그러다가 내게 생각이 하나 떠올랐어요. 난 웃었죠. 당신들도 웃을 거예요. 물론 저 건너 메디나 카운티[11]에 비가 오긴 했어요. 재밌죠, 그렇죠? 기차나 편지나 전보가 없어도 우리는 저 건너 메디나 카운티에 비가 온 걸 알 수 있어요. 거기에서 와인 크릭 개울이 내려오거든요. 사람들이 그거 다 알고 있죠. 작고 오래된 와인 크릭이 우리에게 소식을 가져와요. 그거 재미있어요. 난 웃었어요. 이 얘기 하는 게 좋을 것 같다고 생각했어요. 재미있죠, 그렇죠?"

조우 웰링은 몸을 돌려 문으로 나갔다. 주머니에서 장부를 꺼내고는 발걸음을 멈추고 손가락으로 페이지 하나를 더듬어 내려갔다. 다시 그는 스탠더드 석유회사 판매 대리인으로서의 의무에 몰두했다. "헌네 식료품점이 등유가 떨어져 가고 있을 거야. 그거 한번 봐야겠구먼." 그가 지나쳐 가는 사람들에게 좌우로 공손히 머리를 숙이며 바삐 길을 가면서 중얼댔다.

조지 윌러드는 〈와인즈버그 이글〉 신문사에 일자리를 얻게 되자 조우 웰링에게 시달렸다. 조우는 소년을 부러워했다. 그는 자기야말로 날 때부터 신문 기자가 될 사람이었다고 생각했다. "그거 원래 내 일인데, 틀림없이." 그가 도어티의 사료가게 앞 인도에서 조지 윌러드를 세우고 이렇게 외쳤다. 그의 눈이 빛나기 시작했고 집게손가락이 떨리기 시작했다. "물론 난 스탠더드 석유회사에서 돈을 더 많이 받

---

11. 역자주. county. 우리나라의 군(郡) 정도에 해당하는 지역 단위

고 있고 그래서 그냥 너에게 이렇게 말하는 것뿐이야." 그가 덧붙였다. "난 너한테 감정이 있어서 이러는 게 아니야. 하지만 난 네 자리를 차지해야 마땅해. 나도 짬나는 대로 기자 일을 할 수 있거든. 나는 여기저기 뛰어다니면서 네가 결코 볼 수 없는 일들을 찾아낼 거야."

더 흥분해서 조우 웰링은 젊은 기자를 사료가게 앞으로 밀어붙였다. 그는 생각에 빠진 것처럼 보였고 여기저기 눈망울을 굴렸고 가늘고 예민한 손으로 머리카락을 쓸었다. 웃음이 그의 얼굴에 퍼졌고 그의 금니가 반짝였다. "네 메모장을 꺼내 봐." 그가 명령했다. "너 주머니에 그 작은 종이철 갖고 다니잖아, 그렇지? 난 네가 그런다는 걸 알아. 자, 이거 받아 적어 봐. 저번에 이 생각을 했었어. 부패를 예로 들어보자고. 자, 부패가 뭐지? 그건 불이야. 그건 숲을 태우고, 다른 것들도 태워 없애지. 너 이런 생각 못해 봤지? 물론 그렇게 못했을 거야. 여기 이 인도와 이 사료 가게, 저기 거리로 죽 있는 나무들, 이 모두가 불붙어 있다고. 그것들이 불타고 있는 거야. 네가 보듯이 부패가 항상 진행되고 있는 거지. 그건 멈추지 않아. 물과 페인트로도 멈추게 할 수 없어. 만약 어떤 것이 쇠라면, 그러면 어떻게 되냐? 그건 녹슬지, 너도 알다시피. 그것도 불이야. 세상은 불타고 있어. 신문에 네가 쓸 기사를 그렇게 시작해 봐. 그냥 대문자로 '세상은 불타고 있다'라고 쓰라고. 그렇게 하면 사람들이 기사를 보겠지. 사람들은 네가 똑똑한 친구라고 말할 거야. 난 상관없어. 난 널 부러워하진 않아. 난 이 생각을 그저 허공에서 낚아챈 거야. 난 신문이 잘 돌아가게 만들 수 있어. 너도 그건 인정해야 해."

재빨리 몸을 돌려 조우 웰링은 빠른 걸음으로 멀어져 갔다. 몇 걸음 걷고는 발을 멈추고 뒤를 돌아봤다. "난 네 곁에 있을 거야." 그가 말했다. "난 너를 진짜 멋진 사람으로 만들 거야. 나도 직접 신문사 하나 차려야 하는데, 그게 내가 해야 할 일이야. 난 놀라운 사람이 될 거야. 모두들 그걸 알고 있지."

조지 윌러드가 〈와인즈버그 이글〉에서 일 년 일하는 동안 조우 웰링에게는 네 가지 사건이 일어났다. 그의 어머니가 죽었고, 그가 뉴 윌러드 하우스 호텔에 와서 살게 되었고, 사랑의 사건에 연루되었고, 그리고 와인즈버그 야구 클럽을 조직한 일이다.

조우가 야구 클럽을 조직한 것은 코치가 되고 싶었기 때문이었고 그 자리에 있으면서 그는 마을사람들의 존경을 얻기 시작했다. 조우의 팀이 메디나 카운티에서 온 팀을 이기고 난 뒤 사람들은 "그 사람 놀라워요"라고 선언하게 되었다. "그 사람은 모두를 단합시키지요. 그냥 지켜보면 알게 돼요."

야구장에서 조우 웰링은 1루 옆에 서 있었고 그의 몸 전체가 흥분으로 떨렸다. 자신도 모르는 사이에 모든 선수들은 그를 자세히 지켜봤다. 반대 팀 투수는 헛갈렸다.

"자, 자, 자, 자" 하며 흥분한 사내가 외쳤다. "날 봐, 날 봐, 내 손가락을 보라고. 내 손을 봐, 내 발을 봐, 내 눈을 봐. 여기서 같이 한번 해보자고. 나를 봐. 게임의 모든 움직임을 다 알 수 있어. 나랑 같이 하자고. 나랑 같이 해. 날 봐, 날 봐, 날 봐."

주자들이 루상에 나가 있을 때 조우 웰링은 신들린 사람처럼 되었다. 무슨 일이 자신들에게 일어났는지 알기도 전에 루상에 있는 주자들은 마치 눈에 안 보이는 끈에 의해 묶이기라도 한 것처럼 그를 쳐다보고 베이스에서 떨어져 가고, 앞으로 전진했다가 뒤로 물러났다가 했다. 상대방 팀 선수들도 역시 조우를 지켜봤다. 그들은 홀렸다. 그들은 잠시 동안 지켜보다가는 마치 자신들에게 씌워진 주문을 깨기라도 하듯이 여기저기 공을 마구 던지기 시작했고, 코치가 이런 지독한 짐승 같은 고함소리를 내는 와중에 와인즈버그 팀의 주자들은 홈으로 뛰어 들어 왔다.

조우 웰링의 사랑 사건이 와인즈버그 마을을 긴장시켰다. 이 일이 시작되었을 때 모두들 숙덕대고 머리를 가로저었다. 사람들이 웃으려고 했을 때 그 웃음은 억지로 나왔고 부자연스러웠다. 조는 새라 킹에게 사랑에 빠지게 되었는데 그 여자는 마르고 슬퍼 보였고 와인즈버그 묘지 정문 건너편 벽돌집에서 아버지, 오빠와 함께 살고 있었다.

킹네 집 두 사람, 즉 아버지인 에드워드와 아들 톰은 와인즈버그에서 인기가 없었다. 이들은 거만하고 위험한 사람으로 알려져 있었다. 이들은 남부의 어떤 곳에서 와인즈버그로 이주해 왔고 트러니언 파이크 거리에서 사과즙 공장을 하고 있었다. 톰 킹은 와인즈버그로 오기 전에 사람을 하나 죽였다는 소문이 있었다. 그는 스물일곱 살이었는데 회색 조랑말을 타고 읍내를 돌아다녔다. 그는 또 이(齒) 위로 내려오는 길고 노란 콧수염을 기르고 있었고 항상 무겁고 살벌하게 보이는 지팡이를 손에 들고 다녔다. 그는 이 지팡이로 개를 한 마리 죽인 적도 있다. 그 개는 구둣가게 하는 윈 포지가 기르는 개였는데 인도에 서서 꼬리를 흔들어 대곤 했었다. 톰은 개를 한 방에 죽였다. 그는 체포되었고 10달러 벌금을 냈다.

늙은 에드워드 킹은 키가 작았고 거리에서 사람들을 지나칠 때면 괴상하고 기분 나쁘게 웃었다. 웃을 때 그는 오른손으로 왼쪽 팔꿈치를 긁었다. 그의 외투 소매는 이런 습관 때문에 거의 다 닳았다. 그가 여기저기 불안하게 쳐다보고 웃으면서 거리를 걸어 갈 때면 말없고 사납게 생긴 그의 아들보다 더 위험해 보였다.

새라 킹이 조우 웰링과 저녁 때 데이트하기 시작하자 사람들은 놀라며 고개를 가로저었다. 그녀는 키가 크고 창백했고 눈 밑에 검은 자국이 있었다. 이 한 쌍은 같이 있으면 우스꽝스러워 보였다. 그들은 나무 아래를 걸었고 조우가 이야기 했다. 그의 열렬하고 간절한 사랑타령은 묘지 벽 옆의 어둠 속에서도 들렸고, 혹은 워터웍스 연못으로부터 페어그라운드[12]로 죽 올라가는 언덕 위의 짙은 나무 그늘에서도 들렸고 가게 안에서도 이어졌다. 뉴 윌러드 하우스의 바에서 사람들은 서서 웃으며 조우의 구애에 대해 이야기했다. 웃음 뒤에는 침묵이 흘렀다. 그의 지도로 와인즈버그 야구팀은 시합에서 연승을 거두고 있었고 이제 읍내 사람들은 그를 존경하기 시작했다. 비극을 감지하고 그들은 기다렸다, 불안하게 웃으며.

어느 토요일 늦은 오후에 조우 웰링과 킹 가의 두 남자가 뉴 윌러드 하우스에 있는 조우 웰링의 방에서 만났는데, 이 만남에 대한 예상이 마을을 긴장시켰었다. 조지 윌러드는 이 만남의 증인이었다. 그

---

12. 역자주: fairground. fair는 곡물, 가축의 품평회와 전시 판매가 이루어지고, 놀이 기구와 먹거리 노점도 운영되고, 요즘은 때때로 연예인의 공연이 곁들여지기도 하는 행사로 농진회(農振會)라고 할 수 있다. 이 행사가 열리는 장소가 페어그라운드이다. 미국에서는 1년에 한 번 카운티 단위로 열리는 농진회가 일반적이다.

건 이런 식으로 진행되었다.

젊은 기자는 저녁을 먹고 자기 방으로 가다가 톰 킹과 그의 아버지가 조우의 방에서 반쯤 어두운 가운데 앉아 있는 것을 봤다. 아들은 손에 그 무거운 지팡이를 쥐고 있었고 문 가까이에 앉아 있었다. 늙은 에드워드 킹은 오른손으로 왼쪽 팔꿈치를 긁으며 불안하게 왔다 갔다 걸어 다녔다. 복도는 텅 비었고 고요했다.

조지 윌러드는 자기 방으로 가서 책상에 앉았다. 그는 글을 쓰려고 했지만 손이 떨려서 펜을 쥘 수가 없었다. 그도 또한 불안하게 왔다 갔다 걸었다. 와인즈버그 읍내의 나머지 사람들처럼 그도 당혹했고 어찌해야 할 지 몰랐다.

일곱 시 반이 되었고 빠른 속도로 날이 어두워지고 있을 때 조우 웰링이 기차역 플랫폼을 따라 뉴 윌러드 하우스 쪽으로 갔다. 그는 팔에 잡초와 잔디의 다발을 안고 있었다. 조지 윌러드는 몸이 떨리는 공포에도 불구하고 잔디를 안고 플랫폼을 따라 뛰다시피 오고 있는 그 작고 활기찬 모습을 보자 즐거웠다.

두려움과 근심으로 몸을 떨면서 젊은 기자는 조우 웰링이 킹 씨네 두 사람에게 말하고 있는 방문 밖 복도에 숨어 있었다. 맹세가 있었고 늙은 에드워드 킹의 신경질적인 낄낄 웃는 소리가 있었고, 그리고는 조용해졌다. 이제 날카롭고도 맑은 조우 웰링의 목소리가 터져 나왔다. 조지 윌러드는 웃기 시작했다. 그는 이해했다. 자기 앞에 있던 모든 사람들을 휩쓸어 버렸듯이 이제 조우 웰링은 말의 밀물로써 방 안에 있는 이 두 사람을 쓸고 갔다. 복도에서 귀를 기울여 듣고 있는 사람은 경이로움에 잠겨 서성거렸다.

방 안에서 조우 웰링은 톰 킹의 투덜대는 협박에 신경 쓰지 않았다. 어떤 생각에 몰두하여 그는 문을 닫고 등불을 키고 잡초와 잔디 한 줌을 바닥에 펼쳤다. "보여 줄 게 있어요." 그가 엄숙하게 알렸다. "전 조지 윌러드에게 여기에 대해 말하려고요, 신문에 낼 기사 거리를 하나 주려고 하고 있었어요. 당신들이 여기 있어서 반가와요. 새라도 있으면 좋았을 텐데. 전 당신들 집에 가서 내 생각을 말하려고 하던 참이었어요. 그건 재미있어요. 그런데 새라가 못하게 했어요. 그 여자는 우리가 싸울 거라고 말했죠. 그건 어리석은 생각이죠."

황당해 하는 두 남자 앞을 이리저리 뛰면서 조우 웰링은 설명하기 시작했다. "내 말 새겨들어요." 그가 외쳤다. "이거 대단한 거예요." 그의 목소리가 흥분해서 날카로웠다. "그냥 나 하는 대로 하세요. 그러면 흥미를 느낄 거예요. 그렇게 될 거예요. 자, 이렇게 한번 생각해 보죠. 밀, 옥수수, 귀리, 팥, 감자, 이 모든 것들이 어떤 기적에 의해 휩쓸려 없어졌다고 생각해 봅시다. 자, 우리는 당신들도 알다시피 이 군(郡)에 있어요. 우리 모두들 주위에 높은 담이 있어요. 우리 이렇게 생각해보자고요. 누구도 그 담을 넘을 수 없고 세상의 모든 과일이 다 파괴되고 이 야생의 것들, 이 잔디만 남았어요. 우리는 끝장난 건가요? 난 당신들에게 그걸 묻는 거예요. 우리가 끝장나느냐고요?" 톰 킹이 다시 한 번 고함을 질렀고 잠시 동안 방에는 정적이 흘렀다. 그러다 조우가 다시 한 번 자기 생각에 대한 설명에 뛰어들었다. "한동안은 힘들 거예요. 나도 그건 인정해요. 나도 그걸 인정해야만 해요. 교묘히 피할 수가 없어요. 우리는 어려움에 처할 겁니다. 여러 사람의 살찐 배가 움푹 들어가게 될 거예요. 하지만 그들이 우

생각 많은 사람　111

리를 패배시킬 수는 없어요. 그렇게 못 할 거라고 난 말하는 겁니다."

톰 킹이 맘씨 좋게 웃었고 에드워드 킹의 떠는, 신경질적인 웃음소리가 집을 관통하여 퍼졌다. 조우 웰링은 서둘러 말을 이었다. "보세요, 우리는 새로운 야채와 과일의 품종을 만들어 내기 시작해야죠. 곧 우리는 우리가 잃었던 걸 다 되찾게 될 거예요. 잘 들어 봐요. 새로운 것들은 그전 것들과 같지는 않을 겁니다. 같지 않을 거예요. 아마 전보다 더 좋을 수도 있고, 그만큼 좋지 않을 수도 있고. 재미있죠, 그렇죠? 당신들도 그거 생각해 보세요. 그 생각이 당신들 마음을 움직이게 하기 시작하죠, 그렇죠?"

방 안에는 침묵이 흘렀고 늙은 에드워드 킹이 다시 신경질적으로 웃었다. "봐요, 새라가 여기 오면 좋겠다고 내가 그랬잖아요." 조우 웰링이 소리 질렀다. "당신들 집으로 갑시다. 그 여자에게 이 걸 말할 거예요."

방에서 의자 끄는 소리가 났다. 그때 조지 윌러드는 자기 방으로 물러났다. 창문 밖으로 몸을 내밀어 그는 조우 웰링이 킹네 두 남자와 길을 걸어가는 것을 봤다. 톰 킹은 그 작은 남자와 보조를 맞추기 위해 굉장히 큰 걸음을 내딛어야 했다. 성큼성큼 걸어가며 그가 몸을 기울였고 푹 빠져 매혹된 채로 귀 기울였다. 조우 웰링은 다시 흥분하여 말하기 시작했다. "자, 이제 밀크위드 풀을 예로 들어보죠." 그가 큰 소리로 말했다. "밀크위드 풀로 많은 일을 할 수 있겠죠, 그렇죠? 거의 믿을 수 없을 정도죠. 당신들도 거기에 대해 생각해 보기 바래요. 당신들 둘이 거기에 대해 생각해 보기 바래요. 보다시피 새로운 식물왕국이 있게 될 거예요. 재미있죠, 그렇죠? 그게 하나의 생각이에요. 새라를 볼 때까지 기다리세요. 그녀도 자기 생각을 갖게 될 거예요. 새라는 항상 생각에 관심이 많아요. 새라는 너무 영리해서 당신들은 상대가 안 돼요, 그렇죠? 물론, 상대가 안 되죠. 당신들도 그걸 알고 있죠."

모험

앨리스 하인드만은 조지 윌러드가 아직 꼬마일 때 스물일곱 살 여자였고 와인즈버그에서 평생을 살았다. 그녀는 위니네 포목상에서 점원으로 일했고 재혼한 어머니와 같이 살고 있었다.

앨리스의 의붓아버지는 마차 페인트공이었고 술에 빠져 살았다. 그의 이야기는 희한한 이야기이다. 그건 나중에 말할 만한 가치가 있을 것이다.

스물일곱 살 나이의 앨리스는 키가 컸고 좀 말랐다. 머리가 커서 몸이 빈약해 보였다. 어깨는 조금 구부정했고 머리와 눈은 갈색이었다. 그녀는 무척 조용했지만 평온한 외면 밑에는 끊임없는 부글거림이 계속되고 있었다.

그녀가 열여섯 소녀이고 가게에서 일을 시작하기 전에 앨리스는 어떤 젊은 남자와 사귀었었다. 그 젊은 남자의 이름은 네드 커리였는데 앨리스보다 나이가 많았다. 그는 조지 윌러드처럼 〈와인즈버그 이글〉에서 일했고 오랫동안 거의 매일 저녁마다 앨리스를 만나러 갔었다. 둘은 같이 읍내 길을 지나 나무 아래를 걸었고 인생에서 무엇을 할지 이야기를 나눴다. 앨리스는 그때 아주 예쁜 소녀였고 네드 커리는 그녀를 팔에 안아 키스했다. 그는 흥분하는 바람에 원래 말하려고 하지 않았던 것들을 얘기했고, 앨리스도 자신의 좁은 삶에 뭔가 아름다운 것이 들어오게 하려는 욕망에 속아 흥분했다. 그녀도 말을 했다. 그녀의 삶의 겉껍질과 모든 타고난 수줍음과 과묵함이 찢겨져 나가고 그녀는 사랑의 감정에 자신을 내맡겼다. 그녀가 열여섯 되던 해 늦가을에 네드 커리가 도시의 신문사에 일자리를 구해서 출세하기 위해 클리블랜드로 갈 때 그녀는 그와 같이 가고 싶었다. 떨리는 목소리로 그녀는 마음에 있는 말을 그에게 했다. "난 일할 거고 그러면 당신도 일하면 되잖아요." 그녀가 말했다. "나는 불필요한 비용에 당신이 얽매이게 해서 당신의 발전을 막고 싶지 않아요. 지금 나랑 결혼하지 마세요. 우리는 결혼하지 않고 잘 지낼 거고 우리는 같이 있을 수 있어요. 우리가 같은 집에 살아도 누구도 아무 말도 안 할 거예요. 도시에서 우리는 알려지지 않고 사람들은 우리에게 신경 쓰지도 않을 거예요."

네드 커리는 연인의 결의와 희생에 당혹했고 또한 깊이 감동받았다. 그는 이 소녀를 자신의 정부로 삼으려고 했었으나 마음을 바꿨다. 그는 그녀를 보호하고 돌보고 싶었다. "넌 지금 네가 하는 말이 뭔지 몰라." 그가 매섭게 말했다. "내가 널 그렇게 하도록 놔두지 않을 거라는 건 너가 잘 알지. 괜찮은 일자리 잡으면 바로 돌아올게. 당분간 넌 여기 있어야 해. 그것만이 우리가 할 수 있는 일이야."

도시에서 새로운 인생을 시작하려고 와인즈버그를 떠나기 전날 밤에 네드 커리는 앨리스를 만나러 갔다. 그들은 한 시간 정도 거리를 여기저기 걸었고 웨슬리 모이어의 마차 대여소에 가서 마차를 한 대 빌려 시골로 드라이브 갔다. 달이 떠올랐고 이들은 말을 할 수 없게 되었다. 슬픔 속에서 젊은 남자는 소녀에 대한 자신의 행위에 관하여 했던 결심을 잊었다.

그들은 키가 큰 풀밭이 와인 크릭의 개울둑으로 죽 뻗어 있는 곳에서 마차에서 내렸고 어둑한 빛 속에서 연인이 되었다. 자정에 읍내로 돌아왔을 때 그들은 둘 다 기뻤다. 이들에게는 미래에 일어날 어떤 일도 지금 일어났던 그 일의 경이로움과 아름다움을 지우지 못할 것으로 보였다. "우리 이제 서로에게 꼭 붙어 있어야 해, 무슨 일이 일어나더라고 그렇게 해야만 해." 네드 커리가 그녀 아버지 집의 문간에서 소녀와 작별하며 이렇게 말했다.

그 젊은 기자는 클리블랜드 신문사에 일자리를 얻는데 성공하지 못했고 서쪽 시카고로 갔다. 한동안 그는 외로웠고 거의 매일 앨리스에게 편지를 썼다. 그러다가 그는 도시의 생활에 빠지게 되었다. 친구들을 사귀기 시작했고 삶의 새로운 흥밋거리들을 발견했다. 시카고에서 그는 여자들이 몇 명 있는 집에 방을 얻었다. 이 여자 중 한 명이 그의 관심을 끌었고 그는 와인즈버그에 있는 앨리스를 잊었다. 그 해 끝 무렵에 그는 편지 쓰는 일을 중단했고, 아주 오랜만에 한번씩 외로울 때나 아니면 도시의 공원에 들어가 와인 크릭 옆 풀밭에서 그날 밤 비췄듯이 달이 잔디 위를 비추는 걸 볼 때에만 그녀 생각을 조금이라도 했다.

사랑받았었던 그 소녀는 와인즈버그에서 성장하여 이제 어른이 되었다. 스물두 살이 되었을 때 말 장비 수선가게를 하던 그녀의 아버지가 갑자기 죽었다. 이 마구 제조업자는 옛날에 군인이었기에 몇 달 뒤 그의 아내는 미망인의 연금을 받게 되었다. 그녀는 처음 받은 돈으로 직조기를 하나 사서 카펫 짜는 일을 했고, 앨리스는 위니네 가게에 일자리를 얻었다. 여러 해 동안 그 어떤 것도 그녀로 하여금 네드 커리가 결국 돌아오지 않을 것이라고 믿게 할 수 없었다.

그녀는 일자리를 얻어 기뻤다. 가게에서 매일 반복되는 노동이 기다림의 시간을 덜 길고 덜 재미없게 보이게 만들었기 때문이었다. 그녀는 돈을 모으기 시작했는데, 그것은 이삼백 달러를 모아 자기도 연인을 따라 도시로 가서 같이 있게 되면 그의 사랑을 되찾을 수 있지 않을까 하는 생각에서였다.

앨리스는 달빛 아래 들판에서 있었던 일에 대해 네드 커리를 비난하지 않았고 다른 남자와는 결코 결혼할 수 없다고 느꼈다. 그녀에게는 아직도 네드에게만 속하는 것을 다른 누군가에게 준다고 하는 것은 생각만 해도 끔찍했다. 다른 남자들이 그녀의 관심을 끌려고 할 때 그녀는 이들과 아무 관련도 맺으려 하지 않았다. "난 그이의 아내이고 돌아오건 안 돌아오건 그의 아내로 남을 거야." 그녀는 중얼거렸다. 기꺼이 스스로를 부양하려는 의지가 있음에도 불구하고 그녀는 여성이 스스로의 주인이 되고 인생에서의 목표를 위해 주기도 하고 받기도 한다는 현대적 생각이 점점 더 커져 가는 것을 이해할 수 없었다.

앨리스는 포목상에서 아침 여덟 시부터 밤 여섯 시까지 일했고 한 주에 세 번 저녁때 일곱 시에서 아홉 시까지 일하러 다시 가게로 갔다. 시간이 지나며 점점 더 외로워지자 그녀는 외로운 사람들에게 공통되는 방법을 쓰기 시작했다. 밤에 이층 자기 방으로 들어가면 그녀는 바닥에 무릎을 꿇고 기도했고, 자신의 연인에게 말하고 싶은 것들을 기도 속에서 속삭였다. 그녀는 생명 없는 물체들에 집착하게 되었고, 그것이 자기 것이기에 누구도 자기 방 가구를 만지지 못하게 했다. 어떤 목적을 위해 시작된 돈 모으는 버릇은 네드 커리를 찾으러 도시로 가려는 계획을 그만 둔 뒤에도 계속되었다. 그건 굳어 버린 습관이 되었고 새 옷이 필요할 때에도 그녀는 사지 않았다. 가끔씩 비오는 오후에 그녀는 가게에서 은행 통장을 꺼내 앞에 펼쳐 놓고 돈을 많이 저금해서 그 이자가 그녀와 미래의 남편을 둘 다 먹여 살릴 수 있게 되는 그런 불가능한 꿈을 몇 시간씩 꿨다.

"네드는 늘 여기저기 여행하는 걸 좋아했지." 그녀는 생각했다. "내가 그 사람에게 그런 기회를 줄 거야. 언젠가 우리가 결혼해서 내가 그 사람이 버는 돈과 내가 버는 돈을 다 저금할 수 있게 되면 우리는 부자가 될 거야. 그러면 우리는 전 세계를 같이 여행할 수 있어."

포목점 가게 안에서 앨리스가 연인이 돌아오기를 기다리며 꿈꾸는 동안 몇 주가 몇 달로, 몇 달이 몇 년으로 그렇게 시간이 지났다. 가게 주인은 틀니를 하고 있고 입 있는 데까지 축 늘어진 몇 가닥 안 되는 희끗거리는 콧수염을 한 머리가 센 노인이었다. 그는 남들과 말하는 걸 즐기는 사람이 아니어서 가끔씩 비오는 날과 세찬 눈이 메인 스트리트에 사납게 휘몰아치는 겨울에는 몇 시간이 지나도록 손님이 한 명도 없기도 했다. 앨리스는 물건들을 정리하고 또 정리했다. 그녀는 인적이 끊긴 거리를 내려다 볼 수 있는 앞쪽 창문가에 서서 자신이 네드 커리와 함께 걸었던 저녁과 그가 했던 말을 생각했다. "우리 이제 서로에게 꼭 붙어 있어야 해." 이 말이 성숙해 가는 여인의 마음을 뚫고 메아리치고 또 메아리쳤다. 여자의 눈에 눈물이 어렸다. 가끔 가게 주인이 밖에 나가고 가게에 혼자 있을 때면 여자는 머리를 계산대 위에 고이고 울었다. "오, 네드, 난 기다리고 있어요." 여자는 자꾸만 이 말을 작은 소리로 말했고 그러는 동안 내내 그가 돌아오지 않을지 모른다는 서서히 다가오는 두려움이 여자 안에서 점점 더 커져 갔다.

우기가 지나고 길고 뜨거운 여름날이 오기 전 봄에 와인즈버그 주위의 시골은 아름답다. 읍내는 트윈 들판의 한복판에 있지만 들판 너머는 쾌적한 숲이다. 나무가 있는 곳들에는 연인들이 일요일 오후에 가서 앉는 작고 숨겨진 구석과 조용한 장소가 많다. 그들은 나무들 사이로 들판 너머를 바라보고, 헛간 주위에서 일하는 농부나 길을 따라 마차를 몰고 오르내리는 사람들을 본다. 읍내에서는 종이 울리고 가끔씩 기차가 먼 곳에 있는 장난감처럼 보이며 지나간다.

네드 커리가 떠난 후 몇 년 동안 앨리스는 일요일에 다른 젊은이들과 숲에 들어가지 않았는데 그가 떠난 이삼 년 후 어느 날 외로움을 더는 견딜 수 없는 듯했을 때 그녀는 가장 좋은 옷을 입고 외출했다. 읍내와 죽 뻗은 들판을 볼 수 있는 작고 가려진 곳을 발견하고 여자는 앉았다. 나이와 무력함에 대한 두려움이 여자를 사로잡았다. 여자는 가만히 앉아 있을 수 없어서 일어났다. 땅 너머 무언가를 바라보며 서 있을 때, 아마도 계절의 흐름에서 드러나듯이 결코 멈추지 않는 삶을 생각하니, 흐르는 세월에 그 여자의 마음이 집중되었다. 여자는 떨고 두려워하면서 자신에게서 아름다움과 젊음의 신선함이 사라졌다는 것을 깨달았다. 처음으로 여자는 자신이 속았다고 느꼈다. 그녀는 네드 커리를 원망하지는 않았고 무엇을 원망할지도 몰랐다. 슬픔이 그녀를 휩쓸었다. 무릎을 꿇고 기도하려고 했지만 기도 대신에 항의의 말들이 입에서 나왔다. "그건 나한테 올 거 같지 않아. 난 결코 행복을 찾을 수 없을 거야. 내가 왜 나 자신에게 거짓말해야 해?" 여자는 울부짖었고 자신의 매일매일 생활의 일부가 되어 버린 두려움에 맞서려는 최초의 용감한 시도와 함께 묘한 안도의 느낌이 들었다.

앨리스 하인드만이 스물다섯 살이 되던 해에 두 가지 사건이 일어나서 단조롭고 아무 일도 일어나지 않는 그녀의 나날을 뒤흔들어 놓았다. 여자의 어머니가 와인즈버그의 마차 페인트공 부쉬 밀튼과 결혼했고 와인즈버그 감리교회의 교인이 되었다. 앨리스도 살면서 자신의 처지로 인해 겪는 외로움이 두려워졌기 때문에 그 교회에 나갔다. 어머니의 두 번째 결혼으로 그녀의 고립은 더 심해졌다. "난 늙고 괴상하게 되어 가고 있어. 만약 네드가 와도 날 원하지 않을 거야. 그이가 살고 있는 도시에는 사람들이 영원히 젊지. 너무나 많은 일들이 일어나고 있기 때문에 그들은 늙을 시간이 없지." 여자는 우울한 미소를 지으며 혼잣말을 했고 작정하고 사람들과 사귀었다. 매주 목요일 저녁에 가게가 끝나고 나면 여자는 교회 지하실에 있는 기도모임에 갔고 일요일 저녁에는 엡워쓰 연맹[13]이라는 단체의 모임에 참석했다.

약국 점원이고 같은 교회에 다니는 중년 남자인 윌 헐리가 그녀를 집까지 배웅해 주겠다고 했을 때 그녀는 싫다고 하지 않았다. "물론 이 사람이 나랑 자주 같이 있게 하지는 않을 거야. 하지만 오랜만에

13.역자주. Epworth League. 오하이오 주 클리블랜드에서 1889년에 창설된 감리교 청년조직

한 번씩 날 보러 온다면 해가 될 건 없겠지." 그녀는 여전히 네드 커리에 대해 절개를 지키기로 굳게 다짐한 채 혼자 말했다.

무슨 일이 일어나고 있는지도 깨닫지 못한 채 앨리스는 처음에는 약하게, 그러나 점점 더 굳은 결심으로 인생을 새롭게 붙잡으려고 했다. 약국 점원 곁에서 그녀는 말없이 걸었는데 어둠 속에서 무덤덤하게 걸어가다가 가끔 여자는 손을 뻗어 그의 외투의 주름을 살짝 만졌다. 그녀 어머니의 집 대문에서 작별할 때 그녀는 안으로 들어가지 않고 잠시 동안 문 가에 서 있었다. 여자는 약국 점원을 부르고 싶었고 그에게 집 앞에 있는 현관에 어둠 속에 같이 앉아 있자고 말하고 싶었지만 그가 이해하지 못할까 두려웠다. "내가 원하는 건 그가 아니야." 여자가 중얼거렸다. "너무 혼자 있는 걸 피하려는 것뿐이야. 조심하지 않으면 난 사람들과 함께 있는 게 어색해질 수도 있어"

*

스물일곱 되던 해 초가을에 어떤 강렬한 불안감이 그녀를 사로잡았다. 그녀는 약국 점원과 함께 있는 것을 참을 수 없었고 저녁에 그가 데이트하러 왔을 때 그를 돌려보냈다. 그녀의 마음엔 생각이 아주 많아지게 되어서 가게 계산대 뒤에 오랫동안 서 있느라 지쳐서 집에 가 침대에 기어 들어가서도 잠을 이루지 못했다. 말똥말똥한 눈으로 여자는 어둠 속을 응시했다. 그녀의 상상은 마치 긴 잠에서 깬 어린아이같이 방 여기저기에서 뛰놀았다. 여자의 내면 깊은 곳에는 환상에 의해 속지 않으려 하고 삶으로부터 어떤 명확한 내답을 요구하는 무엇인가가 있었다.

앨리스는 베개를 들어 가슴에 대고 꽉 껴안았다. 침대에서 내려와 그녀는 어두운 데서 보면 침대시트 사이에 누워 있는 사람 모양으로 보이게 담요를 접고는 침대 옆에 꿇어 앉아 마치 후렴처럼 계속 말을 하며 담요를 쓰다듬었다. "왜 아무 일도 일어나지 않는 거야? 왜 나는 여기 혼자 남겨져야 해?" 여자가 중얼거렸다. 이따금 네드 커리 생각을 하기는 했지만 여자는 더 이상 그에게 의존하지 않았다. 여자의 욕망이 막연해졌다. 여자는 네드 커리이건 다른 어떤 남자이건 원하지 않았다. 그녀는 사랑받고 싶었고 자신 속에서 점점 더 커져만 가는 외침에 대해 뭔가가 응답해 주기를 바랐다.

그러다 비 내리는 어느 날 밤에 앨리스는 모험을 하게 되었다. 그 모험이 그녀를 두렵게 하고 혼란스럽게 했다. 그녀는 아홉 시에 가게에서 집으로 왔고 집이 텅 비었음을 알게 되었다. 부쉬 밀튼은 읍내로 가 버렸고 어머니는 이웃집에 갔다. 앨리스는 이층 자기 방으로 올라가 어둠 속에서 옷을 벗었다. 잠시 동안 그녀는 창가에 서서 비가 유리에 부딪히는 소리를 들었고 그러다가 어떤 이상한 욕망에 사로잡혔다. 자신이 뭘 하려는 것인지 생각해 보려고 하지도 않은 채 여자는 계단을 뛰어 내려가 어두운 집안을 통과해 빗속으로 나갔다. 집 앞 작은 잔디밭에 서서 몸에 찬비를 느낄 때 발가벗은 채 거리를 달려 보려는 광적인 욕망이 그녀를 사로잡았다.

그녀는 비가 자신의 몸에 어떤 창조적이고 놀라운 영향을 끼치리라고 생각했다. 그녀가 이렇게 젊음과 용기로 가득 찼던 것은 몇 년 만이었다. 여자는 펄쩍 뛰어 달리고, 소리 지르고, 그리고 다른 어떤 외로운 사람을 찾아내 그를 포옹하고 싶었다. 집 앞의 벽돌로 된 인도 위에 어떤 남자가 비틀거리며 집으로 가고 있었다. 앨리스는 달리기 시작했다. 어떤 야성적이고도 절박한 기분이 여자를 사로잡았다. "이 사람이 누구인지 내가 왜 신경 써? 그 사람은 혼자고, 나는 그 사람한테 갈 거야." 그녀가 생각했다. 그리고는 자신의 광기가 어떤 결과를 가져올지 생각해 보지 않고 나지막이 불렀다. "기다려요." 그녀가 외쳤다. "가지 말아요. 당신이 누구이건 기다려야만 해요."

인도 위에 서 있던 남자가 걸음을 멈추고 서서 귀 기울였다. 그는 늙은 남자였고 가는귀가 좀 먹었다. 손을 입으로 가져가며 그가 이렇게 외쳤다. "뭐라고? 뭐라 했수?" 그가 소리쳤다.

앨리스는 땅에 털벅 주저앉았고 떨면서 누워 있었다. 그녀는 자신이 한 일에 대한 생각이 너무 두려워져서 그 남자가 자기 길로 가고 나서도 감히 일어설 엄두가 나지 않았고 잔디밭을 기어 집으로 갔다. 자기 방에 들어서자 그녀는 문을 걸어 잠갔고 화장대를 끌어와 문간을 막았다. 몸이 오한으로 흔들렸고 손이 떨려서 그녀는 잠옷을 입는데 힘들었다. 침대에 들어가자 여자는 머리를 베개에 묻고 낙담하여 울었다. "나한테 뭐가 문제인 거야? 조심하지 않으면 난 뭔가 끔찍한 일을 저지를 거야." 여자는 이렇게 생각했다. 그리고 얼굴을 벽으로 돌리고는 많은 사람들이 이곳 와인즈버그에서도 틀림없이 홀로 살다가 죽는다는 사실을 억지로라도 용감하게 직면하려고 했다.

존경스러움

여러분이 만약 도시에 살고 어느 여름날 오후에 공원을 걸어 다닌다면 아마도 철창 한쪽 구석에서 눈을 껌뻑이며 있는 거대하고 괴상하게 생긴 원숭이를 볼 수 있을 텐데, 이 원숭이의 눈 밑 살갗은 흉하게 축 늘어져 털이 없었고 엉덩이는 밝은 보라색이었다. 이 원숭이는 진짜 괴물이다. 완벽한 추함에서 그는 일종의 비뚤어진 아름다움을 얻었다. 아이들은 우리 앞에 멈춰서 매혹되고, 남자들은 혐오의 태도로 외면하며, 여자들은 자신들이 아는 남자 중의 누가 약간이라도 이 원숭이를 닮았는지 기억해 내려고 애쓰며 잠시 머무른다.

여러분들이 젊은 시절에 오하이오 주 와인즈버그에 산 적이 있다면 이 철창 안에 있는 짐승에 대해 신비하게 생각하지는 않았을 것이다. "그건 워시 윌리암즈 같아"라고 여러분들은 말했을 것이다. "저기 구석에 앉아 있을 때면 저 짐승은 여름날 저녁에 사무실 문을 닫은 후 역 마당 잔디에 앉아 있는 늙은 워시랑 똑 같네."

와인즈버그의 전신 기사인 워시 윌리암즈는 마을에서 가장 추한 존재였다. 그의 배 둘레는 엄청났고 목은 가늘었고 다리는 허약했다. 그는 더러웠다. 그의 모든 것이 청결하지 않았다. 눈의 흰자위조차도 더러워 보였다.

내가 너무 진도가 빨랐나 보다. 워시의 모든 것이 더러운 것은 아니었다. 그는 자기 손은 신경 썼다. 그의 손가락은 통통했지만 전신국 사무소 기계 옆 탁자 위에 놓여 있는 그의 손에는 뭔가 섬세하고 잘 생긴 게 있었다. 젊었을 때 워시 윌리암즈는 주에서 가장 뛰어난 전신기사로 불렸고 와인즈버그의 우중충한 사무소로 와서 품격이 떨어지기는 했지만 여전히 자신의 능력에 대한 자부심이 있었다.

워시 윌리암즈는 자신이 살고 있는 읍내의 남자들과 사귀지 않았다. "난 그 사람들하고 알고 지내지 않을 거야." 전신국 사무소를 지나 역 플랫폼을 따라 걸어가는 남자들을 게슴츠레한 눈으로 보면서 그가 말했다. 저녁이면 그는 메인 스트리트를 걸어 올라가 에드 그리피쓰의 술집으로 가서 믿을 수 없을 만큼 많은 양의 맥주를 마신 뒤 비틀거리며 뉴 윌러드 하우스에 있는 자신의 방으로 가서 잠자리에 들었다.

워시 윌리암즈는 용기 있는 사람이었다. 그런데 그가 삶을 증오하게 만든 어떤 일이 그에게 일어났었고 그는 마치 자포자기한 시인처럼 진심으로 자기 인생을 증오했다. 무엇보다도 그는 여자들을 증오했다. 그는 여자들을 "계집년들"이라고 불렀다. 남자들을 향한 그의 느낌은 좀 달랐다. 그는 남자들을 불쌍하게 여겼다. "모든 남자가 자기 인생이 이 년 저 년에 의해 좌지우지되게 내버려두는 것 아닌가"라고 그가 물었다.

와인즈버그에서는 아무도 워시 윌리암즈와 사람들에 대한 그의 증오심에 대해 주목하지 않았다. 한번은 은행가의 아내 화이트 부인이 와인즈버그에 있는 사무소가 더럽고 지독한 냄새가 난다고 전신회사에 불평했지만 달라진 건 아무것도 없었다. 남자들은 여기저기서 전신기사를 존경했다. 본능적으로 남자들은 자기들은 분개할 용기가 없는 뭔가에 대해 그 전신기사는 불타오르는 분개심을 갖고 있다고 느꼈다. 워시가 거리를 걸을 때 바로 그런 남자가 그에게 본능적으로 경의를 표하고 모자를 들어 올리거나 아니면 그의 앞에 머리를 숙였다. 와인즈버그를 지나는 철로의 전신기사들의 감독관도 그런 식으로 느꼈다. 그는 해고는 피하기 위해 워시를 눈에 안 띄는 와인즈버그 사무실에 배치시켰고 그를 계속 거기에 두고 있을 생각이었다. 은행가의 아내로부터 불평하는 편지를 받자 감독은 편지를 찢었고 불쾌해 하며 웃었다. 어떤 이유인지 그는 편지를 찢으며 자기 아내를 생각했다.

워시 윌리암즈에게도 한때는 아내가 있었다. 그가 아직도 어린 남자였을 때 그는 오하이오 주 데이튼에서 어떤 여자와 결혼했다. 그 여자는 키가 크고 호리호리했고 푸른 눈과 노란 머리를 하고 있었다. 워시 자신도 잘 생긴 젊은이였다. 그는 나중에 모든 여자를 향해 느끼게 된 그 증오심만큼이나 강렬한 사랑으로 그 여자를 사랑했다.

와인즈버그 전체에서 워시 윌리암즈의 겉모습과 성격을 추하게 만들어 놓았던 그 일의 이야기를 아는 사람은 단 한 사람뿐이었다. 그는 그 이야기를 조지 윌러드에게 한번 한 적이 있고 그 이야기는 다음과 같은 식으로 말하여졌다.

조지 윌러드는 케이트 맥휴 부인이 운영하는 숙녀용 모자 가게에서 일하는 여자모자 재단사 벨 카펜터와 데이트하기 위해 어느 저녁에 나갔다. 그 젊은이는 그 여자와 사랑하는 사이는 아니었는데 그 여자는 사실 에드 그리피쓰의 살롱에서 바텐더로 일하는 구혼자가 있었다. 그러나 나무 아래 같이 걸어가다가 그들은 가끔씩 껴안고는 했다. 밤과 이들 자신의 생각들이 그들 속에 있는 뭔가를 일깨웠다. 메인 스트리트로 돌아갈 때 그들은 기차역 옆의 작은 잔디밭을 지났고 나무 아래 잔디 위에 워시 윌리암즈가 얼핏 보기에 잠들어 있는 것을 보았다. 다음 날 저녁에 전신기사와 조지 윌러드는 같이 산책했다. 그들은 기찻길을 따라 죽 내려갔고 철길 옆의 썩고 있는 침목더미 위에 앉았다. 전신기사가 젊은 기자에게 그의 증오에 관한 이야기를 해 준 게 바로 그때였다.

아마도 열두 번 남짓 조지 윌러드와 그의 아버지의 호텔에서 살고 있는 그 이상하고도 볼품없는 남자는 이야기를 할 뻔했었다. 젊은이는 호텔 식당을 여기저기 힐끔힐끔 응시하고 있는 끔찍하게 생긴 얼굴을 쳐다봤고 호기심에 가득 찼다. 그 응시하는 눈 속에 감추어진 그 무엇인가는 그 남자가 다른 사람들에게는 못하는 얘기를 그에게는 할 것이라고 일러 줬다. 여름 저녁 침목 더미 위에서 그는 뭔가를 기대하며 기다렸다. 그런데 전신기사가 말없이 있고 말하려던 생각을 바꾼 것처럼 보이자 그는 자기가 대화를 시도했다. "결혼은 하셨던 적 있나요, 윌리암즈 씨?" 그가 시작했다. "제 생각엔 아저씨는 결혼했던 것 같고 아줌마는 돌아가셨죠, 그렇죠?"

워시 윌리암즈는 고약한 욕설을 연속해서 내뱉었다. "그래, 그 여자는 죽었지." 그도 동의했다. "모든 여자들이 죽은 것처럼 그 여자도 죽었어. 그 여자는 살아도 죽은 거나 마찬가지지, 남자들이 보는 앞에서 걷고 자신의 존재로 지구를 더럽게 만들어." 소년의 눈을 응시하면서 남자는 분노로 얼굴이 보라색이 되었다. "자네 머릿속에 어리석은 생각일랑은 두지 말게." 그가 명령했다. "내 아내, 그 여자는 죽었어. 그래 분명히. 내가 말하는데 모든 여자들은 죽었어, 내 엄마, 네 엄마 다. 그리고 내가 어제 너랑 데이트하는 걸 본 여자모자 가게에서 일하는 그 키 크고 피부 까만 여자도. 이들 모두 다 죽었어. 내가 말하지만 여자들에게는 뭔가 썩은 게 있어. 분명 나도 결혼했었어. 내 아내는 나랑 결혼하기 전에 이미 죽었어. 그 여자는 자기보다 더 더러운 여자에게서 태어났지. 그 여자는 내가 인생을 못 견디게 만들려고 보내진 존재야. 자네가 보다시피 내가 바보였어, 지금 자네처럼. 그래서 내가 이 여자와 결혼한 거지. 나는 남자들이 여자를 조금이라도 이해하기 시작하는 걸 보고 싶어. 여자들은 남자들이 세상을 가치 있게 만드는 걸 방해하러 보내진다네. 그건 자연의 속임수야, 윽! 여자들은 살금살금 다가오고, 기어가며 꿈틀거리는 것들이야, 손은 부드럽고 눈은 파래도. 여자를 보는 것만으로도 날 구역질나게 해. 내가 왜 여자들을 보는 족족 다 죽이지 않는지 나도 모르겠어."

이 끔찍한 늙은 남자의 눈에서 타오르는 빛에 두렵기도 하고 매혹되기도 하면서 조지 윌러드는 호기심에 불타 귀 기울였다. 어둠이 밀려왔고 그는 말하는 남자의 얼굴을 보려고 몸을 앞으로 기울였다. 점점 더 짙어 가는 어둠 속에서 그가 더 이상 그 보라색의 부풀린 얼굴과 불타는 눈을 볼 수 없게 되자 어떤 묘한 상상이 그에게 떠올랐다. 워시 윌리암즈는 나지막하고 평탄한 어조로 말했는데 이것이 그가 하는 말을 더 끔찍하게 보이게 만들었다. 어둠 속에서 젊은 기자는 자신이 검은 머리와 검고 빛나는 눈을 한 어떤 잘생긴 젊은 남자 옆에서 침목 위에 앉아 있다는 상상을 했다. 증오의 이야기를 하는 그 끔찍한 사람, 워시 윌리암즈의 목소리에는 뭔가 거의 아름다운 것이 있었다.

어둠 속에 침목 위에 앉아 있는 와인즈버그의 전신기사는 시인이 되었다. 증오가 그를 그런 높은 위치로 끌어 올린 것이다. "네가 벨 카펜터의 입술에 키스하는 걸 봤기 때문에 내가 이런 얘기를 하는 거야." 남자가 말했다. "나한테 일어났던 일이 다음엔 너한테 일어날지도 몰라. 나는 네가 조심하면 좋겠어. 너는 벌써 머릿속에서 꿈을 꾸고 있을지 모르지. 난 그 꿈을 부숴 버리고 싶어."

워시 윌리암즈는 자신이 오하이오 주 데이튼에서 젊은 전신기사였을 때 만났던 푸른 눈의 키 큰 금발 소녀와의 결혼생활 이야기를 말하기 시작했다. 여기저기에서 그의 이야기에는 지독한 저주와 아름다움의 순간들이 뒤섞여 있었다. 전신기사는 치과의사의 딸과 결혼했었는데 그녀는 딸 셋 중의 막내였다. 결혼식 날 능력을 인정받아 그는 통신지령원으로 승진했고 봉급도 올랐고 오하이오 주 콜럼버스로 파견되었다. 거기에서 그는 젊은 아내와 정착했고 할부로 집도 샀다.

젊은 전신기사는 미친 듯 사랑에 빠졌다. 일종의 종교적 열정으로 그는 젊은 시절의 함정을 그럭저럭 통과해 왔고 결혼한 뒤에까지도 동정을 유지했다. 그는 오하이오 주 콜럼버스의 집에서 젊은 아내와 살던 모습을 조지 윌러드가 떠올릴 수 있게 설명했다. "집 뒤 정원에 우리는 채소를 심었어." 그가 말했다. "뭐, 콩, 옥수수 같은 그런 것들 말이야. 우리는 삼월 초에 콜럼버스로 갔고 날이 따뜻해지자마자 나는 정원에 나가서 일했어. 그녀가 웃으며 내가 파헤친 벌레들을 무서워하는 체하며 여기저기 뛰어다니는 동안 나는 삽으로 시커먼 땅의 흙을 뒤집었지. 사월 하순에는 채소를 심었어. 묘판 사이의 좁은 통로에 그녀가 손에 종이봉투를 들고 서 있었지. 봉투에는 씨가 가득 들어 있었어. 한 번에 몇 개씩 그녀가 씨앗을 내게 건네서 나는 그걸 따뜻하고 부드러운 흙 속으로 밀어 넣었어."

어둠 속에서 말하는 사람이 잠시 목이 메었다. "난 그 여자를 사랑했어." 남자가 말했다. "난 내가 바보가 아니라고 주장하지는 않아. 난 아직도 그 여자를 사랑하고 있어. 봄날 저녁 어스름 무렵에 나는 검은 흙을 따라 기어 가 그녀의 발밑으로 가서 그녀 앞에 넙죽 엎드렸어. 난 그 여자의 신발과 그 위의 발목에 키스했지. 그녀 옷의 끝단이 내 얼굴을 스치면 난 부르르 떨었지. 그렇게 이 년을 살고 난 후에 난 그녀에게 세 명의 연인이 있고 내가 일하러 나가고 없을 때면 이들이 규칙적으로 우리 집에 온다는 걸 알게 되었어. 그렇지만 난 그들이건 그녀건 손봐주고 싶지는 않았어. 난 그냥 그녀를 친정 엄마 집으로 보냈고 아무 말도 안 했어. 할 말도 없었지. 내겐 은행에 400달러가 있었는데 그걸 그 여자에게 줬어. 그 여자에게 이유를 묻지 않았어. 난 아무 말도 안 했어. 여자가 가고나자 난 어리석은 아이처럼 울었어. 아주 빨리 집을 팔 기회가 생겼고 집 판 돈도 여자에게 부쳤어."

워시 윌리엄즈와 조지 윌러드는 침목 더미에서 일어나 철길을 따라 읍내 쪽으로 걸어갔다. 전신기사는 얘기를 빨리, 숨도 안 쉬고 마무리했다.

"그녀의 엄마가 날 오라고 전갈을 보냈어. 엄마는 내게 편지를 써서 데이튼에 있는 자기네 집으로 오라고 청했지. 내가 거기 도착했을 땐 이맘때쯤 되는 저녁이었어."

워시 윌리암즈의 목소리가 반 비명으로 높아졌다. "난 그 집 거실에 두 시간 동안 앉아 있었지. 그녀의 엄마가 날 그리로 데려다 놓고 나갔어. 그들의 집은 멋있었어. 그들은 이른바 존경받을 만한 사람들이었지. 방에는 벨벳 의자와 소파가 있었지. 난 온 몸이 떨리고 있었어. 난 그 여자를 타락시킨 남자들을 증오했어. 난 혼자 사는 게 지긋지긋했고 그녀가 돌아오길 원했지. 오래 기다리면 기다릴수록 난 점점 더 설익은 듯 부드러워졌어. 만약 그녀가 들어와 손으로 날 그저 만지기만 해도 난 아마도 까무러칠 거라고 생각했지. 난 간절히 그 여자를 용서하고, 잊고 싶었어."

워시 윌리암즈가 말을 멈추고 조지 윌러드를 쳐다보며 서 있었다. 소년의 몸이 마치 오한 때문인 듯 덜덜 떨렸다. 다시 남자의 목소리가 부드럽고 나지막해졌다. "그녀는 방에 발가벗고 들어왔어." 그가 말을 이었다. "그녀의 엄마가 그렇게 만들었지. 내가 거기 앉아 있는 동안 아마도 그렇게 하라고 꼬이면서 그녀가 딸의 옷을 벗기고 있었어. 처음엔 작은 복도로 이어지는 문에서 소리를 들었는데 그러다가 문이 살며시 열렸어. 여자는 부끄러워했고 바닥을 내려다보며 꼼짝 안 하고 서 있었어. 엄마는 방으로 들어오지 않았어. 딸을 떼밀어 문으로 들여보낸 후 그녀는 복도에서 기다리고 있었지. 우리가, 글쎄, 우리가 뭔가를 하기를 바라며 기다리고 있었어."

조지 윌러드와 전신기사는 와인즈버그의 중심가로 들어왔다. 가게 창문에서 나오는 빛줄기가 밝게 빛나며 인도 위에 드리웠다. 사람들이 웃고 말하면서 여기저기 움직여 다니고 있었다. 젊은 기자는 아프고 기운이 없다고 느꼈다. 상상 속에서 그도 또한 늙고 추하게 되었다. "난 장모를 죽이지는 않았어." 워시 윌리암즈가 길 위아래를 응시하며 말했다. "난 의자로 장모를 한 번 내리쳤고 그리고는 이웃들이 와서 의자를 뺏어 갔지. 장모는 그렇게 크게 비명을 질렀어. 이젠 장모를 죽일 기회가 다시는 없을 거야. 이 일이 있은 지 한 달 뒤에 장모는 열병으로 죽었으니까."

생각하는 사람

와인즈버그의 세쓰 리치몬드가 그의 어머니와 함께 살고 있는 집은 한때 마을의 명물이었으나 젊은 세쓰가 거기에 살게 되자 그 영광이 좀 시들었다. 은행가 화이트 씨가 벅아이 스트리트에 지은 거대한 벽돌집이 그 집을 볼품없이 보이게 만들었다. 리치몬드네 집은 메인 스트리트의 저쪽 끝에 있는 작은 계곡 안에 있었다. 남쪽으로부터 흙먼지 나는 길을 통해 마을로 들어오는 농부들은 호두나무 숲을 지나가고, 광고로 뒤덮인 높은 널빤지 담장이 있는 페어그라운드를 끼고 돌아서 말을 속보로 달려 계곡을 통과해 내려와 리치몬드네 집을 지나 읍내로 들어선다. 와인즈버그의 북쪽과 남쪽 시골의 많은 지역이 과일과 딸기 재배를 하고 있었기 때문에, 세쓰는 딸기 따는 일꾼들—소년, 소녀, 여자들—이 마차에 가득 실려 아침에 들로 나가고 저녁에는 흙을 뒤집어쓴 채 돌아오는 것을 봤다. 거친 농담을 이 마차에서 저 마차로 큰소리로 던지며 지껄여 대는 이 사람들이 가끔은 그를 몹시 거슬리게 했다. 그는 자신도 이들처럼 요란스럽게 웃지 못하고, 의미 없는 농담을 큰 소리로 하고 길을 오르내리며, 낄낄대는 끝없는 움직임의 물결 속에서 자신을 눈에 띠는 존재로 만들 수 없다는 게 유감이었다.

리치몬드네 집은 석회석으로 지어졌고 마을에서는 이 집이 황폐해졌다고들 말하지만 사실은 해가 갈수록 더 아름다워졌다. 이미 시간이 돌에 색깔이 들게 만들어서 표면의 금색을 풍성하게 보이게 했고, 저녁이나 어두운 낮에는 처마 밑의 그늘진 곳들에 갈색과 검은색의 가물거리는 무늬를 만들었다.

이 집은 채석장을 하는 세쓰의 할아버지가 지었고, 북으로 18마일 떨어진 곳에 있는 이어리 호수에 있는 채석장들과 함께 그의 아들, 즉 세쓰의 아버지인 클라렌스 리치몬드가 물려받았다. 클라렌스 리치몬드는 이웃사람들이 유달리 칭찬하는 조용하고 열정적인 사람이었는데 오하이오 주 톨레도의 어느 신문사 편집자와 길거리에서 싸우다가 죽었다. 이 싸움은 클라렌스 리치몬드의 이름이 어느 학교 여선생과 연루되어 기사화되는 바람에 비롯되었는데, 죽은 사람이 편집자에게 욕설을 퍼부어 먼저 소동을 일으켰기 때문에, 살인한 사람을 처벌하려는 노력은 성공을 거두지 못했다. 채석장 주인이 죽은 뒤에 그가 물려받은 돈이 대부분 친구들이 끌어들인 투기와 불확실한 투자로 탕진되었다는 것이 알려졌다.

얼마 안 되는 돈을 갖고 버지니아 리치몬드는 남의 눈에 띠지 않게 마을에서 살면서 아들을 키우게 되었다. 비록 자신의 남편이자 아이의 아버지인 사람의 죽음에 의해 크게 영향 받긴 했지만 그녀는 그 죽음 이후에 돌아다니는 그에 관한 소문을 전혀 믿지 않았다. 그녀의 마음에는 모든 사람들이 본능적으로 사랑한 그 예민하고 소년 같은 남자는 그저 운이 없었고 일상적인 삶을 살기에는 너무 섬세한 그런 사람이었다. "넌 별별 이야기를 다 듣겠지만 그걸 믿어서는 안 돼." 여자가 아들에게 말했다. "네 아버지는 좋은 분이었단다.

모든 사람들을 다 다정하게 대하는 분이어서 사업가가 되기에는 안 어울렸어. 내가 아무리 많이 너의 앞날을 계획하고 꿈꿔 본다 하더라도 네가 네 아버지만큼 훌륭한 사람이 되는 것보다 더 좋은 건 상상할 수가 없구나."

남편이 죽고 몇 년이 지나서 버지니아 리치몬드는 돈 나갈 곳이 점점 많아지는 데에 놀라게 되어 수입을 늘리는 일에 착수하게 되었다. 그녀는 속기술을 배웠고 남편 친구들의 영향력으로 군청 소재지에서 법정 속기사 자리를 얻었다. 법원 개정기간 동안 그녀는 매일 아침마다 기차로 그곳으로 출근했고 개정되지 않을 때는 자기 집 정원의 장미덩굴 속에서 일하며 시간을 보냈다. 그녀는 키가 크고 자세가 바른 여자였고 얼굴은 수수했으며 갈색 머리칼이 풍성했다.

세쓰 리치몬드와 그의 어머니 사이의 관계에는 비록 열여덟의 나이에도 그와 사람들 간의 모든 교류에 영향을 끼치기 시작하는 어떤 성질이 있었다. 아들에 대한 거의 병적인 존경으로 인해 어머니는 아들이 있을 때면 대개 침묵을 지켰다. 그녀가 매섭게 말을 하면 그는 그녀의 눈을 끈질기게 응시할 뿐이었고 그 눈에서 자신이 다른 사람들의 눈에서 이미 주목한 바 있는 낭패감의 표정이 나타나는 것을 봤다.

진실을 얘기하자면 아들은 놀라울 정도로 명료하게 생각하지만 어머니는 그렇지 못했다는 것이다. 그녀는 모든 사람들로부터 삶에 대해 판에 박힌 반응을 기대했다. 즉, 남자 아이가 당신 아들이고 당신은 그 아이를 꾸짖고, 그러면 그 애는 벌벌 떨며 바닥만 쳐다본다. 당신이 실컷 꾸짖으면 그 애는 울고 그러면 모든 게 용서된다. 울

생각하는 사람 135

고 나서 아이가 잠자리에 들면 당신은 그의 방으로 몰래 들어가 그에게 키스한다.

버지니아 리치몬드는 왜 자신의 아들이 이런 일들을 하지 않는지 이해할 수 없었다. 가장 가혹한 질책이 있고난 뒤에도 그는 벌벌 떨거나 바닥을 내려다보는 대신 그녀를 끈질기게 쳐다봐서 결국 그녀의 마음에 불편한 의심이 들게 만들 뿐이었다. 아들의 방에 몰래 들어가는 일만 해도 세쓰가 열다섯 살이 지나자 그녀는 그 비슷한 일이라도 하는 것이 두려워졌다.

그가 열여섯 소년이었던 때 세쓰는 다른 소년 두 명과 함께 집에서 도망쳐 나온 적이 있다. 세 소년은 비어 있는 기차 화물칸의 열린 문으로 기어 들어가 장이 열리고 있는 어느 도시로 40마일 정도를 타고 갔다. 소년들 중 한 명이 위스키와 블랙베리 와인이 한 데 섞여 가득 들어 있는 병을 하나 갖고 있었고 세 명은 술을 병째로 마시며 발을 화차문 밖으로 흔들거리게 내놓고 앉았다. 세쓰의 두 친구는 노래를 했고 기차가 지나가는 도시들의 역 주변에서 어슬렁대는 사람들에게 손을 흔들었다. 그들은 가족과 함께 장터로 가는 농부들의 바구니를 기습하기로 계획했다. "우린 왕처럼 살 거고 장터와 말 경주를 보는 데 한 푼도 안 쓸 거야." 그들이 떠벌이며 외쳤다.

세쓰가 사라진 뒤에 버지니아 리치몬드는 막연한 불안감에 싸여 자기 집 마루를 왔다 갔다 했다. 다음날 읍 보안관의 조사를 통해 이 소년들이 어떤 모험을 떠났는지 알게 되긴 했지만 그녀는 마음을 진정시킬 수 없었다. 밤새 그 여자는 시계가 똑딱거리는 소리를 들으며, 그리고 세쓰가 그의 아버지처럼 갑작스럽고도 끔찍한 종말을 맞게 되리라고 중얼대며 깨어 있었다. 소년이 이번에는 그녀의 분노의 무게를 느껴야만 한다고 굳게 마음먹고 여자는 비록 보안관이 그의 모험에 간섭하도록 하지는 않았지만 연필과 종이를 꺼내 아들에게 쏟아 부으려고 하는 날카롭고 똑 쏘는 연속적 비난을 적었다. 이 비난의 항목들을 그녀는 외웠고 정원 일을 할 때 마치 배우가 자기 대사를 외우듯이 큰 소리로 말했다.

그 주가 끝나 갈 무렵 세쓰가 좀 지치고 귀와 눈 주위에 숯검정을 묻힌 채 돌아왔을 때 그 여자는 여전히 그를 꾸짖을 수 없었다. 집으로 걸어 들어오며 그는 부엌 가에 있는 못에 모자를 걸고 여자를 꼼짝 않고 쳐다보며 서 있었다. "전 출발한 지 한 시간도 안 돼서 다시 돌아오고 싶었어요." 그가 설명했다. "난 어떻게 해야 할지 몰랐어요. 전 엄마가 걱정하실 거라는 건 알았지만 만약 계속 가지 않는다면 저는 제 자신에게 부끄러울 거라는 것도 알았어요. 전 제 자신을 위해서 경험을 한 거예요. 축축한 밀짚 위에서 자는 건 불편했고 술 취한 검둥이 두 명이 와서 우리와 같이 잤어요. 제가 어느 농부의 짐마차에서 점심 도시락을 훔쳤을 때 저는 하루 종일 먹을 것 없이 지내야 할 그 사람의 아이들을 생각하지 않을 수 없었어요. 전 모든 일에 넌더리가 났지만 다른 애들이 기꺼이 돌아가겠다고 할 때까지는 계속 하기로 마음먹었죠."

"네가 계속 네 갈 길을 갔다니 난 기쁘다." 어머니가 화가 난 듯 대답했고 집안 일로 바쁜 체하며 아들의 이마에 키스했다.

어느 여름날 저녁때 세쓰 리치몬드는 친구 조지 윌러드를 만나러 뉴 윌러드 하우스로 갔다. 오후에 비가 내렸지만 그가 메인 스트리트를 통과해 걸어갈 때는 하늘이 부분적으로 개었고 황금색 노을이 서쪽을 밝혀 주고 있었다. 모퉁이를 돌고 나서 그는 방향을 돌려 호텔 문으로 들어갔고 친구의 방으로 가는 계단을 오르기 시작했다. 호텔 사무실에서는 주인과 두 명의 여행객이 정치에 관해 토론하고 있었다.

계단 위에서 세쓰는 가다 멈추고 아래에서 남자들이 말하는 소리에 귀 기울였다. 그들은 흥분했고 빨리 말했다. 톰 윌러드가 여행객들을 꾸짖고 있었다. "난 민주당원이지만 당신들 하는 말이 영 비위에 안 맞아." 남자가 말했다. "당신들은 멕킨리를 이해하지 못해요. 멕킨리와 마크 해나는 친구지간이요. 당신들 생각으로는 그걸 이해하는 게 불가능할 거요. 만약 누군가가 당신들한테 우정이 달러와 센트보다 더 깊고 크며 더 가치 있고, 심지어는 주 정치보다 가치 있다고 말한다면 당신들은 킬킬거리고 웃겠지?"

호텔주인은 투숙객 중 한 명에 의해 말이 중단되었는데 그 투숙객은 키 크고 희끗희끗한 콧수염이 난 사람으로 식료품 도매상에서 일했다. "당신은 내가 클리블랜드에 내내 살면서도 마크 해나를 모른다고 생각하는 거요?" 그가 따졌다. "당신이 말하는 건 쓸데없는 소리요. 해나는 돈만 밝히고 딴 일은 아무것도 안 한다고요. 이 멕킨리라는 사람이 그의 앞잡이요. 그 남자가 멕킨리를 허세 부려 이용한 거요. 그거 잊지 마쇼."

계단 위에 있는 젊은 남자는 이 토론의 나머지 부분까지 듣기 위해 머물러 있지는 않았고 계단을 올라가 작고 어두운 복도로 들어갔다. 호텔 사무실에서 말하는 남자들의 목소리의 무엇인가가 그의 마음에 생각의 연쇄를 불러일으켰다. 그는 외로웠고 외로움이 그의 성격의 일부이고 항상 자기와 함께 머물러 있으려 하는 뭔가라고 생각하기 시작했다. 옆 복도로 걸어 들어가며 그는 골목이 들여다보이는 창가에 섰다. 마을의 빵집 주인인 에브너 그로프가 자기 가게 뒤쪽에 서 있었다. 그의 작고 핏발선 눈이 골목을 위아래로 쳐다보았다. 가게 안에서 누가 그를 불렀지만 빵집 주인은 못 들은 척했다. 빵집 주인은 손에 빈 우유병을 들고 있었고 눈에는 화나고 찌무룩한 기색이 어려 있었다.

와인즈버그에서 세쓰 리치몬드는 '속을 알 수 없는 사람'으로 불렸다. "저 친구 지 아버지하고 똑같아." 사람들이 그가 거리를 지나갈 때면 말했다. "저 친구 조만간 사고 칠 거야. 두고 보라고."

마을 사람들이 하는 말과, 무릇 말없는 사람들에게 인사할 때 그러하듯 남자들과 소년들이 그에게 인사할 때 본능적으로 보이는 존경심은 인생과 자기 자신에 대한 세쓰 리치몬드의 관점에 영향을 끼쳤다. 그는 대개의 소년들이 그러하듯 남들이 생각하는 것보다 더 알 수 없는 사람이었고, 읍내의 남자들과 심지어는 그의 어머니가 생각하는 모습과도 달랐다. 그에게 습관이 되어 버린 침묵 뒤에 어떤 거창한 숨은 목적이 있는 것은 아니었고 자신의 인생에 대해 어떤 뚜렷한 계획이 있는 것도 아니었다. 알고 지내는 소년들이 시끄럽고 싸우려고 들 때면 그는 한쪽에 조용히 서 있었다. 차분한 눈길로 그는 친구들의 몸짓 발짓하는 활발한 모습을 쳐다봤다. 그는 일어나는 일에 특별히 관심이 있지는 않았고 가끔은 자신이 어떤 일에건 조금이라도 흥미를 가질 수 있을까 의아해 했다. 이제 창가의 어슴푸레한 곳에서 빵집 주인을 지켜보며 서 있을 때 그는 자신이 뭔가에 의해 완전히 자극을 받을 수 있기를, 심지어는 빵집 주인 그로프의 전매특허인 음울한 분노의 발작 같은 것에 의해서라도 자극받기를 바랐다. "내가 그 허풍장이 노인네 톰 윌러드처럼 정치에 대해 흥분하고 말다툼할 수 있다면 내겐 더 좋을 텐데." 그는 창가를 떠나 친구 조지 윌러드가 쓰고 있는 방 쪽으로 복도를 따라 다시 걸어가며 생각했다.

조지 윌러드는 세쓰 리치몬드보다 나이가 많았지만 이들 둘 사이의 기묘한 우정에 있어서 항상 잘 보이려 하는 건 그였고 환심의 대상이 되는 건 더 나이어린 소년이었다. 조지가 일하는 신문에는 한 가지 원칙이 있었다. 그 신문은 매번 호에서 마을 주민들의 이름을 가능한 한 많이 거론하려고 애썼다. 마치 흥분한 개처럼 조지 윌러드는 누가 사업일로 군청소재지에 갔었는지, 아니면 누가 옆 마을에 다니러 갔다 왔는지 자신의 수첩에 적으며 여기저기 뛰어다녔다. 하루 종일 그는 자잘한 사실들을 수첩에 썼다. "A.P. 링글렛은 밀짚모자 화물을 받았다. 에드 바이어봄과 톰 마샬은 금요일에 클리블랜드에 있었다. 톰 시닝스 아저씨는 밸리 로드에 있는 자기 집에 새 헛간을 짓고 있다."

조지 윌러드가 언젠가는 작가가 되리라는 생각은 와인즈버그에서 그를 눈에 띠는 사람으로 만들었고 그는 계속해서 이 문제에 대해 세쓰 리치몬드에게 말했다. "그게 최고로 편하게 사는 거야." 흥분하고 우쭐해져서 그가 외쳤다. "여기저기 다니더라도 널 부릴 사람은 없어. 너가 인도에 있건 남태평양에서 배에 타고 있건 넌 그저 글 쓰기만 하면 되고 그럼 되는 거야. 내가 이름을 날릴 때까지 기다려 봐. 내가 어떤 즐거움을 누리게 될지 보라고."

골목을 내려다보는 창과, 기찻길 너머 기차역과 마주한 비프 카터의 런치룸 간이식당까지 보이는 창이 있는 조지 윌러드의 방에서 세쓰 리치몬드는 의자에 앉아 바닥을 내려다보고 있었다. 한 시간 동안 할일없이 연필을 만지작거리며 앉아 있던 조지 윌러드는 그를 호들갑떨며 반겼다. "난 사랑 이야기를 하나 쓰고 있는 중이야." 겸연쩍게 웃으며 그가 설명했다. 파이프 담배에 불을 붙이고 그는 방을 왔다 갔다 걷기 시작했다. "난 내가 뭘 할지 알아. 난 사랑에 빠질 거야. 난 여기 앉아 그걸 곰곰이 생각했었고 그렇게 할 거야."

자신의 선언에 당황하기라도 한 것처럼 조지는 창가로 가서 머리를 친구 쪽으로 돌리며 몸을 밖으로 내밀었다. "난 내가 누구랑 사랑에 빠질지 알아." 그가 날카롭게 말했다. "그건 헬렌 화이트야. 그 여자가 동네에서 유일하게 옷 차려입을 줄 아는 여자거든."

새로운 생각이 떠오르자 젊은 윌러드는 몸을 돌려 그의 방문객 쪽으로 걸어갔다. "자, 봐." 그가 말했다. "네가 나보다 헬렌 화이트를 더 잘 알지. 내가 말한 걸 그 여자에게 네가 말해 주면 좋겠어. 그냥 그녀에게 말을 붙여서 내가 그 여자를 사랑한다고 말해 줘. 그녀가 거기 대해 뭐라고 말하는지 잘 봐. 그녀가 그걸 어떻게 받아들이는지 잘 보고 와서 내게 말해 줘."

세쓰 리치몬드는 일어나 문 쪽으로 갔다. 친구의 말이 그를 참을 수 없게 짜증나게 했다. "그래, 안녕." 그가 짤막하게 말했다.

조지는 놀랐다. 앞으로 뛰어가 그는 세쓰의 얼굴을 어둠 속에서

생각하는 사람 141

자세히 보려고 애썼다. "무슨 일이야? 뭐 하려고 해? 여기서 더 얘기나 하자고." 그가 강권했다.

친구를 향한 분개심이, 그리고 그가 생각하기에 아무 일도 아닌 것에 대해 끊임없이 말하는 읍내 사람들과 특히 자기 자신의 침묵의 습관에 대한 분개심의 파도가 세쓰를 반쯤 절박하게 만들었다. "오오, 형이 직접 그 여자한테 말해요." 그가 불쑥 내뱉었고 그리고는 재빨리 문을 통해 나가며 친구의 면전에서 문을 세게 꽝 닫았다. "난 헬렌 화이트를 찾아가 말을 할 건데 저 사람 얘기는 안 할 거야." 그가 중얼거렸다.

세쓰는 계단을 내려가 화가 나서 중얼거리면서 호텔 정문으로 나갔다. 흙먼지 나는 작은 길을 건너 낮은 쇠 난간을 넘어 그는 역 마당의 잔디에 앉았다. 그가 생각하기에 조지 윌러드는 대단한 바보였고 자기가 더 강하게 그렇게 말했어야 했다고 느꼈다. 비록 은행가의 딸 헬렌 화이트와의 사이가 겉으로는 그저 가벼운 것이기는 했지만 그녀는 종종 그의 생각의 주제였고 자신에게는 뭔가 은밀하고 남다른 존재라고 느꼈다. "사랑 이야기나 쓰는 바쁜 바보 같으니." 조지 윌러드의 방을 어깨 너머로 뒤돌아보며 그가 중얼거렸다. "왜 그 친구는 지치지도 않고 계속 떠들어 대는 거야?"

때는 와인즈버그에서 딸기 따는 철이었고 역 플랫폼에서는 남자와 소년들이 붉고 향기로운 딸기 상자들을 대피선로에 서 있는 두 대의 급행 화차 칸에 실었다. 서쪽에는 큰비가 언제라도 내릴 듯한 기세였고 거리에는 가로등이 켜 있지 않았지만 유월의 달이 하늘에 떠 있었다. 침침한 빛 속에서 급행 트럭 위에 서서 화차의 문으로 상자를 던지고 있는 사람들의 모습이 희미하게 식별될 뿐이었다. 역의 잔디밭을 보호하는 쇠 난간 위에 다른 남자들이 앉아 있었다. 파이프 담배에 불이 붙여졌다. 마을에서 하는 농이 오갔다. 멀리에서 기차가 기적을 울렸고 화차에 상자를 싣고 있는 사람들은 새로 힘을 내서 일했다.

세쓰는 풀밭에서 일어나 난간에 걸터앉아 있는 사람들을 말없이 지나쳐 메인 스트리트로 들어섰다. 그는 결심을 했다. "난 여기서 떠날 거야." 그는 혼자 중얼거렸다. "여기 있어 봐야 무슨 소용 있겠어? 난 도시에 가서 일할 거야. 엄마한테 내일 말해야지."

세쓰 리치몬드는 천천히 메인 스트리트를 따라 걸어갔고 웨커네 시가담배 가게와 읍사무소를 지나 벽아이 스트리트로 들어갔다. 그는 자기가 고향 마을의 삶의 일부가 아니라는 생각에 침울해졌으나 자기 잘못 때문은 아니라고 생각했기에 깊은 상처를 받지는 않았다. 닥터 웰링의 집 앞 큰 나무의 무거운 그림자 아래 그는 걸음을 멈추고 길에서 외발수레를 끌고 가는 좀 모자란 터크 스몰렛을 지켜보며 서 있었다. 터무니없을 정도로 어린애 같은 마음을 지닌 이 노인네는 외발수레에 열두 개쯤 되는 긴 널빤지를 싣고 있었고 길을 따라 서둘러 갈 때 아주 절묘하게 균형을 잡았다. "자 자, 살살해 터크야. 자, 균형 잡으라고, 늙은 친구야." 노인은 자기를 향해 소리쳤고 웃어서 널빤지의 짐이 위태롭게 흔들거렸다.

세쓰는 터크 스몰렛을 알고 있었는데 그는 기이한 행동으로 마을의 삶을 몹시 다채롭게 만드는 좀 위험한 늙은 벌목꾼이었다. 터크가 메인 스트리트에 접어들면 사람들이 외치는 소리와 한마디씩 하는 말의 소용돌이에 휩싸이기 때문에 메인 스트리트를 통과해서 널빤지 싣고 가는 자신의 기술을 보여주려면 사실은 길을 한참 돌아가야 한다는 것을 세쓰는 알았다. "만약 조지 윌러드가 여기 있다면 그는 뭔가 할 얘기 꺼리가 있을 거야." 세쓰가 생각했다. "조지는 이 마을에 속해 있지. 그 친구가 터크에게 소리 지르면 터크도 그에게 소리 지를 거야. 그들은 둘 다 자신들이 말한 것에 은밀히 즐거워할 거야. 나랑은 달라. 난 속해 있지 못 해. 난 이 일로 시끄럽게 하지는 않을 테고 그냥 여기서 떠나야겠어."

세쓰는 자신이 고향에서 추방된 사람이라고 느끼며 어스름을 뚫고 비틀거리며 나아갔다. 그는 스스로를 딱하게 여기기 시작했지만 이 생각이 황당하다고 깨닫고는 웃었다. 결국 그는 자기가 단지 실제 나이보다 훨씬 나이든 사람에 지나지 않고 전혀 자기연민의 존재가 되지 못한다고 마음먹었다. "난 일하기로 되어 있는 사람이야. 난 꾸준히 일해서 내 자리를 만들 수 있을 거고, 그 자리에서 일을 잘 할 수 있을 거야." 그는 마음먹었다.

세쓰는 은행가 화이트 씨의 집으로 가서 정문 옆 어둠 속에 섰다. 문 위에는 육중하고 놋쇠로 된 문 두드리는 고리 쇠가 걸려 있었는데 이건 헬렌 화이트의 어머니가 마을에 처음으로 들여온 것이었고 그녀는 또한 시 공부를 위해 여자들 클럽을 조직하기도 했다. 세쓰는 고리 쇠를 들어 올렸다가 놓았다. 육중한 덜그럭 소리가 마치 멀리서 들리는 대포 소리 같았다. "내가 참 섣부르고 어리석구만." 그가 생각했다. "만약 화이트 부인이 문 열러 나오면 무슨 말을 해야 하나."

문을 열러 나온 사람은 헬렌 화이트였고 그녀는 세쓰가 현관 끝에 서 있는 것을 봤다. 기뻐서 낯을 붉히며 그녀는 앞으로 걸어 나와 문을 살짝 닫았다. "난 마을을 떠날 거야. 뭘 하게 될지는 모르지만 난 여기를 떠나 일할 거야. 콜럼버스로 가게 될 것 같아." 그가 말했다. "아마 거기서 주립대학에 들어가겠지. 어쨌든 갈 거야. 엄마한테 오늘밤 말할 거야." 그가 멈칫거렸고 미심쩍은 듯 주위를 둘러보았다. "나랑 같이 나가서 걷는 거 괜찮겠지?"

세쓰와 헬렌은 나무들 밑으로 난 길을 죽 걸어갔다. 무거운 구름이 달의 얼굴을 가로질러 흘러갔고 짙은 황혼 속에서 그들 앞에 어깨에 짧은 사다리를 멘 어떤 남자가 지나갔다. 그 남자는 서둘러 앞으로 걸어가다가 길 건널목에 멈춰서 사다리를 나무 가로등 기둥에 기대고는 마을의 가로등에 불을 붙였다. 그들이 걷는 길은 가로등불과 낮게 가지가 내려온 나무들에 의해 생긴 짙어 가는 그림자에 의해 반은 빛이 비췄고 반은 어두웠다. 나무 꼭대기에는 바람이 불기 시작해서 잠든 새들을 깨워 새들은 불평하는 소리를 내며 주위를 날아다녔다. 어느 가로등 앞쪽 불빛이 비치는 곳에서 박쥐 두 마리가 몰려드는 밤 파리 떼를 쫓으며 맴돌고 원을 그리고 있었다.

세쓰가 무릎까지 오는 바지를 입은 소년일 때부터 그와 이제 처음으로 그의 옆에서 걸어가는 처녀 사이에는 반쯤만 표현된 친밀함이 있었다. 한동안 그녀는 세쓰에게 편지를 써 보내려는 마음에 광적으로 사로잡혔었다. 그는 학교에서 편지들이 자기 책 속에 숨겨져 있는 것을 발견하기도 했고 편지 한 통은 길에서 만난 어떤 꼬마가 그에게 전해 주었고 다른 여러 통은 마을 우체국을 통해 전달되었다.

편지는 둥글둥글하고 남자 같은 필체로 쓰여졌고 소설을 읽다가 뜨거워진 마음을 반영하고 있었다. 비록 은행가 아내의 이름이 인쇄되어 있는 종이 위에 연필로 휘갈겨 쓴 몇몇 문장들로 감동도 받고 기분이 좋아지기도 했지만 세쓰는 그 편지들에 답장을 하지는 않았다. 편지들을 외투 주머니에 집어넣고 그는 거리를 걸어가거나 아니면 그의 옆구리에서 타오르는 뭔가와 함께 학교 운동장의 담장 가에 서 있기도 했다. 그는 자신이 읍내에서 가장 부자이고 가장 매력적인 소녀가 좋아하는 사람으로 이렇게 선택되었다는 것이 괜찮은 일이라고 생각했다.

헬렌과 세쓰는 담장 가에 멈췄는데 그 인근에는 낮고 우중충한 건물이 거리를 마주하고 있었다. 그 건물은 한때는 술통 널대를 만들던 공장이 있었으나 지금은 비어 있었다. 길 건너 어떤 집 현관에서 어느 남자와 여자가 자기들 어린 시절에 대해 말하고 있었는데 그들의 목소리가 반쯤 당황해 하고 있는 젊은 남자와 처녀에게로 또렷이 건너 왔다. 의자 끄는 소리가 들렸고 그 남자와 여자는 자갈 깔린 길을 내려와 나무 대문으로 왔다. 대문 바깥에 서서 남자는 위로 몸을 기울여 여자에게 키스했다. "옛 정을 생각해서야"라고 그가 말했고 몸을 돌려 보도를 따라 빨리 걸어 사라졌다.

"저 여자 벨 터너야." 헬렌이 속삭였고 대담하게 자신의 손을 세쓰의 손에 넣었다. "난 저 여자한테 남자가 있는지 몰랐네. 그러기엔 저 여자가 너무 나이가 많다고 생각했는데." 세쓰가 어색하게 웃었다. 소녀의 손은 따뜻했고, 어떤 이상하고 어지러운 느낌이 그를 슬며시 엄습했다. 말하지 않기로 결심했던 뭔가를 그녀에게 말하려는 욕망이 그의 마음속으로 들어왔다. "조지 윌러드가 널 사랑해." 그가 말했고 마음의 동요에도 불구하고 그의 목소리는 나지막하고 조용했다. "그 친구는 소설을 하나 쓰고 있고 사랑에 빠지고 싶어 해. 그는 그런 느낌이 어떤 건지 알고 싶어 하지. 그는 내가 너에게 그 말을 하고 너가 뭐라고 말하는지 잘 듣고 오라는 거야."

다시 헬렌과 세쓰는 말없이 걸었다. 그들은 리치몬드네 사람들이 옛날에 살았던 집을 둘러싸고 있는 정원으로 왔고 산울타리의 틈새를 지나 어느 관목 아래 나무 벤치에 앉았다.

소녀의 곁에서 거리를 걸어갈 때 새롭고 대담한 생각들이 세쓰 리치몬드에게 떠올랐다. 그는 마을을 떠나겠다는 자신의 결심을 후회하기 시작했다. "여기 남아서 종종 헬렌 화이트와 거리를 걸어 다니는 건 뭔가 새롭고 아주 즐거운 일일 거야." 그는 생각했다. 그는 상상 속에서 그녀의 허리에 팔을 두르고 그녀의 팔이 자기 목을 꼭 껴안는 것을 느끼는 모습을 봤다. 사건과 장소가 공교롭게 결합되어 그로 하여금 이 소녀와의 사랑의 행위에 대한 생각을 그가 며칠 전 방문했던 장소와 결부시키게 했다. 그는 페어그라운드 너머 언덕 위에 사는 어떤 농부의 집에 심부름 갔었고 들판을 가로지르는 길을 통해 돌아왔었다. 그 농부의 집 아래 쪽 언덕 기슭에서 세쓰는 플라타너스 나무 아래 걸음을 멈추고 주위를 둘러봤다. 잔잔하게 윙윙대는 소리가 그의 귀를 반겼다. 잠시 동안 그는 그 나무가 벌떼의 집이 틀림없다고 생각했다.

그러다가 아래를 내려다보자 세쓰는 키 큰 풀밭에서 자신의 주위가 온통 벌들인 것을 봤다. 그는 언덕 사면에서부터 가파르게 내려오는 들판에서 허리높이까지 자란 잡초 밭에 서 있었다. 잡초는 작은 보랏빛 꽃이 가득 피어 있었고 강렬한 향기를 내뿜고 있었다. 풀 위에서 벌들은 무리를 지어 모여들었고 일하는 동안 노래를 했다.

세쓰는 자신이 어느 여름날 저녁 나무 아래 잡초들 사이에 깊이 파묻혀 누워 있다고 상상했다. 상상 속 장면에서 헬렌 화이트가 그의 옆에서 손을 그의 손 안에 놓은 채 누워 있었다. 이상하게 내키지 않아서 그녀의 입술에 키스하지 않았지만 그는 만약 자신이 원했다면 키스했었을 거라고 느꼈다. 대신 그는 그녀를 바라보며, 그의 머리 위에서 끈질기게 멋진 노동요를 부르는 벌들의 무리에 귀 기울이며 아주 조용히 누워 있었다.

정원 벤치 위에서 세쓰는 불안하게 몸을 움직였다. 소녀의 손을 풀고 그는 자기 손을 자기 바지 주머니에 찔러 넣었다. 자기가 했던 중요한 결심으로 옆에 있는 사람의 마음을 감동시키려는 욕망이 그를 엄습했고 그는 집 쪽을 향해 머리를 끄덕였다. "내 생각에 엄마가 난리를 칠거야." 그가 중얼거렸다. "엄마는 내가 인생에서 뭘 하려고 하는지 전혀 생각해 보지 않았어. 엄마는 내가 그냥 소년으로 여기에서 영원히 살 거라고 생각해."

세쓰의 목소리가 소년 같은 진지함으로 가득 찼다. "근데 말이야, 난 시작해야 해. 난 일을 해야 해. 그게 내가 쓸모 있는 곳이지."

헬렌 화이트는 감동받았다. 그녀는 머리를 끄덕였고 경탄의 느낌이 그녀를 휩쓸고 지나갔다. "이렇게 되는 거였구나." 그녀가 생각했다. "이 소년은 이제 전혀 소년이 아니고 강하고 목적이 뚜렷한 어른이네." 그녀의 몸에 침범해 들어오고 있었던 어떤 막연한 욕망이 휩쓸려 사라지고 그녀는 아주 꼿꼿하게 벤치에 앉았다. 천둥이 계속

우르릉거렸고 먼 곳의 번개 섬광이 동쪽 하늘을 밝혔다. 그렇게 신비롭고 넓어서 옆에 세쓰가 있으면 낯설고도 놀라운 모험의 배경이 될 수도 있었을 장소인 정원이 이제는 평범한 와인즈버그의 뒷마당에 지나지 않고 무척 분명하고 제한된 윤곽을 지닌 곳 이상으로 보이지 않았다.

"거기 가서 뭐 할 건데?" 그녀가 속삭였다.

세쓰는 벤치에서 반쯤 몸을 돌렸고 어둠 속에서 그녀의 얼굴을 보려고 애썼다. 그는 그녀가 조지 윌러드보다 훨씬 더 분별력 있고 직설적이라고 생각했고 자신이 그 친구로부터 떠났다는 게 기뻤다. 그의 마음속에 있었던 읍내에 대해 못 참아 하는 감정이 되살아나자 그는 이 감정을 그녀에게 말하려고 했다. "모든 사람들이 말하고, 또 말하지." 그가 시작했다. "난 그게 신물 나. 난 뭔가를 할 거고 말이 중요하게 여겨지지 않는 그런 종류의 일을 할 거야. 아마 난 작업장 기능공이 될 수도 있어. 모르겠어. 난 별로 신경 안 써. 난 그저 일하고 싶고 조용히 있고 싶어. 이게 내 맘에 들어 있는 전부야."

세쓰가 벤치에서 일어나 손을 내밀었다. 그는 만남을 끝내고 싶지는 않았지만 더 이상 할 말을 생각할 수 없었다. "이게 우리가 서로를 보는 마지막이야." 그가 나지막이 말했다.

감정의 물결이 헬렌을 휩쓸고 갔다. 손을 세쓰의 어깨에 얹고 그녀는 위쪽으로 돌린 자신의 얼굴 쪽으로 그의 얼굴을 내려 당기기 시작했다. 그것은 순수한 애정에서, 그리고 밤의 기운에 존재했던 어떤 막연한 모험이 이제는 결코 실현될 수 없으리라는 고통스런 회한에서 나온 행동이었다. "난 가는 게 좋을 것 같아." 그녀가 손을 자기 옆구리 쪽으로 무겁게 내려뜨리며 말했다. 어떤 생각이 그녀에게 떠올랐다. "바래다줄 필요 없어. 난 혼자 있고 싶어." 그녀가 말했다. "넌 가서 니네 엄마랑 얘기해. 지금 그렇게 하는 게 좋을 거야."

세쓰는 주저했고 서서 기다리는 동안 소녀는 몸을 돌려 산울타리를 통과해 뛰어가 버렸다. 그녀의 뒤를 쫓아 뛰어가려는 욕망이 그에게 들었지만 그는 그녀가 속한 읍내에서의 모든 삶에 의해 지금껏 당혹하고 황당해 했듯이 그녀의 행동에 의해 당혹하고 황당해 하며 그저 바라만 보며 서 있었다. 집으로 천천히 걸어가면서 그는 어떤 큰 나무의 그림자 아래 멈춰 불 켜진 창가에 앉아 부지런히 바느질하고 있는 자신의 어머니를 바라보았다. 저녁 일찍 그에게 찾아왔었던 외로움의 느낌이 돌아와 자신이 이제 막 끝내고 온 모험에 대한 생각을 물들였다. "허!" 그가 몸을 돌려 헬렌 화이트가 간 방향을 응시하면서 외쳤다. "일은 이런 식으로 결말나게 되어 있지. 그녀도 딴 사람들하고 같을 거야. 내 생각에 그 여자는 이제 내가 웃기는 사람이라고 보기 시작하겠지." 그는 땅을 보면서 곰곰이 이 생각에 잠겼다. "내가 주위에 있으면 그녀는 당혹해 하고 낯설게 느낄 거야." 그가 혼잣말로 속삭였다. "일이 그렇게 될 거야. 모든 일이 그런 식으로 판명나겠지. 누군가를 사랑하게 되면, 그건 결코 나일리가 없어. 딴 사람일 거야, 어떤 바보, 말 많이 하는 어떤 사람, 저 조지 윌러드 같은 사람말이야."

탠디

일곱 살이 될 때까지 그 여자아이는, 낡고 페인트칠 안 된 집에서 살았는데, 그 집은 트러니언 파이크 길에서 빠져나와 사용되지 않는 길 위에 있었다. 그 애의 아버지는 아이를 거의 돌보지 않았고 애 엄마는 죽었다. 아버지는 종교에 대해 말하고 생각하며 시간을 보냈다. 그는 스스로를 불가지론자라고 선포했고 이웃 사람들의 마음에 기어 들어간 신에 대한 생각을 파괴하는데 너무나 몰두하느라, 죽은 엄마의 친척들의 너그러움에 의존하여 이곳저곳에서 반쯤 잊혀진 채 살아가는 이 작은 아이에게서 신이 현현한 것을 보지 못했다.

어떤 나그네가 와인즈버그에 와서 이 아이에게서 아버지가 보지 못한 것을 봤다. 그는 키가 크고 붉은 머리카락을 한 젊은이였는데 거의 언제나 취해 있었다. 가끔 그는 아이의 아버지인 톰 하드와 함께 뉴 윌러드 하우스 앞 의자에 앉아 있곤 했다. 톰이 세상에 신은 있을 수 없다고 단언하면 나그네는 웃었고 지켜보는 사람들에게 윙크를 했다. 그와 톰은 친구가 되었고 같이 있는 시간이 많았다.

나그네는 클리블랜드의 부유한 상인의 아들이었고 와인즈버그에는 어떤 사명을 띠고 왔었다. 그는 음주습관을 고치기를 원했고 도시의 아는 사람들로부터 도망쳐서 시골 마을에 살게 되면, 자기를 파괴하는 술 마시려는 욕구와의 투쟁에서 이길 가능성이 커질 것이라고 생각했다.

와인즈버그에서의 그의 체류는 성공적이지 못했다. 시간을 보내는 지루함이 그를 전보다 더 심하게 음주로 이끌었다. 하지만 그는 뭔가를 하는 데에는 성공했다. 그는 톰 하드의 딸에게 많은 의미를 지닌 이름을 지어 줬다.

어느 저녁 장시간의 폭음에서 회복하고 있을 때 나그네는 비틀거리며 마을의 중앙로를 걸어 내려 왔다. 톰 하드는 당시 다섯 살 난 어린애인 딸을 무릎에 앉힌 채 뉴 윌러드 하우스 앞 의자에 같이 앉아 있었다. 그의 옆에 널빤지로 된 인도 위에는 젊은 조지 윌러드가 앉아 있었다. 나그네는 이들 옆의 의자에 털썩 앉았다. 그의 몸이 흔들렸고 말하려고 할 때 목소리가 떨렸다.

늦은 저녁이었고 마을 위로, 그리고 호텔 앞의 약한 오르막이 시작되는 곳을 따라 달리는 기찻길 위로 어둠이 내려앉았다. 저 멀리 서쪽 어딘가에서 여객열차 기관차의 기적이 터져 나와 길게 울렸다. 길 가에서 자던 개 한 마리가 일어나 짖었다. 나그네는 떠듬거리며 말하기 시작했고 불가지론자의 품에 안긴 아이에 관한 예언을 했다.

"난 여기에 술 끊으러 왔어요." 그가 말했고 눈물이 뺨을 타고 흘러내리기 시작했다. 그는 톰 하드를 쳐다보지는 않았고 몸을 앞으로 숙여 마치 환영이라도 보듯 어둠 속을 응시했다. "난 낫기 위해 시골로 도망쳤는데 아직 낫지 않았어요. 거기엔 이유가 있어요." 그는 아버지의 무릎 위에 아주 꼿꼿하게 앉아 있는 아이를 보기 위해 몸을 돌렸고 아이도 그를 쳐다봤다.

나그네가 톰 하드의 팔을 만졌다. "내가 중독된 건 술만은 아니에요." 그가 말했다. "딴 게 또 있어요. 난 사랑을 해야 하는 사람인데 사랑할 대상을 아직 찾지 못했어요. 당신이 내 말 뜻을 충분히 안다면 이건 중요한 문제예요. 그래서 이 때문에 나는 파멸을 피할 수 없어요, 아시겠어요? 그걸 이해하는 사람은 거의 없죠."

나그네는 조용해졌고 슬픔에 압도당한 것처럼 보였지만 여객열차 기관차의 터져 나오는 또 다른 기적 소리가 그를 깨웠다. "난 신앙을 잃은 건 아니에요. 맹세할 수 있어요. 나는 내 신앙이 이루어지지 않을 곳에 오게 된 것 뿐이에요." 그가 쉰 목소리로 외쳤다. 남자는 아이를 뚫어지게 쳐다봤고 아버지에게는 더 이상 주목하지 않고 아이에게 말을 건네기 시작했다. "저기 한 여인이 오고 있어." 남자가 말했고 그의 목소리는 날카롭고 진지했다. "난 그 여자를 놓쳤어, 너도 알다시피. 그 여자는 내 시대에는 오지 않았어. 네가 그 여자일지 몰라. 내가 그녀의 앞에 이렇게 한번 서 보게 된 것은 운명 같은 거야. 게다가 내가 술로 나 자신을 파괴해 버렸고 그녀는 아직도 어린아이일 뿐인 오늘 같은 이런 저녁에 말이야."

나그네의 어깨가 격하게 흔들렸고 그가 담배를 말려고 할 때 종이가 그의 떨리는 손가락에서 떨어졌다. 그는 화가 났고 욕을 했다. "사람들은 여자가 되는 게, 그리고 사랑 받는 게 쉽다고 생각하지만 난 그렇게 생각할 정도로 어리석진 않아." 그가 외쳤다. 다시 그는 아이 쪽으로 몸을 돌렸다. "난 이해한다고." 그가 소리 질렀다. "아마도 모든 사람들 중에 나만 이해할 거야."

그의 시선이 다시 한 번 방황하더니 어두워진 거리 쪽으로 향했다. "난 그녀에 대해 알아, 비록 그녀가 나랑 마주친 적은 없었지만."

그가 작게 말했다. "난 그녀의 투쟁과 그녀의 패배에 대해 알아. 바로 그녀의 패배 때문에 그녀가 내게 사랑스러운 사람이야. 그녀의 패배로부터 여자에게 있어서 새로운 특성이 하나 태어났지. 거기에 내가 이름을 붙였어. 난 그걸 탠디라고 불러. 난 그 이름을 내가 진정한 꿈꾸는 사람이었을 때, 그리고 내 몸뚱이가 망가지기 전에 만들어 냈지. 그건 사랑 받기 위해 강해지려는 성질이야. 그건 남자들이 여자들로부터 필요로 하지만 얻지는 못하는 그 무엇이지."

나그네는 일어나 톰 하드 앞에 섰다. 그의 몸이 앞뒤로 흔들렸고 곧 쓰러질 것처럼 보였지만 그는 인도 위에 무릎을 꿇고 어린 소녀의 손을 자신의 취한 입술로 가져갔다. 그는 황홀경에 빠져 그 손에 키스했다. "탠디가 되거라, 꼬마야." 그가 간청했다. "강하고 용감해지도록 해 보거라. 그게 네가 갈 길이야. 뭐든지 해 봐라. 사랑받기에 충분할 만큼 용감해져라. 남자나 여자 그 이상이 되거라. 탠디가 되어라."

나그네는 일어났고 비틀거리며 거리를 걸어 내려갔다. 하루 이틀 뒤에 그는 기차를 타고 클리블랜드에 있는 자기 집으로 돌아갔다. 호텔 앞에서의 얘기가 있었던 이후 여름날 저녁에 톰 하드는 하룻밤 머물도록 초대받은 어느 친척집에 여자아이를 데려갔다. 나무 아래 어둠 속을 걸어 갈 때 그는 나그네의 지껄이는 목소리를 잊었고 그의 마음은 나그네가 신에 대한 사람들의 믿음을 파괴하려는 주장을 어떻게 했었는지를 떠올려 보았다. 그는 딸의 이름을 불렀고 여자아이는 울기 시작했다.

"난 그렇게 불리기 싫어요." 여자아이가 외쳤다. "난 탠디라고 불리고 싶어요. 탠디 하드라고." 아이가 너무 서럽게 울어서 톰 하드는 마음이 움직여서 아이를 위로하려고 했다. 그는 나무 아래 멈춰 딸을 팔에 안으며 어루만지기 시작했다. "자, 이제 그만 해." 그가 매섭게 말했다. 그러나 여자아이는 진정하려고 하지 않았다. 막무가내 아이처럼 여자아이는 슬픔에 몸을 내맡겼고 아이의 목소리가 거리의 저녁 정적을 깨뜨렸다. "난 탠디가 되고 싶어요. 난 탠디가 되고 싶어요. 난 탠디 하드가 되고 싶어요." 그 주정뱅이의 말이 가져온 환상이 자기의 어린 힘이 견뎌 내기에 충분하지 않은 것처럼 그녀는 소리 질렀고 머리를 흔들며 흐느꼈다.

하느님의 힘

커티스 하트만 목사는 와인즈버그 장로교회의 목사였고 그 자리에 십 년 동안 있었다. 그는 마흔 살이었고 천성이 무척 조용하고 과묵했다. 사람들 앞 설교단에 서서 설교하는 일은 그에게는 늘 고역이었고 수요일 아침부터 토요일 저녁까지 그는 일요일에 해야 하는 두 번의 설교 외에 다른 것을 생각할 수 없었다. 일요일 아침 일찍 그는 교회의 종탑에 있는 서재라 불리는 작은 방에 들어가 기도했다. 그의 기도에는 언제나 한 가지 내용이 지배적이었다. "당신의 일을 하도록 제게 힘과 용기를 주소서, 오, 주여." 그는 아무것도 안 깔린 바닥에 무릎 꿇고 앞에 놓인 과업에 머리를 조아리며 간구했다.

하트만 목사는 갈색 턱수염을 기른 키가 큰 남자였다. 그의 아내는 건장하고 신경질적인 여자였는데 오하이오 주 클리블랜드의 속옷 제조업자의 딸이었다. 목사 본인은 읍내에서 좀 인기가 있기는 했다. 교회의 장로들이 그를 좋아했는데 왜냐하면 그가 조용하고 잘난 체하지 않는데다가 은행가의 아내인 화이트 부인이 그를 학자 같고 세련됐다고 생각했기 때문이었다.

장로교 교회는 와인즈버그의 다른 교회들과 거리를 유지하고 있었다. 이 교회는 더 크고 더 위엄 있었고 여기 목사는 돈을 더 받았다. 그는 심지어는 자기 소유 마차도 있었고 여름날 저녁이면 가끔 아내와 함께 읍내를 드라이브했다. 그는 사람들에게 위엄 있게 머리를 숙이면서 메인 스트리트를 통과하고 벅아이 스트리트를 오르내렸고, 그러는 동안 아내는 남모르는 자부심으로 불타올라 남편을 곁눈질하며 말이 놀라 뛰어 달아나지나 않나 걱정했다.

와인즈버그에 온 이후 아주 여러 해 동안 커티스 하트만에게는 모든 일이 순조로웠다. 그는 자신의 교회 신도들 사이에서 뜨거운 열광을 불러일으킬 사람은 아니었지만 반면에 적을 만들지도 않았다. 사실은 그는 상당히 진지했고 가끔은 자신이 읍내의 대로에서건 골목에서건 하느님의 말씀을 외칠 수 없기 때문에 긴 가책의 시기를 겪기도 했다. 그는 자신 안에 성령의 불꽃이 진짜 타오르고 있는지 의아했고 어떤 강력하고 달콤한 새 힘의 물결이 마치 거대한 바람처럼 그의 목소리와 영혼에 들어와서 사람들이 그에게서 현현한 하느님의 성령 앞에 몸을 떨게 되는 그런 날을 꿈 꿔 봤다. "난 변변치 못한 인간이라 그런 일은 절대로 일어나지 않을 거야." 그는 낙담하여 생각에 잠겼고 그러고 나서 참을성 있는 웃음이 그의 모습을 밝게 했다. "아, 그래, 난 충분히 잘해 나가고 있어." 그가 달관한 듯 덧붙였다.

일요일 아침에 목사가 하느님의 권능이 자기 안에서 커지게 해 달라며 기도하던 교회 종탑의 방에는 창문이 하나밖에 없었다. 그 창문은 길고 좁았으며 마치 문처럼 경첩 위에서 바깥쪽으로 열렸다. 납 들어간 작은 판유리들로 만들어진 창문 위에는 그리스도가 어린아이의 머리에 손을 얹고 있는 그림이 그려져 있었다. 어느 여름 일요일 아침 그가 커다란 성경을 앞에 펼쳐 놓고 그 방의 책상 옆에 앉아 있고 설교 원고가 여기저기 흩어져 있을 때 목사는 옆 집 이층 방에서 어떤 여자가 침대에 누워서 책을 읽으며 담배를 피우는 것을 보고 충격 받았다. 커티스 하트만은 발끝으로 걸어 가 살짝 창을 닫았다. 그는 여자가 담배를 핀다는 생각에 전율했고 막 하느님의 책에서 들어 올려 진 그의 눈이 여인의 드러난 어깨와 하얀 목을 보았었다는 생각에 또한 부르르 떨었다. 머리가 소용돌이치며 그는 설교대로 내려가 단 한 번도 자신의 몸짓이나 목소리를 생각하지 않고 긴 설교를 했다. 이 설교는 그 힘과 분명한 메시지로 평소와 다른 주목을 받았다. "그 여자가 설교를 듣고 있을지, 내 목소리가 그 여자의 영혼에 메시지를 전달해 주고 있는지 궁금하네." 그는 생각했고 앞으로는 일요일 아침에 자신이 분명히 비밀스런 죄에 깊이 빠진 그 여인을 어루만지고 일깨울 말을 할 수 있게 되기를 희망하기 시작했다.

목사가 그 창문을 통해 그렇게 당황스런 광경을 봤었던 장로교회의 바로 옆집에는 두 여자가 살고 있었다. 와인즈버그 국립은행에 예금한 돈이 있고 머리가 희끗하고 능력 있어 보이는 과부인 엘리자베쓰 스위프트 아줌마가 학교 선생인 딸 케이트 스위프트와 거기에 함께 살고 있었다. 학교선생은 서른 살이었고 말쑥하고 단정하게 생긴 모습이었다. 그녀는 친구가 거의 없었고 말을 톡 쏜다는 평을 듣고 있었다. 그녀에 대해 생각하기 시작했을 때 커티스 하트만은 그녀가 유럽에 갔다 온 적이 있고 뉴욕 시에서 2년간 살았었다는 것을 기억해 냈다. "그 여자가 담배 피는 건 결국은 아무것도 아닐지 몰라." 그는 생각했다. 그는 자신이 대학생 시절 가끔씩 소설을 읽을 때 우연히 집어 든 책 속에서 착하지만 세속적인 여자들이 담배를 피웠다는 것을 기억해 냈다. 새로운 결심이 갑자기 밀려와 그는 그 주 내내 설교 쓰는 작업을 했고 이 새로운 청자의 귀와 영혼에 이르려는 열성으로 설교대에서의 당혹감과 일요일 아침에 서재에서 기도해야 할 필요성을 둘 다 잊었다.

하트만 목사의 여성편력은 다소 한정되어 있었다. 그는 인디애나 주 먼시 출신의 마차 제조업자의 아들이었고 자기가 벌어서 대학을 마쳤다. 속옷 제조업자의 딸은 그가 학창시절에 머물던 집에 하숙을 하고 있었고 그는 주로 그 여자 쪽에서 진행시킨 격식 차리고 질질 끄는 구애가 끝나자 그녀와 결혼했다. 결혼식 날 속옷 제조업자는 딸에게 5천 달러를 줬고 유언에서 적어도 그 두 배를 물려주겠다고 약속했다. 목사는 자신이 결혼에서 운이 좋다고 생각했고 결코 다른 여자들 생각을 하지 않았다. 그는 다른 여자들은 생각하고 싶지 않았다. 그가 원한 것은 하느님의 일을 조용히 열심히 하는 것이었다.

목사의 영혼 속에서 갈등이 일어났다. 처음에는 케이트 스위프트의 귀에 이르고 자신의 설교를 통해 그녀의 영혼에 파고들기를 원했지만 이제는 또한 침대에 하얀 몸으로 가만히 누워 있는 그 모습을 다시 한 번 보고 싶었다. 어느 일요일 아침 이런 생각 때문에 잠을 잘 수 없게 되자 그는 일어나 산책하러 거리로 나갔다. 메인 스트리트를 따라 걷다가 거의 옛 리치몬드네 집까지 이르자 그는 걸음을 멈추고 돌을 하나 집어 종탑에 있는 방으로 급히 갔다. 그 돌로 그는 유리창 한쪽 구석을 깨뜨렸고 그러고 나서 방문을 잠그고 성경책을 펼쳐서 앞에 두고 책상에 앉아 기다렸다. 케이트 스위프트의 방 창문의 블라인드가 올라가자 그는 구멍을 통해 그녀의 침대를 정통으로 볼 수 있었지만 그녀는 거기 없었다. 그녀도 일어나 산책을 나갔었기 때문에 블라인드를 올린 손은 엘리자베쓰 스위프트 아줌마의 손이었다.

목사는 '엿보려는' 육체적 욕망으로부터 구원받은데 기뻐서 거의 울 지경이었고 하느님을 찬양하며 집으로 돌아갔다. 하지만 공교롭게도 그는 창문의 구멍을 메우는 것을 잊었다. 유리창 구석에서 부서져 떨어져 나온 유리조각은 움직이지 않고 서서 황홀경에 빠진 눈으로 그리스도의 얼굴을 보고 있는 소년의 맨발 발꿈치 그림을 잘라먹은 것이었다.

커티스 하트만은 그 일요일 아침에 설교를 잊었다. 그는 강론에서 사람들이 자신들의 목사가 날 때부터 흠 없는 삶을 살도록 선택된 사람이라고 생각하는 것은 잘못이라고 모인 신자들에게 말했다. "내 자신도 경험을 해 봐서 나는 하느님의 말씀의 사도들인 우리도 여러분들을 공격하는 것과 똑같은 유혹에 둘러싸여 있다는 것을 압니다." 그가 선언했다. "저는 시험받았고 유혹에 굴복했습니다. 날 위로 끌어올려 준 것은 내 머리를 받쳐 주고 있는 하느님의 손뿐입니다. 하느님이 나를 끌어올려 주셨듯이 여러분도 끌어올려 주실 겁니다. 절망하지 마십시오. 여러분이 죄를 짓는 시간에 눈을 들어 하늘을 보면 여러분은 구원받고 또 구원받을 겁니다."

굳은 결심으로 목사는 침대의 그 여인에 대한 생각을 마음에서 지웠고 아내에게 연인 노릇을 해 주기로 맘먹었다. 어느 저녁 그들이 마차를 타고 함께 나갔을 때 그는 말을 벅아이 스트리트에서 돌려 워터웍스 연못 위의 가스펠 힐 위 어두운 곳으로 들어갔고 새라 하트만의 허리에 팔을 둘렀다. 아침에 식사를 하고 집 뒤에 있는 서재로 물러날 준비를 하고 있을 때 그는 식탁을 돌아가 아내의 뺨에 키스했다. 케이트 스위프트의 생각이 머리에 떠오를 때 그는 웃으며 눈을 들어 하늘을 봤다. "저를 위해 중재해 주세요, 주인님." 그가 중얼거렸다. "제가 당신의 일에 열중하며 좁은 길을 가게 해 주세요."

이제 갈색 턱수염을 기른 목사의 영혼 속에서 진짜 투쟁이 시작되었다. 그는 우연히 케이트 스위프트가 저녁에 침대에 누워 책을 읽는 습관이 있다는 것을 알게 되었다. 침대 옆 탁자에는 램프가 놓여 있었고 불빛이 그녀의 하얀 어깨와 드러난 목 위로 흘러내렸다. 이것을 알게 된 날 저녁에 목사는 아홉 시부터 열한 시가 넘을 때까지 서재 책상에 앉았다가 그녀의 불이 꺼지자 비틀거리며 교회에서 나와 걷고 기도하며 거리에서 두 시간을 더 보냈다. 그는 케이트 스위프트의 어깨와 목에 키스하고 싶지 않았고 자기 마음이 그런 생각에 머물도록 허용하지도 않았다. 그는 뭘 원하는지 몰랐다. "나는 하느님의 자식이고 하느님은 나를 나 자신으로부터 반드시 구해 주실 거야." 거리를 헤매고 다닐 때 나무 아래 어둠 속에서 그가 외쳤다. 나무 옆에 서서 그는 바삐 흘러가는 구름으로 뒤덮인 하늘을 쳐다봤다. 그는 신에게 친밀하고 다정하게 말하기 시작했다. "제발, 하느님 아버지, 절 용서하지 마세요. 제가 내일 가서 유리창에 있는 구멍을 때우게 제게 힘을 주세요. 다시 한 번 눈을 들어 하늘을 보게 해 주세요. 어려운 때에 당신의 종인 저와 함께 계셔 주세요."

목사는 조용한 거리를 헤매며 다녔고 몇 날, 몇 주 동안 그의 영혼은 괴로웠다. 그는 자기에게 닥쳐온 유혹을 이해할 수 없었고 또 그 유혹이 왜 왔는지도 헤아릴 수 없었다. 그는 자기 발이 올바른 길에 있도록 애썼었고 죄를 찾아 여기저기 다니지도 않았었다고 중얼거리며 어느 면에서 신을 원망하기 시작했다. "젊은 시절 동안 내내, 그리고 여기에서 사는 동안 계속 나는 묵묵히 내 일을 하고 있었어." 그가 외쳤다. "왜 내가 지금 유혹받아야 해? 대체 내가 무얼 했길래 이런 짐이 내게 지워지는 거야?"

그 해 초가을과 겨울 동안 세 번 커티스 하트만은 집에서 기어 나가, 침대에 누워 있는 케이트 스위프트의 모습을 보며 어둠 속에 앉아 있으려고 종탑에 있는 방으로 갔고 나중에는 나가서 거리를 걸으며 기도했다. 그는 자신을 이해할 수 없었다. 몇 주 동안 학교 선생 생각을 거의 안하며 지낼 때면 그는 자신이 그녀의 몸을 보려는 육체적 욕망을 정복했다고 스스로에게 말하곤 했다. 그러다가 어떤 사건이 일어났다. 자기 집 서재에 앉아 열심히 설교를 쓰고 있을 때 그는 신경이 예민해져서 방을 왔다 갔다 걸어 다니기 시작했다. "난 길거리로 나갈 거야." 그가 혼자 말했고 교회문 안으로 들어갈 때에도 그는 자신이 그곳에 있는 이유를 스스로에게 끈질기게 부인했다. "난 유리창에 있는 구멍을 수리하지 않을 거고 밤에 이리로 와서 눈을 쳐들지 않고 이 여자가 보이는 곳에 앉아 있도록 날 훈련시킬 거야. 난 이 일에서 패배하지 않을 거야. 주께서는 이 유혹을 내 영혼의 시험으로 고안해 내셨고 난 어둠에서 더듬거리며 나가 의로움의 빛으로 들어가고 말겠어."

몹시 춥고 와인즈버그 거리에 눈이 깊게 쌓인 어느 일월 밤에 커티스 하트만은 교회 종탑에 있는 방을 마지막으로 방문했다. 그가 집을 나올 때는 아홉 시가 넘었고 너무 서둘러 출발했기 때문에 그는 덧신을 신는 걸 잊었다. 메인 스트리트에는 야경꾼인 합 히긴스를 빼고는 아무도 길에 나와 있지 않았고 마을 전체에서 야경꾼과 젊은 윌러드를 제외하고는 누구도 깨어 있지 않았는데 윌러드는 소설을 하나 쓰려고 하면서 〈와인즈버그 이글〉 사무실에 앉아 있었다. 목사는 길을 따라 교회로 갔는데 눈보라를 헤치며 이번에는 자기가 완전히 죄에 굴복할 거라고 생각하며 갔다. "난 그 여자를 보고 싶고 그녀의 어깨에 키스하는 생각을 하고 싶고 난 내가 원하는 생각을 하도록 내버려 두겠어." 그는 비통하게 외쳤고 눈물이 나왔다. 그는 목사직을 그만두고 다른 살 방도를 찾아야 하지 않을까 생각하기 시작했다. "난 다른 도시로 가서 사업을 할 거야." 그가 외쳤다. "죄에 저항할 수 없는 게 내 천성이라면 날 죄에 넘겨 주겠어. 적어도 마음으로는 내 여자가 아닌 여인의 어깨와 목덜미를 생각하면서 하느님의 말씀을 설교하는 그런 위선자가 되지는 않겠지."

그 일월 밤 교회 종탑의 방은 추웠고 방에 들어가자마자 커티스 하트만은 거기 계속 있으면 병이 날 것임을 알았다. 그의 발은 눈길을 터벅터벅 걸어오느라 젖었고 방에는 불도 없었다. 옆집 그 방에 케이트 스위프트는 아직 나타나지 않았다. 굳게 결심한 채 남자는 앉아 기다렸다. 의자에 앉아 성경이 놓여 있는 책상의 모서리를 꽉 잡고 그는 자신의 인생에서 가장 어두운 생각을 하며 어둠 속을 응시했다. 아내 생각을 하자 그 순간 그녀를 거의 증오하게 되었다. "그 여자는 늘 열정을 부끄러워했고 날 속여 왔어." 그는 생각했다. "남자는 여자에게서 살아 있는 열정과 아름다움을 기대할 권리가 있어. 남자는 자신이 동물이라는 것을 잊을 권리가 없고 내 안에는 나도 알 수 없는 뭔가가 있어. 난 내 애처를 내던져 버리고 다른 여자들을 찾을 거야. 난 이 학교 선생을 정복하겠어. 난 모든 사람들에게 대항할 것이고 만약 내가 욕정의 피조물이라면 난 내 욕정을 위해 살 거야."

혼란스러워진 이 남자는 추위 때문에, 그리고 자신이 벌이고 있는 투쟁 때문에 머리에서 발끝까지 몸을 떨었다. 여러 시간이 지나자 몸이 불덩어리같이 되었다. 그의 목이 아프기 시작했고 이가 덜덜 떨렸다. 서재 바닥 위의 그의 발은 두 개의 얼음 덩어리 같이 느껴졌다. 여전히 그는 포기하려고 하지 않았다. "난 이 여자를 볼 것이고 내가 지금껏 감히 생각해 보려고 하지 못했던 생각을 할 거야." 책상 모서리를 쥐고 기다리며 그는 중얼거렸다.

커티스 하트만은 그날 밤 교회에서 기다린 결과 거의 죽을 뻔했고 또한 그날 일어난 일에서 자기가 앞으로 살 방도라고 생각했던 것을 발견했다. 그가 기다렸었던 다른 날 밤에는 그녀의 침대가 있는 곳을 제외하고는 유리창의 작은 구멍으로는 그 여선생 방의 다른 곳은 볼 수 없었다. 어둠 속에서 남자는 그녀가 하얀 잠옷을 입고 침대에 앉은 모습으로 갑자기 나타날 때까지 기다렸다. 불을 밝게 하고 여자는 베개를 쌓아 몸을 기댄 채 책을 읽었다. 가끔씩 여자는 담배를 피웠다. 여자의 드러난 어깨와 목만이 보였다.

그 일월 밤, 그가 추위로 거의 죽을 뻔했고 그의 마음이 두세 번 실제로 희한한 환상의 세계로 미끄러져 들어가는 바람에 의지력으로 자신을 의식으로 억지로 돌아오게 한 이후에야 케이트 스위프트가 나타났다. 옆집 방에 등불이 켜졌고 기다리는 남자는 빈 침대를 응시했다. 그때 그의 눈앞에서 발가벗은 여인이 침대에 몸을 던졌다. 여자는 얼굴을 묻고 엎드려 울었고 주먹으로 베개를 때렸다. 마지막 울음의 폭발과 함께 여자는 반쯤 일어났고, 그녀를 바라보며 생각하려고 기다리고 있었던 남자의 면전에서 그 죄진 여인이 기도하기 시작했다. 등불 아래에서 그녀의 가늘고 강한 모습은 납유리 창문 위에 그려 진 그리스도 앞에 있는 소년의 모습처럼 보였다.

    커티스 하트만은 어떻게 교회에서 나왔는지 기억할 수 없었다. 울부짖으며 그는 무거운 책상으로 바닥을 끌며 일어섰다. 성경이 떨어졌고 정적 속에 커다란 덜커덕 소리를 냈다. 옆집의 불이 꺼지자 그는 비틀거리며 계단을 내려와 거리로 나섰다. 거리를 따라 가다가 그는 〈와인즈버그 이글〉의 문으로 뛰어 들어갔다. 자기 자신의 갈등을 겪으며 사무실을 쿵쿵거리며 왔다 갔다 걸어 다니고 있던 조지 윌러드에게 그는 반쯤 종잡을 수 없게 말하기 시작했다. "하느님의 길은 인간의 이해 너머에 있지." 그가 급히 뛰어 들어와 문을 닫으며 외쳤다. 그는 젊은이에게 다가가기 시작했고, 그의 눈은 이글거리고 목소리는 뜨겁게 울렸다. "난 빛을 찾았어." 남자가 외쳤다. "이 마을에 온지 십 년이 지나 하느님이 어느 여자의 몸을 빌려 내게 현현하셨어." 남자의 목소리가 작아졌고 그는 속삭이기 시작했다. "난 이해할 수 없었어." 그가 말했다. "내 영혼의 시험이라고 여겼던 것은 영혼의 새롭고 더 아름다운 열정을 위한 준비였을 뿐이야. 하느님이 학교 선생이고 침대에 발가벗고 무릎 꿇었던 케이트 스위프트의 몸을 빌려 내게 나타나셨어. 케이트 스위프트 알지? 그 여자는 깨닫지 못하고 있겠지만 그 여자는 진리의 메시지를 전하는 하느님의 도구야."

하느님의 힘

커티스 하트만 목사는 몸을 돌려 사무실에서 뛰어 나갔다. 문 가에서 그는 멈추고 인적이 끊긴 거리를 위아래로 살펴본 후에 다시 조지 윌러드에게로 몸을 돌렸다. "난 구원받았어. 두려워 말라고." 그는 젊은이가 보도록 피가 나는 주먹을 들어 보였다. "난 창문의 유리를 박살냈어." 그가 소리쳤다. "이제 유리창이 전부 교체될 거야. 하느님의 힘이 내 안에 있었고 난 내 주먹으로 유리창을 부쉈어."

선생님

 눈이 와인즈버그의 거리에 깊게 쌓여 있었다. 눈은 아침 열시쯤에 내리기 시작했고 바람이 일어나 메인 스트리트를 따라 눈이 구름처럼 날렸다. 읍으로 들어가는 길에 얼어붙은 진창길은 아주 부드러웠고 여기저기에 진흙 위로 얼음이 덮여 있었다. "썰매타기 좋겠네." 윌 헨더슨이 에드 그리피쓰의 술집 바 옆에 서서 말했다. 술집을 나와 걷다가 그는 북극이라 불리는 육중한 종류의 덧신을 신고 비틀거리며 길을 가고 있는 약국 주인 실베스터 웨스트를 만났다. "눈이 와서 토요일에 사람들이 시내로 들어오게 될 거요." 약국 주인이 말했다. 두 남자는 멈춰서 자신들의 일에 관해 토론했다. 가벼운 외투를 입고 덧신은 신지 않은 윌 헨더슨은 오른발의 앞부분으로 왼발의 뒤꿈치를 찼다. "눈이 밀농사엔 좋을 거야." 약제사가 현자처럼 말했다.

 젊은 조지 윌러드는 할 일이 없었고 그 날 별로 일하고 싶지 않았기 때문에 기뻤다. 일주일에 한 번씩 나오는 신문이 인쇄가 되어 수요일 저녁에 우체국으로 보내졌었고 눈은 목요일부터 오기 시작했다. 여덟 시에 아침 기차가 지나간 후 그는 주머니에 스케이트를 넣고 워터웍스 연못으로 갔지만 스케이트를 타지는 않았다. 그는 연못을 지나 와인 크릭 뒤에 나오는 길을 따라가다가 너도밤나무 숲에 이르렀다. 거기서 그는 통나무 옆에서 불을 피웠고 나무 끝자락에 앉아 생각했다. 눈이 내리고 바람이 불기 시작하자 그는 서둘러 여기저기서 땔감을 모았다.

젊은 기자는 자기 학교 선생이었던 케이트 스위프트를 생각하고 있었다. 전날 밤 그는 책을 한 권 가지러 그 선생 집에 갔었다. 그 여자는 그가 그 책을 읽기를 원했고 그는 한 시간 동안 그녀와 단 둘이 있었다. 네 번인지 다섯 번인지 그녀가 아주 진지하게 말했는데 그는 그녀가 어떤 뜻으로 말했는지 이해할 수 없었다. 그는 그녀가 자기를 사랑하고 있다고 믿었고 그 생각은 기분 좋게 하면서도 신경 쓰이게 했다.

통나무에서 벌떡 일어나 그는 불 위에 나뭇가지들을 얹어 놓기 시작했다. 주위를 둘러보고 자신이 혼자라는 것을 확인한 후 그는 자기가 그 여자 앞에 있는 것처럼 큰 소리로 말했다. "아, 당신은 본심을 드러내고 있군요. 당신도 그걸 알고 있죠." 그가 선언했다. "난 당신에 대해서 알아볼 거예요. 어떻게 되나 기다려 봐요."

젊은이는 타고 있는 불을 숲에 내버려두고 일어나서 읍내로 가는 길을 따라 되돌아갔다. 거리를 지나 갈 때 스케이트가 그의 주머니 안에서 절걱거렸다. 뉴 월러드 하우스의 자기 방에서 그는 난로에 불을 피우고 침대 위에 누웠다. 그는 음탕한 생각을 하기 시작했고 창문의 블라인드를 내리고 눈을 감고 얼굴을 벽 쪽으로 향했다. 그는 베개를 팔 안으로 붙잡아 먼저 학교 선생으로 생각하며 껴안았는데 그 선생은 말로써 그의 속에 있는 뭔가를 자극했었다. 나중에는 헬렌 화이트를 생각했는데 읍내 은행가의 이 호리호리한 딸과 그는 오랜 기간 반쯤 사랑에 빠져 있었다.

그날 밤 아홉 시가 되자 눈은 길에 깊이 쌓였고 날씨가 몹시 추워졌다. 걸어 돌아다니기가 어려웠다. 가게들은 어두웠고 사람들은 엉금엉금 기어 집으로 들어갔다. 클리블랜드에서 오는 밤기차는 무척 늦었지만 아무도 기차가 도착하는데 관심이 없었다. 열 시가 되자 마을의 1,800명 주민 중에 네 명을 제외하고는 다들 잠자리에 들었다.

야경꾼 합 히긴스는 반쯤 깨 있었다. 그는 다리를 절었고 무거운 지팡이를 갖고 다녔다. 어두운 밤에 그는 랜턴을 들고 다녔다. 아홉 시에서 열 시 사이에 그는 순찰을 돌았다. 메인 스트리트를 오르내리며 그는 바람에 불리어 쌓인 눈을 비틀거리며 뚫고 가게들의 문이 잘 잠겼는지 확인했다. 그리고 골목으로 들어가 뒷문들을 확인했다. 문이 다 잘 잠겨 있는 것을 확인하고 그는 서둘러 모퉁이를 돌아 뉴 윌러드 하우스로 가서 문을 두드렸다. 남은 밤 시간동안 내내 그는 난롯가에 머물려는 생각이었다. "넌 가서 자려무나. 내가 난롯불 계속 지피고 있을 테니." 그가 호텔 사무실 간이침대에서 자고 있는 소년에게 말했다.

합 히긴스는 난롯가에 앉아 신발을 벗었다. 소년이 잠자러 가자 그는 자기 일을 생각하기 시작했다. 그는 봄에 자기 집을 페인트칠 할 생각이었고 난롯가에 앉아 페인트 값과 인건비를 계산했다. 이것이 그로 하여금 또 다른 계산을 하도록 만들었다. 야경꾼은 예순 살이었고 은퇴하고 싶었다. 그는 남북전쟁 때 군인이었고 얼마 안 되는 연금을 타고 있었다. 그는 생계를 유지할 어떤 새로운 방법을 찾기를 희망했고 전문적인 흰담비 사육가가 되기를 열망했다. 이미 그는 이 희한하게 생긴 야만적인 작은 동물 네 마리를 자기 집 지하실에서 키우고 있었는데 이들은 사냥꾼들이 토끼를 추격할 때 사용되었다. "자, 이제 난 수컷 한 마리하고 암컷 세 마리가 있어." 그가 생각에 잠겼다. "운이 좋으면 봄까지 열둘에서 열다섯 마리를 갖게 될 거야. 한 해가 더 지나면 난 사냥신문에 흰담비 판다는 광고를 낼 수 있을 거야."

야경꾼은 의자에 자리 잡고 앉았고 그의 마음은 백지가 되었다. 그는 잠든 건 아니었다. 여러 해 동안 해 왔기 때문에 그는 잠들지도 깨 있지도 않으면서 긴 밤 동안 여러 시간을 앉아 있도록 스스로를 훈련시켰다. 아침이면 그는 마치 잠을 잔 것처럼 원기가 회복되었다.

합 히긴스가 난로 뒤 의자에 안전하게 파묻혀 있을 때 와인즈버그에서는 오직 세 사람만 깨 있었다. 조지 윌러드는 〈이글〉 신문 사무실에서 소설을 쓰고 있는 척했지만 사실은 아침에 숲의 불 가에서 겪은 기분이 계속되고 있었다. 장로교회의 종탑에서는 커티스 하트만 목사가 어둠 속에 앉아 신으로부터의 계시를 맞을 준비를 하고 있었고 학교 선생인 케이트 스위프트는 눈보라 속에 걸으려고 집을 나서고 있었다.

케이트 스위프트가 출발 했을 때는 열 시가 넘었고 이 산책은 미리 계획된 게 아니었다. 마치 그녀를 생각하는 남자와 소년이 그녀를 겨울 거리로 몰아 낸 것 같았다. 엘리자베쓰 스위프트 아줌마는 자신이 투자한 사업의 저당권과 관련된 일로 군청소재지에 갔고 다음 날까지 돌아오지 않을 예정이었다. 집 거실에서 연료자급 스토브라고 불리는 거대한 난롯가에 앉아 딸이 책을 읽고 있었다. 갑자기 그녀는 벌떡 일어나 앞문 가의 옷걸이에서 외투를 낚아채서 집에서 뛰어나갔다.

서른 살인 케이트 스위프트는 와인즈버그에서 예쁜 여자로 알려져 있지는 않았다. 그녀는 안색이 좋지 않았고 얼굴은 안 좋은 건강의 표시인 검버섯으로 뒤덮여 있었다. 홀로 겨울 밤 거리에 있을 때 그 여자는 사랑스러웠다. 여자는 허리가 곧았고 어깨도 펴고 있었고 그녀의 모습은 여름 저녁 어스레한 빛 속에 정원의 좌대 위에 있는 작은 여신 같았다.

오후 동안 여선생은 건강 문제로 닥터 웰링에게 갔었다. 의사는 그녀를 나무랐고 그녀가 청각을 잃을 위험이 있다고 밝혔다. 케이트 스위프트가 눈보라 속에 밖에 나간 것은 어리석은 일이었다. 어리석고 어쩌면 위험한 일이었다.

거리에 나온 여인은 의사가 한 말을 기억하지 못했고 만약 기억했다 하더라도 뒤돌아 가지는 않았을 것이다. 그녀는 무척 추웠지만 오 분을 걷고 나자 더 이상 추위를 신경 쓰지 않았다. 먼저 그녀는 자기가 사는 동네 거리의 끝까지 갔다가는 사료 창고 앞 땅에 설치되어 있는 한 쌍의 건초 저울을 가로 질러 트러니언 파이크 길로 들어섰다. 트러니언 파이크를 따라 걸어 그녀는 네드 윈터의 헛간으로 가서 동쪽으로 방향을 돌려 낮은 목조 가옥들의 거리를 따라 갔는데, 이 거리는 가스펠 힐을 넘어 나지막한 계곡을 내려가다가 아이크 스미드네 양계장을 지나 워터웍스 연못으로 이어지는 서커 로드가 된다. 걸어가면서 그녀를 문밖으로 나가게 몰아냈던 그 대담하고도 흥분된 분위기가 사라졌다 다시 돌아오곤 했다.

케이트 스위프트의 성격에는 톡 쏘는, 접근하기 어렵게 만드는 뭔가가 있었다. 모두들 그걸 느꼈다. 학교 교실에서 그녀는 말이 없고 차갑고 엄격했지만 이상한 방식으로 자신의 학생들과 무척 가까웠다. 아주 가끔씩 뭔가가 그녀에게 오는 것 같았고 그러면 그녀는 행복했다. 교실의 모든 아이들이 그녀의 행복의 효과를 느꼈다. 잠시 동안 그들은 공부 안 하고 의자에 기대앉아 그녀를 바라보았다.

손을 등 뒤로 깍지 끼고 여선생은 교실을 왔다 갔다 걸어 다니며 아주 빨리 말했다. 자기 마음에 어떤 화제가 떠올랐는가는 중요하지 않았다. 한 번은 그녀는 아이들에게 찰스 램[14]에 관해 말했고 이 죽은 작가의 삶에 관한 이상하고도 친근하면서 자잘한 이야기들을 만들어 냈다. 이 이야기들은 마치 찰스 램과 한 집에 살았고 그의 사생활의 모든 비밀을 아는 사람이 하는 말처럼 들렸다. 아이들은 좀 헷갈렸고 찰스 램은 분명히 와인즈버그에서 살았던 적이 있는 누군가라고 생각했다.

다른 때에 선생은 아이들에게 벤베누또 첼리니[15]에 대해 말했다. 이번엔 아이들이 웃었다. 그녀가 그 옛날 예술가를 얼마나 뻐겨 대고 시끄럽고 용감하고 사랑스러운 사람으로 만들었던지. 그와 관련해서도 그녀는 일화들을 만들어 냈다. 밀라노에 있는 첼리니의 셋방 위층에 어떤 독일 음악 선생이 살았다는 얘기에 아이들이 깔깔대고 웃었다. 뚱뚱하고 볼이 빨간 슈가즈 맥너츠는 너무나 심하게 웃

---

14. 역자주: Charles Lamb 1775-1834. 영국의 수필가. Elia라는 필명을 사용했고 대표작으로는 *Essays of Elia* (1823-1833)가 있다.
15. 역자주: Benvenuto Cellini 1500-1571. 이태리의 금 세공가이자 조각가면서 화가였다.

다가 어지러워져서 의자에서 굴러 떨어졌고 케이트 스위프트도 그를 따라 웃었다. 그러다 갑자기 그녀는 다시 한 번 차갑고 엄해졌다.

인적이 끊긴 눈 덮인 거리를 걸어가는 이 겨울밤에 여선생의 삶에 위기가 닥쳤다. 와인즈버그의 누구도 그러리라 생각하지 못했겠지만 그녀의 삶은 상당히 모험적이었다. 그리고 여전히 모험적이다. 교실에서 가르치거나 거리를 걸을 때 날마다 슬픔과 희망과 욕망이 그녀 안에서 싸웠다. 차가운 겉모습 뒤에 가장 놀라운 사건들이 그녀의 마음속에서 일어나고 있었다. 마을 사람들은 그녀를 결혼 안 할 노처녀라고 생각했고 그녀가 잘 쏘아붙이고 제 맘대로 행동하기 때문에, 사람들의 삶을 만들기도 하고 훼손시키기도 하는 데 그렇게 큰 역할을 하는 모든 인간적인 감정을 그녀가 결여하고 있다고 생각했다. 사실은 그녀가 이들 중에서 가장 진지하고 열정적인 사람이었다. 그녀는 여행에서 돌아와 와인즈버그에 정착해서 학교 선생이 된 이후 오 년 동안 자기 속에서 부글대는 어떤 싸움을 하느라 집에서 나가 밤새 걸어 다녀야만 했던 적이 한두 번이 아니었다. 어느 비 내리는 날 밤 그녀는 밖에서 여섯 시간 동안 있었고 집에 돌아와서는 엘리자베쓰 스위프트 아줌마와 싸웠다. "난 네가 남자가 아니라 기쁘구나." 엄마가 쏘아붙이며 말했다. "난 네 아비가 또 어떤 새로운 난장판에 빠졌는지 모르는 채 집에 돌아오기를 기다린 적이 한두 번이 아니란다. 난 불확실한 상태를 이미 지겹도록 봐왔기 때문에 네 아비의 가장 나쁜 면이 너에게 다시 살아나는 것을 내가 보기 싫어 한다 해도 넌 날 비난할 수 없어."

*

케이트 스위프트의 마음은 조지 윌러드에 대한 생각으로 불타올랐다. 그가 학생으로서 쓴 뭔가에서 그녀는 천재성의 불꽃을 알아봤다고 생각했고 그 불꽃에 바람을 불어주고 싶었다. 여름 어느 날 그녀는 〈이글〉지 사무실에 가서 소년이 아무것도 안 하고 있는 걸 보고 메인 스트리트로 데리고 나와 페어그라운드로 갔고 거기에서 둘은 풀이 난 언덕에 앉아 얘기했다. 학교선생은 소년에게 그가 작가로서 직면하게 될 어려운 일들이 어떤 것일지 알려 주려고 했다. "넌 인생을 알아야만 해." 그 여자가 선언했고 여자의 목소리는 진지함으로 떨렸다. 여자는 조지 윌러드의 어깨를 잡고 그의 눈을 들여다 볼 수 있게 그의 몸을 돌렸다. 지나가는 사람은 아마도 이들이 막 포옹하려 한다고 생각했을 것이다. "네가 작가가 될 거라면 넌 말 가지고 장난치는 일은 그만둬야 해." 그녀가 설명했다. "더 잘 준비될 때까지는 글 쓴다는 생각을 접는 게 더 나을 거야. 지금은 살면서 경험해 봐야 할 때야. 난 널 겁주고 싶지는 않지만 네가 하려고 생각하는 일의 의미를 너 자신이 이해하도록 만들어 주고 싶어. 넌 그저 말을 파는 장사꾼이 되어서는 안 돼. 배워야 할 건 사람들이 생각하고 있는 것을 아는 것이지 사람들이 말하는 것을 아는 건 아냐."

그 눈보라치던 목요일 밤 전날 저녁에 커티스 하트만 목사가 교회 종탑에 앉아 그녀의 몸을 보려고 기다리고 있을 때 젊은 조지 윌러드는 책을 한 권 빌리러 선생 집에 갔다. 그때 소년을 헷갈리게 하고 당혹하게 만든 그 일이 일어났다. 그는 팔에 책을 끼고 떠날 준비를 하고 있었다. 다시 케이트 스위프트가 아주 진지하게 말했다. 밤이 오고 있었고 방의 불은 침침해졌다. 그가 몸을 돌려 가려할 때 그녀가 그의 이름을 부드럽게 불렀고 충동적으로 움직여 그의 손을 잡았다. 이 기자는 빠른 속도로 어른이 되어 가고 있었기 때문에 그의 남자로서의 매력의 뭔가가 소년의 매력과 결합되어 외로운 여인의 마음을 휘저었다. 그가 삶의 의미를 이해하도록 해 주고 싶은, 그리고 그 의미를 진정으로 성실하게 해석하고 싶은 열렬한 욕구가 그녀를 휩쓸고 갔다. 앞으로 몸을 기울여 그녀의 입술이 그의 뺨을 스쳤다. 바로 그때 그는 처음으로 그녀의 모습의 뛰어난 아름다움을 의식하게 되었다. 그들은 둘 다 당황했고 그녀는 자신의 감정을 가라앉히기 위해 매몰차고 명령조가 되었다. "무슨 소용이 있겠어? 내가 너한테 말하려는 것을 네가 이해하기 시작하려면 앞으로도 십 년은 더 있어야 할 텐데." 그녀가 격하게 소리 질렀다.

*

눈보라치던 그 밤 목사가 그녀를 기다리며 교회에서 앉아 있는 동안 케이트 스위프트는 소년과 얘기를 다시 하려고 〈와인즈버그 이글〉 사무실로 갔다. 눈길을 오래 걸은 후 그녀는 춥고 외롭고 피곤했다. 메인 스트리트를 걸어 갈 때 그녀는 인쇄소 창문의 빛이 눈 위에 비치는 것을 봤고 충동적으로 문을 열고 안으로 들어갔다. 한 시간 동안 그녀는 사무실 난롯가에 앉아 인생에 대해 얘기했다. 여자는 열정적이고 진지하게 말했다. 그녀를 눈 속으로 몰아 나갔던 충동이 말로 쏟아져 나왔다. 여자는 학교에서 학생들 앞에서 가끔씩 그러듯 신들린 듯했다. 자신이 가르치는 학생이었고 인생을 이해하는 데 있어 재능을 가졌을지 모른다고 생각하는 소년에게 인생의 문을 열어 주려는 열렬함이 여자를 사로잡았다. 여자의 열정이 너무 강력

해서 뭔가 육체적인 것이 되었다. 다시 한 번 그녀의 손이 그의 어깨를 잡았고 그녀가 그의 몸을 돌렸다. 침침만 불빛에서 그녀의 눈이 이글거렸다. 여자는 일어나서 웃었는데 늘 그러듯이 날카롭게 웃은 게 아니라 묘하고도 주저하는 식으로 웃었다. "난 가야겠어." 그녀가 말했다. "더 있으면 순식간에 너한테 키스하고 싶어질지도 몰라."

신문사 사무실에서 혼란이 일어났다. 케이트 스위프트는 몸을 돌려 문으로 갔다. 그녀는 선생이었지만 또한 여자였다. 조지 윌러드를 바라 볼 때 남자에게서 사랑받고 싶다는 뜨거운 욕망이, 그 전에 천 번이나 폭풍처럼 그녀의 몸을 휩쓸었었던 그 욕망이 그녀를 사로잡았다. 등불 아래에서 조지 윌러드는 더 이상 소년으로 보이지 않았고 남자의 역할을 할 준비가 되어 있는 남자였다.

학교선생은 조지 윌러드가 자신을 품에 안게 했다. 따뜻한 작은 사무실에서 공기가 갑자기 무거워졌고 그녀의 몸에서 힘이 빠져나갔다. 문 가의 낮은 카운터에 기대어 그녀는 기다렸다. 그가 와서 자신의 어깨에 손을 얹자 여자는 몸을 돌려 그에게 쓰러지듯 안겼다. 조지 윌러드는 갑자기 혼란에 빠졌다. 잠시 동안 그는 여인의 몸을 자기 몸에 밀착시켜 안고 있었고 그러다가 그의 남성이 발기했다. 그러자 두 대의 매섭고 작은 주먹이 그의 얼굴을 때리기 시작했다. 여선생이 뛰어 나가 홀로 있게 되자 그는 격하게 욕설을 해대며 사무실을 왔다 갔다 걸었다.

이런 혼란 속에 커티스 하트만 목사가 불쑥 들어왔다. 그가 들어올 때 조지 윌러드는 온 읍내가 미쳐버렸다고 생각했다. 피가 철철 흐르는 주먹을 허공에 흔들어 대며 목사는 조지가 바로 전에 품에 안고 있었던 여자가 진리의 메시지를 전하는 하느님의 도구라고 선포했다.

*

조지는 창가의 등불을 입으로 불어 끄고 인쇄소의 문을 잠근 후 집으로 갔다. 호텔 사무실을 지나고 흰담비 키우는 꿈에 잠겨 있는 합 히긴스를 지나 그는 자기 방으로 올라갔다. 난로의 불은 꺼졌고 그는 추운 데에서 옷을 벗었다. 침대에 들어가자 시트가 마치 마른 눈의 담요 같았다.

조지 윌러드는 오후에 베개를 껴안고 누워 케이트 스위프트를 생각했었던 침대에서 이리저리 몸을 뒹굴었다. 갑자기 미쳐버렸다고 생각한 목사의 말이 그의 귀에서 울렸다. 그의 눈이 방을 이리저리 응시했다. 좌절된 수컷에게 생기기 마련인 분개심이 지나갔고 그는 어떤 일이 일어났었는지 이해하려고 애썼다. 그는 이해할 수 없었다. 몇 번이고 그는 이 문제를 마음에서 되짚어 보았다. 여러 시간이 지났고 그는 내일을 위해 이만 자야겠다는 생각을 하기 시작했다. 그는 네 시에 이불을 목 있는 데까지 당겼고 자려고 애썼다. 졸음이 오고 눈을 감자 그는 한 손을 들어 여기저기 어둠 속을 더듬었다. "난 뭔가를 놓친 거야. 난 케이트 스위프트가 내게 말하려고 했던 뭔가를 놓쳤어." 그가 졸려 하며 중얼거렸다. 그리고는 잠이 들었고 와인즈버그 전체에서 그는 그 겨울밤에 마지막으로 잠든 사람이었다.

외로움

 그는 알 로빈슨 부인의 아들이었고 그 여자는 한때 와인즈버그의 동쪽에 그리고 읍 경계에서 2마일 밖에 있는 트러니언 파이크 길에서 빠져나온 갓길에 농장을 갖고 있었다. 농가는 갈색으로 칠해져 있었고 길 쪽을 보는 창문들의 블라인드는 전부 닫혀 있었다. 집 앞길에는 뿔닭 암컷 두 마리가 데리고 다니는 병아리 떼가 두껍게 쌓인 흙먼지 속에 누워 있었다. 이너크는 그 당시에 어머니와 함께 이 집에 살았고 어린 소년일 때는 와인즈버그 고등학교에 다녔다. 나이든 주민들은 그를 과묵하고 조용하며 잘 웃는 청년으로 기억했다. 읍내로 들어올 때 그는 길 한복판으로 걸었고 가끔은 책을 읽었다. 마부들은 그가 자신이 어디에 있는지 깨닫고 큰길에서 나오게 해서 마차가 지나가도록 소리 지르고 욕을 해야만 했다.

 스물한 살이었을 때 이너크는 뉴욕시로 가서 도시 사람으로 십오 년을 살았다. 그는 프랑스어를 공부했고 그림 그리는 능력을 계발하기를 희망하며 미술학교에 들어갔다. 마음속에서 그는 파리로 가서 그곳의 거장들 틈에서 미술 교육을 마치려고 계획했었는데 그 일은 일어나지 않았다.

 이너크 로빈슨에게는 아무것도 일어나지 않았다. 그는 그림을 아주 잘 그렸을 거고 화가의 붓을 통해 표현될 희한하고도 섬세한 생각들이 머릿속에 많이 숨어 있었지만, 그는 항상 어린아이였고 그것이 세속적인 발전에 장애가 되었다. 그는 결코 성장하지 못했고 당연히 사람들을 이해할 수 없었고 사람들이 그를 이해하도록 만들 수도 없었다. 그의 안에 있는 어린아이는 사물들에, 돈 그리고 섹스 그리고 의견들과 같은 실제적 일들에 계속 부딪혔다. 언젠가는 그는 전차에 치어 내동댕이쳐져 쇠기둥에 부딪힌 적이 있다. 이 일로 그는 절름발이가 되었다. 이것이 이너크 로빈슨이 계속 아무것도 이루지 못하게 막는 여러 가지 일 중의 하나였다.

뉴욕에 처음 살러 가서 인생의 여러 사실들에 의해 혼란스럽고 당황해지기 전에 이너크는 젊은 남자들과 많이 어울렸다. 그는 또 다른 남녀 예술가 그룹에 들어갔고 저녁때 그들은 가끔씩 그의 방으로 찾아오곤 했다. 한 번은 취해서 경찰서에 끌려간 적이 있는데 거기에서 경찰법정 판사에게 혼쭐이 나기도 했다. 또 한 번은 자기 셋집 앞 인도에서 만난 도시물 많이 먹은 여자와 연애를 하려고도 했다. 그 여자와 이너크는 세 블록을 같이 걸었고 그리고는 젊은 남자는 겁이 나서 달아났다. 여자는 술을 마시고 있었는데 이 사건이 그녀를 즐겁게 했다. 그녀는 어떤 건물의 벽에 기댔고 너무 실컷 웃어서 또 다른 남자가 걸음을 멈추고는 그녀와 같이 웃었다. 이 둘은 계속 웃으며 같이 사라졌고 이너크는 떨며 화난 채로 자기 방으로 기어들어 갔다.

젊은 로빈슨이 뉴욕에서 사는 방은 워싱턴 광장을 마주하고 있었고 마치 복도처럼 길고 좁았다. 이 사실을 마음에 잘 새겨 두는 게 중요하다. 이너크의 얘기는 사실 한 사람에 관한 이야기라기보다는 거의 한 방에 관한 이야기라고 할 수 있다.

그래서 저녁에 그 방으로 젊은 이너크의 친구들이 들어왔다. 떠벌리는 예술가들이라는 것을 제외하고는 이들에게 특별히 눈에 띠는 것은 없었다. 떠벌리는 예술가들이 어떤 사람인지는 모두가 알고 있지 않은가. 세상의 모든 알려진 역사를 통해 보건대 이들은 방에 모여 이야기했다. 그들은 예술에 대해 얘기했고 예술에 관해 열정적으로, 거의 열광적으로 진지했다. 그들은 예술이 실제보다 훨씬 더 중요하다고 생각했다.

그래서 이렇게 사람들이 모여들었고 담배를 피우고 얘기를 했고 와인즈버그 인근 농장에서 온 소년인 이너크 로빈슨도 거기 있었다. 그는 구석에 있었고 대개는 아무 말도 안 했다. 그의 크고도 푸른 어린아이 같은 눈이 주위를 얼마나 둘러봤었는지! 벽에는 그가 그린 그림이 걸려 있었는데 반쯤만 완성된 투박한 그림들이었다. 그의 친구들은 이 그림들에 대해 얘기했다. 의자에 기대앉아 그들은 얘기했고 머리를 이리저리 흔들며 얘기했다. 선(線)과 가치와 구성에 대해 많은 말들이 오갔는데 늘 그럴 때 하는 그런 말들이었다.

이너크도 말하고 싶었지만 어떻게 말해야 할지를 몰랐다. 그는 너무 흥분해서 조리 있게 말할 수 없었다. 그렇게 시도할 때 그는 침 튀기며 말했고 더듬었으며 목소리는 자기가 들어도 낯설고 찍찍거렸다. 그것이 그가 하는 말을 중단하게 했다. 그는 자기가 말하고자 했던 게 무언지 알았지만 또한 자신이 절대로 그것을 말할 수 없다는 것도 알고 있었다. 그의 그림 하나가 토론에 오르자 그는 이런 식으로 뭔가를 폭발하듯 말하고 싶었다. "당신들은 요점을 놓친 거요."

그는 이렇게 설명하고 싶었다. "당신들이 보는 그림은 당신들이 보고 말하는 그런 사물들로 이루어진 게 아니요. 뭔가 다른 게 있는데 당신들이 전혀 볼 수 없는 뭔가, 당신들이 보도록 되어 있지 않은 뭔가가 있단 말이요. 여기 이걸 봐요, 여기 문 가 쪽에, 창문에서 들어온 빛이 떨어지는 곳 말이요. 당신들이 아마 전혀 주목하지 못할 길가의 검은 반점은, 봐요, 모든 것의 시작이요. 거기엔 오하이오 주 와인즈버그에 있는 내 고향집 앞길 가에서 자라곤 했던 것과 같은 딱총나무의 덤불이 있고, 그 딱총나무들 사이에 뭔가 숨어 있는 게 있죠. 그건 여자예요, 그렇다고요. 그 여자는 말에서 떨어졌고 말은 달아나 시야에서 사라졌죠. 짐마차 몰고 가는 노인네가 얼마나 주위를 근심스레 쳐다보는지 당신은 모르겠어요? 그건 길 저 위에 농장을 갖고 있는 쌔드 그레이백이에요. 그 사람은 컴스탁네 방앗간에서 빻아서 먹으려고 옥수수를 와인즈버그로 가져 오고 있죠. 그는 딱총나무들 속에 뭔가 있다는 걸 알고 있어요, 뭔가 숨어 있다는 것을. 하지만 그는 확실히 알지는 못하죠.

"당신들이 보고 있는 건 여자요, 그건 여자라고. 그건 여자이고, 오, 그녀는 사랑스러워요! 그녀는 다쳤고 고통받고 있는데 아무런 소리도 내지 않고 있어요. 왜 그런지 모르겠어요? 그녀는 아주 조용히 누워 있어요, 창백하고 조용히. 그리고 아름다움은 그녀로부터 나와 모든 것 위에 퍼졌죠. 아름다움은 저기 뒤쪽 하늘에 있고 또 모든 곳 주위에 있어요. 난 물론 그 여자를 그리려고 했던 건 아니에요. 그 여자는 내가 그리기에는 너무 아름다워요. 구성과 그런 것들에 대해 말로 한다는 게 얼마나 지루한 일인가요. 당신들은 왜 내가 저 아래 오하이오 주 와인즈버그에서 소년이었을 때 그러곤 했던 것처럼 하늘을 바라보다가는 도망치지 않는 거죠?"

이것이 젊은 이너크 로빈슨이 뉴욕에 살던 젊은이였을 때 자기 방에 들어왔던 손님들에게 떨면서 말하려고 했던 그런 것인데 그는 늘 아무것도 말하지 않고 끝냈다. 그러다가 그는 자기 자신의 마음을 의심하기 시작했다. 그는 자기가 느끼는 것들이 자신이 그리는 그림에 표현되지 않고 있다고 생각했다. 거의 분개한 기분이 되어 그는 사람들을 자기 방으로 초대하지 않게 되었고 곧 문을 잠그는 습관이 생겼다. 그는 충분히 많은 사람들이 자기 방을 방문했었고 이제는 더 이상 사람들이 필요 없다고 생각하기 시작했다. 재빠른 상상력으로 그는 자기가 정말로 말할 수 있고, 살아 있는 사람들에게는 설명할 수 없었던 것들을 설명할 수 있는 자기 자신의 사람들을 만들어 내기 시작했다. 그의 방은 남자와 여자들의 귀신이 살기 시작했고 이들 사이에서 그는 자기 차례가 되면 말을 하며 지냈다. 이건 마치 이너크 로빈슨이 지금껏 봐왔던 모든 사람들이 그에게 그 자신의 어떤 본질을 남겨 놓은 것 같았다. 그가 자신의 상상에 맞게 빚어내고 바꿀 수 있는 어떤 것을, 그림 속 딱총나무 뒤의 다친 여인과 같은 그런 모든 것들을 이해하는 뭔가를 남겨 놓은 것 같았다.

그 얌전하고 눈이 파란 어린 오하이오 소년은 모든 아이들이 그렇듯 완전히 자기본위의 사람이었다. 어린 아이는 친구를 원하지 않는다는 그런 아주 단순한 이유로 그는 친구들을 원하지 않았다. 그는 무엇보다도 자기 마음속의 사람들, 자신이 정말로 말할 수 있는 사람들, 자신이 매 시간마다 장광설을 떠벌이고 나무랄 수도 있는,

말하자면 그의 상상력의 하인인 사람들을 원했다. 이런 사람들 사이에서 그는 언제나 자신감에 차 있었고 대담했다. 확실히 그들은 말을 하고 심지어는 자기 자신들의 의견을 가질 수도 있었으나 항상 마지막까지 말하고 가장 잘 말하는 사람은 그였다. 그는 자신의 머리에서 나온 인물들 사이에서 분주한 작가와도 같았고 뉴욕시의 워싱턴 광장을 마주보는 월세 6달러짜리 방 안에서 푸른 눈의 꼬마 왕 같았다.

그러다가 이너크 로빈슨은 결혼했다. 그는 외로워지기 시작했고 실제로 살과 뼈를 가진 사람들을 자신의 손으로 만지고 싶어 하기 시작했다. 자기 방이 텅 비어 보이는 날이 여러 날 지났다. 욕정이 그의 육신에 찾아왔고 욕망이 그의 마음속에서 자라났다. 밤이면 안에서 타는 낯선 열병이 그를 깨어 있게 했다. 그는 미술학교에서 옆 의자에 앉아 있던 소녀와 결혼했고 브룩클린에 있는 아파트에 들어가 살게 되었다. 결혼한 여자에게 두 아이가 태어났고 이너크는 광고 삽화를 그리는 회사에 취직했다.

이것이 이너크의 인생에서 새로운 국면의 시작이었다. 그는 새로운 게임을 하기 시작했다. 한동안 그는 세계의 시민을 생산해 내는 자신의 역할이 무척 자랑스러웠다. 그는 사물의 본질을 깨끗이 잊어버리고 현실의 것들과 놀았다. 가을에 그는 어느 선거에서 투표했고 매일 아침에 현관에 신문이 던져져 배달되도록 했다. 저녁에 일이 끝나 집에 올 때 그는 전차에서 내려 무척 착실하고 중요한 인물로 보이려고 애쓰면서 어떤 사업가의 뒤에서 조용히 길을 걸었다. 납세자로서 그는 일들이 어떻게 되어 가는 지에 관해 자신의 의견을 알려

외로움 183

야겠다고 생각했다. "난 주와 도시와 그런 모든 것 중에서 중요인물이, 꼭 있어야 하는 인물이 되어 가고 있어." 그는 나름의 자부심에 즐거워하며 중얼거렸다. 언젠가 한 번은 필라델피아에서 집으로 돌아오다가 그는 기차에서 만난 어떤 사람과 토론을 했다. 이너크는 정부가 철도를 소유하고 운영하는 것이 바람직하다고 말했고 그 남자는 그에게 시가를 하나 줬다. 정부 쪽에서 그렇게 조처하는 게 좋다는 게 이너크의 생각이었고 그는 말하면서 몹시 흥분하였다. 나중에 그는 자신이 한 말을 즐거운 마음으로 기억해 냈다. "난 그 친구에게 뭔가 생각할 것을 줬어." 자기의 브룩클린 아파트 계단을 올라가며 그가 혼자 중얼거렸다.

이너크의 결혼은 물론 성공하지 못했다. 그 스스로가 결혼을 끝장내 버렸다. 그는 아파트 생활에 질식할 것 같았고 삶이 벽에 둘러싸여 있다고 생각했고, 아내와 심지어는 자식에 대해서도 한때 그를 만나러 왔었던 친구들에게 느꼈었던 것처럼 느끼기 시작했다. 그는 밤에 거리를 홀로 걸을 자유를 누리기 위해 사업상 약속이 있다고 자잘한 거짓말을 하기 시작했고 기회가 생기자 은밀히 워싱턴 광장을 마주보는 방을 다시 세냈다. 그때 알 로빈슨 부인이 와인즈버그 근처의 농장에서 죽었고 그는 그녀 재산의 수탁인 역할을 하는 은행에서 팔천 달러를 받았다. 이것이 이너크를 사람들이 사는 세상에서 완전히 떠나게 만들었다. 그는 돈을 아내에게 주고 자신은 더 이상 아파트에 살 수 없다고 아내에게 말했다. 그녀는 소리 질렀고 화를 냈고 협박을 했지만 그는 그저 물끄러미 아내를 쳐다보고는 자기 방식대로 했다. 사실 아내는 이 일에 별로 신경 쓰지도 않았다. 그녀는 이너크가 조금 미쳤다고 생각했고 그가 두려웠다. 그가 돌아오지 않을 것이 아주 확실해졌을 때 그녀는 두 아이를 데리고 자기가 소녀시절에 살았던 커네티컷의 어느 마을로 갔다. 결국 그 여자는 어느 부동산업자와 결혼했고 충분히 만족했다.

그래서 이너크 로빈슨은 뉴욕의 방 안에서 자기 상상으로 만든 사람들 사이에서 그들과 놀며, 그들에게 얘기하며 마치 어린애처럼 행복하게 살았다. 이너크가 만들어 낸 사람들은 기묘한 사람들이었다. 내가 추측하기에 이들은 그가 봤었고 어떤 알려지지 않은 이유로 그가 마음에 끌렸던 실제의 사람들에서 만들어졌다. 손에 칼을 든 여자가 있었고, 개를 데리고 여기저기 다니는 길고 흰 턱수염의 노인도 있었고, 양말이 언제나 흘러내려 신발 위에 걸쳐 있는 어린 소녀도 있었다. 이너크 로빈슨의 아이 같은 마음에 의해 만들어졌고, 방에서 그와 함께 사는 그림자 사람들이 두 다스는 있었음에 틀림없다.

그리고 이너크는 행복했다. 그는 방 안으로 들어가 문을 잠갔다. 터무니없을 정도로 거물인 양 하며 그는 큰 소리로 말했고 지시하고 인생에 대해 언급했다. 그는 행복했고 어떤 일이 일어나기 전까지 광고업계에서 생계를 계속 유지하는 데에 만족했다. 물론 어떤 일이 일어났다. 이것이 그가 와인즈버그에 돌아와 살게 되고 우리가 그에 대해 알게 된 이유이다. 일어난 일은 여자였다. 그런 식으로 되는 얘기였다. 그는 너무 행복했다. 뭔가가 그의 세계에 들어와야만 했다. 뭔가가 그를 뉴욕에 있는 방에서 몰아내어 그의 삶을 살아 내게 만들어야 했다. 그래서 이 눈에 띠지 않고 움찔하는 체구가 작은 사람이

외로움 185

해가 웨슬리 모이어의 마차대여소 지붕 뒤로 넘어가는 저녁때면 어떤 오하이오 마을의 거리를 고개를 까닥이며 오르내리게 된 것이다.

그 일어난 일에 대해 말해보자. 이너크는 조지 윌러드에게 어느 날 밤 그 일에 대해 말했다. 그는 누군가에게 말하고 싶었고 젊은 신문기자를 택했는데 그건 우연히 그 젊은이가 이해 할 수 있을 기분일 때 이 둘이 같이 있었기 때문이다.

젊은 시절의 슬픔, 젊은이의 슬픔, 한 해가 저물어 갈 때 마을에서 커가고 있는 소년이 느끼는 슬픔이 그 늙은이의 입을 열었다. 그 슬픔은 조지 윌러드의 마음속에 있었고 아무 의미도 없었지만 그것이 이너크 로빈슨의 마음을 끌었다.

이 둘이 만나 얘기하던 저녁에 비가 내렸다. 축축한 시월의 보슬비였다. 때는 수확 철이었고, 하늘엔 달이 떠 있었고 공기는 바삭하여 날카로운 서리가 내릴 기운이라 멋진 밤이어야 했는데 그렇지 않았다. 비가 왔고 작은 물웅덩이들이 메인 스트리트의 가로등 아래에서 빛났다. 페어그라운드 너머 어둠에 잠겨 있는 숲에서는 시커먼 나무에서 물이 뚝뚝 떨어졌다. 나무 아래에는 땅에서 튀어나온 나무뿌리에 젖은 잎이 들러붙어 있었다. 와인즈버그에 있는 집들의 뒤쪽 정원에는 마르고 쭈그러든 감자 덩굴이 땅 위에 퍼져 누워 있었다. 사람들은 저녁 식사를 마치고 윗동네로 가서 가게 뒤쪽에서 다른 사람들과 얘기하며 저녁을 보내려고 계획을 세웠다가 마음을 바꿨다. 조지 윌러드는 빗속에 돌아다녔고 비가 오는 게 기뻤다. 그는 그렇게 느꼈다. 그는 자기 방에서 나와 거리를 혼자 돌아다니던 저녁때의 그 노인네 이너크 로빈슨 같았다. 단지 조지 윌러드가 키 큰 젊은이가 되었다는 것이고 울면서 계속 지내는 건 사내답지 못하다고 생각했다는 점에서만 달랐다. 한 달 동안 어머니가 무척 편찮았고 그것이 그의 슬픔과 관련이 있기는 했지만 크게 관련이 있는 건 아니었다. 그는 자신에 대해 생각했고 그것이 젊은이에게 늘 슬픔을 가져왔다.

이너크 로빈슨과 조지 윌러드는 와인즈버그의 중앙로에서 막 벗어난 모미 스트리트에 있는 보이트의 마차 가게 앞 인도 위로 드리운 나무 차양 밑에서 만났다. 이들은 거기에서부터 비에 씻긴 거리를 지나 헤프너 블록 거리의 삼층에 있는 이 나이 많은 남자의 방으로 갔다. 젊은 기자는 아주 기꺼이 갔다. 이너크 로빈슨은 둘이 말하기 시작한지 십 분이 지나자 같이 가자고 했다. 소년은 조금 두려웠지만 살아오면서 이보다 더 호기심을 느낀 적은 없었다. 그는 이 늙은 사람이 머리가 조금 돌았다고 사람들이 말하는 것을 백 번이나 들었었고 자신이 어쨌든 가기로 한 것에 대해 용감하고 남자답다고 생각했다. 비 내리는 거리에서 아주 처음부터 괴상하게 노인은 워싱턴 광장에 있었던 그의 방과 그 방에서의 자신의 삶을 이야기하려고 애쓰며 얘기했다. "네가 충분히 노력하면 이해할 수 있을 거야." 그가 결론내리며 말했다. "난 거리에서 네가 날 지나쳐 갈 때 널 보았고 네가 이해할 수 있을 거라고 생각했지. 그건 어려운 일은 아니야. 넌 그저 내가 말하는 걸 믿기만 하면 돼. 그저 듣고 믿는 거, 그게 전부야."

그날 밤 열한 시가 지나서야 늙은 이너크는 헤프너 블록 거리에 있는 그의 방에서 조지 윌러드에게 이야기의 핵심인 그 여자에 관한 이야기와 무엇이 그를 도시에서 몰아내어 와인즈버그에서 홀로 패배자의 삶을 살게 만들었는지에 관한 이야기를 하게 되었다. 그는 손으로 머리를 감싸고 창가의 간이침대에 앉아 있었고 조지 윌러드는 탁자 옆의 의자에 앉아 있었다. 석유램프가 탁자 위에 놓여 있었고 방은 거의 가구가 없었지만 깔끔하게 깨끗했다. 남자가 말을 하자 조지 윌러드는 의자에서 내려와 자신도 간이침대에 앉고 싶다고 느끼기 시작했다. 그는 이 작고 늙은 남자를 팔로 두르고 싶었다. 어슴푸레한 곳에서 남자는 말했고 소년은 들었다, 슬픔으로 가득차서.

"여러 해 동안 아무도 들어 온 적이 없었던 그 방에 그 여자가 들어왔지." 이너크 로빈슨이 말했다. "그녀는 나를 집의 복도에서 봤고 우리는 친해졌어. 난 그 여자가 자기 방에서 뭘 했는지 잘 몰라. 난 거기 간 적이 없거든. 내 생각에 그 여자는 음악가였고 바이올린을 켰어. 이따금 그 여자가 와서 문을 두드렸고 난 문을 열었지. 그녀는 안에 들어 와 내 곁에 앉았는데 그냥 앉아서 주위를 둘러봤고 아무 말도 하지 않았지. 어쨌든 그 여자는 중요한 건 하나도 말하지 않았어."

노인은 간이침대에서 일어나 방 안을 서성였다. 그가 입고 있는 외투는 비에 젖었고 물방울이 부드럽고 작게 탁탁 소리를 내며 계속 바닥에 떨어지고 있었다. 그가 다시 간이침대에 앉자 조지 윌러드는 의자에서 내려와 그의 곁에 앉았다.

"난 그 여자에 대해 뭔가 느낌이 있었어. 그 여자는 나와 같이 저쪽 방에 앉았는데 그 여자는 그 방에 있기에는 너무 컸어. 난 그 여자가 다른 모든 것들을 몰아내 버리고 있다고 느꼈어. 우리는 그냥 소소한 일들에 대해 얘기했지만 난 가만히 앉아 있을 수 없었어. 난 내 손가락으로 그녀를 만지고 싶었고 키스하고 싶었어. 그녀의 손은 너무 셌고 그녀의 얼굴은 너무 멋졌고 그녀는 내내 날 쳐다보고 있었지."

노인의 떨리는 목소리가 잠잠해졌고 그의 몸은 마치 오한이 난 듯 떨렸다. "난 두려웠어." 그가 속삭였다. "난 끔찍하게 두려웠어. 난 그 여자가 문을 두드릴 때 그녀를 들어오게 하고 싶지 않았지만 가만히 앉아 있을 수도 없었어. '안 돼, 안 돼.' 난 내 자신에게 말했지만 어쨌든 일어나 문을 열었어. 그녀는 너무 성숙했어, 알아? 그녀는 여인이었어. 난 그 여자가 그 방에서 나보다 더 큰 것 같다고 생각했지."

이너크 로빈슨은 조지 윌러드를 응시했고 그의 어린애 같은 푸른 눈이 등불을 받아 반짝였다. 그가 다시 몸을 떨었다. "난 그 여자를 원했고, 그러면서도 내내 그 여자를 원하지 않았어." 그가 설명했다. "그러다가 난 그 여자에게 내가 만들어 낸 사람들에 관해, 그리고 내게 조금이라도 의미가 있는 모든 것들에 대해 말하기 시작했어. 난 조용히 있으려고 했고 평정을 잃지 않으려고 했지만 그럴 수 없었어. 난 문 열 때 느꼈던 것과 똑 같이 느꼈어. 가끔은 난 그녀를 정말로 떠나게 하고 다시는 못 돌아오게 하고 싶었어."

노인이 벌떡 일어났고 그의 목소리가 흥분으로 떨렸다. "어느 날 밤 뭔가가 일어났지. 난 그녀가 날 이해하도록 만들려고, 그리고 내가 그 방에서 얼마나 큰 존재인지 알게 하려고 거의 미칠 지경이었어. 난 그녀가 내가 얼마나 중요한 사람인가를 알게 해 주고 싶었지. 난 그 여자에게 자꾸만 얘기했어. 그 여자가 나가려고 할 때 난 뛰어가서 문을 잠갔어. 난 그 여자를 여기저기 따라다녔어. 난 말했고 또 말했고 그러다가 갑자기 사물들이 박살이 났지. 어떤 표정이 그

외로움 189

녀의 눈에 나타났고 난 그 여자가 이해했다는 걸 알았어. 아마 그 여자는 그동안 내내 이해했었을 거야. 난 격노했어. 난 참을 수 없었어. 난 그 여자가 이해하기를 원했지만, 너도 알다시피 난 그녀를 이해시킬 수 없었어. 그때 난 그 여자가 모든 것을 다 알게 되리라고, 내가 물에 빠져 가라앉을 것이라고 느꼈어. 그게 일어난 일이야. 나도 왜 그런지 모르겠어."

늙은이는 등불 옆 의자에 털썩 주저앉았고 소년은 경외감에 가득 차 귀 기울였다. "가라, 꼬마야." 그 남자가 말했다. "여기서 나랑 더 이상 같이 있지 마. 난 너한테 말하는 건 좋은 일일지도 모른다고 생각했지만 사실은 아니야. 난 더 이상 말하고 싶지 않구나. 가라."

조지 윌러드는 머리를 가로저었고 그의 목소리가 명령조 어투가 되었다. "지금 멈추지 마세요. 나머지 얘기를 저한테 하세요." 그가 날카롭게 명령했다. "무슨 일이 일어났던 거예요? 나머지 얘기를 저한테 해 주세요."

이너크 로빈슨은 벌떡 일어나 인적이 끊긴 와인즈버그의 중앙로를 내려다보는 창으로 뛰어갔다. 조지 윌러드가 따라갔다. 창가에 키 크고 어색해 하는 소년-어른과 작고 주름투성이의 어른-소년 둘이 서 있었다. 어린애 같고 진지한 목소리가 이야기를 이었다. "난 그 여자에게 욕을 해댔어." 그가 설명했다. "난 야비한 말들을 했어. 난 그 여자에게 꺼지고 다시는 돌아오지 말라고 명령했어. 아, 난 끔찍한 것들을 말했어. 처음에 그 여자는 이해하지 못하는 척했지만 난 계속했어. 난 비명 질렀고 바닥에 발을 쾅쾅 굴렀어. 난 집 안이 내 저주로 울려 퍼지게 만들었지. 난 다시는 그녀를 보고 싶지 않았고 몇 가지 얘기를 하고 난 다음에 내가 다시는 그녀를 보게 되지 않을 거라는 걸 알았지."

늙은 남자의 목소리가 메었고 그는 머리를 가로저었다. "모든 것이 박살났어." 그가 조용하게 그리고 슬프게 말했다. "그녀가 문을 통해 밖으로 나갔고 그 방에 있었던 모든 생명들도 그 여자를 따라 밖으로 나갔어. 그 여자가 내 사람들을 다 데려갔어. 그들은 모두 그 여자를 따라 문을 지나 밖으로 나갔다고. 일이 그렇게 된 거야."

조지 윌러드는 몸을 돌려 이너크 로빈슨의 방에서 나갔다. 문을 통해 나갈 때 그는 창가의 어둠 속에서 그 가느다란 늙은 목소리가 훌쩍이며 하소연하는 소리를 들을 수 있었다. "난 혼자야, 여기에서 완전히 혼자야." 그 목소리가 말했다. "내 방에 있으면 따뜻하고 정겨웠지만 이제 난 완전히 혼자야."

깨달음

벨 카펜터는 피부가 까무잡잡했고 회색 눈과 두꺼운 입술을 하고 있었다. 그녀는 키가 크고 힘이 셌다. 악한 생각이 들 때 그녀는 화를 냈고 자신이 남자여서 주먹으로 누군가와 싸울 수 있기를 원했다. 그녀는 케이트 맥휴 부인이 하는 숙녀용 모자가게에서 일했고 낮에는 가게 뒤쪽의 창가에서 모자를 손질하며 앉아 있었다. 그녀는 와인즈버그 제일 국립은행의 부기 계원인 헨리 카펜터의 딸이었고 아버지와 함께 저 멀리 벅아이 거리 제일 끝에 있는 우중충한 낡은 집에 살았다. 집은 소나무에 둘러싸여 있었고 나무들 아래에는 풀이 없었다. 녹슨 양철 처마 홈통이 집 뒤쪽의 고정틀에서 풀려 있었고 바람이 불면 이것이 작은 헛간의 지붕을 때리며 어떤 때는 밤새도록 끈질기게 계속되는 처량한 북소리를 만들어 냈다.

헨리 카펜터는 벨이 어린 소녀였을 때 인생을 거의 참을 수 없게 만들었으나 그녀가 소녀 시절에서 여인으로 접어들면서 딸에 대한 지배를 상실했다. 이 부기 계원의 삶은 셀 수 없이 많은 소소한 일들로 이루어져 있었다. 아침에 은행에 출근하면 그는 옷장 안으로 걸어 들어가 오래 되어 남루해진 검은 알파카 외투를 입었다. 밤에 집에 돌아오면 그는 또 다른 검은 알파카 외투를 입었다. 매일 밤 그는 밖에서 입었던 옷을 눌러 폈다. 그는 이 목적을 위해서 널빤지를 이용하는 법을 생각해 냈다. 외출 양복의 바지를 널빤지 사이에 넣었고 널빤지들은 묵직한 나사로 한데 조여졌다. 아침이면 그는 축축한 천으로 널빤지를 닦아 식당 문 뒤에 똑바로 세워 놓았다. 만약 누군가가 낮 동안 널빤지들을 옮기면 그는 화가 나서 말문이 막혔고 일주일 동안은 마음의 평정을 회복하지 못했다.

은행 부기 계원은 체구가 작고 사람들을 못살게 굴었지만 딸은 무서워했다. 그는 자기가 그녀의 어머니를 짐승처럼 다뤘다는 것을 딸이 알았고 그 때문에 자신을 증오한다는 것을 깨달았다. 어느 날 그녀는 정오에 집에 가면서 길에서 집어 온 부드러운 진흙을 한 줌 집안으로 가지고 들어왔다. 진흙으로 그녀는 바지 눌러 펴는 데 쓰는 널빤지의 앞면을 쳐 발랐고 그리고는 마음이 편안하고 행복해져서 일하러 돌아갔다.

벨 카펜터는 가끔 밤에 조지 윌러드와 데이트했다. 남모르게 그녀는 또 다른 남자를 사랑했는데 아무도 모르고 있는 그녀의 사랑은 그녀에게 큰 걱정거리였다. 그녀는 에드 그리피쓰네 술집의 바텐더인 에드 핸드비와 사랑하는 사이였고 젊은 기자와는 그녀가 느끼는 감정을 해소하는 수단으로 같이 돌아다녔다. 그녀는 인생에서의 자신의 위치가 그 바텐더와 같이 있는 것을 남들 눈에 띄게 하면서도 한편으로는 조지 윌러드와 나무 아래를 여기저기 걷다가 그녀의 천성에 아주 집요하게 자리 잡고 있는 어떤 갈망을 달래기 위해 그에게 키스를 허락하는 그런 일을 하지는 않을 것이라고 생각했다. 그녀는 그 젊은이를 자신이 제어할 수 있다고 느꼈다. 에드 핸드비에 관해서는 확신할 수 없었다.

깨달음 193

바텐더 핸드비는 키가 크고 어깨가 넓은 서른 살 된 남자이고 그리피쓰네 술집 이층에 있는 방에 살았다. 그는 주먹이 컸고 눈은 남달리 작았는데 목소리는 마치 자신의 주먹 뒤에 있는 힘을 감추려고 애쓰는 것처럼 부드럽고 조용했다.

스물다섯 살 때 바텐더는 인디애나에 있는 삼촌으로부터 큰 농장을 물려받았다. 이 농장은 팔려서 팔천 달러의 수입을 가져왔는데 이 돈을 에드는 여섯 달 만에 써 버렸다. 이어리 호수에 있는 샌더스키로 가서 그는 진탕 마셔 대는 한량 노릇을 시작했고 이 이야기는 나중에 그의 고향을 경외감으로 가득 채웠다. 여기저기 다니며 그는 돈을 뿌렸고 마차를 몰고 시내 거리를 다녔으며 남녀 무리들에게 와인 파티를 열고 큰 판돈 걸린 카드놀이도 하고 정부들을 뒀는데 그는 이들의 옷장을 사는 데 수백 달러를 썼다. 어느 날 밤 시다 포인트라고 불리는 휴양지에서 그는 싸움을 하게 되어 마치 길들지 않은 짐승처럼 미쳐 날뛰었다. 그는 주먹으로 호텔 세면장의 큰 거울을 깼고 나중에는 여기저기 다니며 창문을 깨고 무도장에 있는 의자를 부쉈는데, 유리가 바닥에서 덜그럭거리며 내는 소리를 듣는 즐거움과, 애인들과 휴양지에서 저녁을 보내려고 샌더스키에서 온 사무원들의 눈에 어린 공포를 보는 즐거움을 위해 그렇게 했다.

에드 핸드비와 벨 카펜터 사이의 연애는 표면적으로 볼 때 아무 결과도 낳지 못했다. 그는 그녀와 그저 하루 저녁만 함께 보내는데 성공했을 뿐이다. 그날 저녁 그는 웨슬리 모이어의 마차 대여소에서 말 한필이 끄는 사륜마차를 세내어 그녀를 태우고 드라이브 나갔다. 그녀가 자신의 천성이 요구하는 여자이고 그녀를 얻어야겠다는 확신이 들자 그는 여자에게 자신이 뭘 원하는지 말했다. 바텐더는 결혼해서 아내를 부양하기 위해 돈을 벌 준비가 되어 있었지만 성격이 너무 단순해서 자기 의도를 설명하기가 어렵다는 것을 알았다. 그의 몸은 육체적 갈망으로 쑤실 정도였고 몸으로 자기 자신을 표현했다. 여자모자 가게 점원을 팔에 안아 그녀가 발버둥 쳐도 꼭 껴안고 그는 그녀가 어찌할 수 없게 될 때까지 키스했다. 그러다가 남자는 그녀를 시내로 데려가고 마차에서 내리게 했다. "내가 너를 다시 안게 될 때 난 널 그냥 보내지 않을 거야. 넌 나랑 장난하는 게 아니야." 마차를 돌려 떠나며 그가 이렇게 외쳤다. 그리고는 마차에서 뛰어내려 힘센 손으로 그녀의 어깨를 꽉 쥐었다. "다음번엔 널 영원히 내 곁에 있게 할 거야." 그가 말했다. "너도 그렇게 되는 걸로 마음먹는 게 좋을 거야. 이 일은 너와 나 사이의 일이고 난 끝내기 전에 널 가질 거야."

일월 어느 날 밤 초승달이 떴을 때 에드 핸드비 마음에 그가 벨 카펜터를 차지하는 데에 있어 유일한 장애물인 조지 윌러드는 산책을 나갔다. 그날 저녁 일찍 조지는 세쓰 리치몬드, 그리고 동네 푸줏간 주인의 아들인 아트 윌슨과 함께 랜섬 서벡의 당구장으로 들어갔다. 세쓰 리치몬드는 등을 벽 쪽으로 하고 서서 말없이 있었지만 조지 윌러드는 이야기를 했다. 당구장은 와인즈버그의 청년들로 가득 찼고 이들은 여자들에 관해 얘기했다. 젊은 기자도 그 기분에 합류했다. 그는 여자들이 스스로 조심해야 한다며 처녀와 같이 데이트 나가는 남자는 일어나는 일에 책임지지 않는다고 말했다. 말하면서 그는 주목받고 싶어 하며 주위를 둘러봤다. 그는 오 분 동안 발언했

깨달음 195

고 그리고는 아트 윌슨이 말하기 시작했다. 아트는 칼 프루스의 가게에서 이발사 일을 배우고 있었고 벌써 자신을 야구, 경마, 음주, 그리고 여자들과 놀아나는 일과 같은 일들에 있어서 권위자라고 생각하기 시작했다. 그는 와인즈버그에서 온 남자 두 명과 함께 군청 소재지에 있는 창녀촌에 갔던 밤 얘기를 하기 시작했다. 푸줏간 주인의 아들은 입 옆쪽으로 시가를 물고 있었고 말하면서 바닥에 침을 뱉었다. "그곳 여자들은 아무리 애써 봐도 날 주눅 들게 할 수 없었어." 그가 자랑했다. "그 집에 있는 아가씨들 중 하나는 온지 얼마 안 된 것처럼 보이려고 했지만 날 속일 수는 없었지. 그 여자가 말하기 시작하자마자 난 가서 그 여자 무릎에 앉았어. 내가 그 여자한테 키스할 때 방안에 있는 모든 사람들이 웃었지. 난 그 여자에게 날 내버려두라고 혼내 줬지."

조지 윌러드는 당구장에서 나가 메인 스트리트로 갔다. 여러 날 동안 날씨는 북쪽으로 18마일 떨어져 있는 이어리 호에서 불어와 시내로 몰아치는 거센 바람으로 몹시 추웠는데 그날 밤은 바람이 가라앉았고 초승달이 밤을 유달리 아름답게 보이게 만들었다. 어디로 가고 있는지, 뭘 하고 싶은지 생각해 보지 않고 조지는 메인 스트리트에서 나와 판잣집이 즐비한 불빛 침침한 길을 걷기 시작했다.

바깥에 나와 별들이 가득한 어두운 하늘 아래 서자 그는 당구장에 있는 친구들을 잊었다. 어둡고 혼자였기 때문에 그는 큰 소리로 말하기 시작했다. 장난기로 그는 술 취한 사람을 흉내 내며 비틀비틀 걸었고 그러다가는 자기가 무릎까지 올라가는 광나는 군화를 신고, 걸어갈 때 짤랑 소리 내는 칼을 차고 있는 군인이라고 상상해 보았다. 군인으로서 그는 차려 자세로 서 있는 부하들의 긴 대열 앞을 통과해 가는 사열관으로 자신을 그려 보았다. 그는 부하들의 군장을 조사하기 시작했다. 나무 앞에 멈춰서 그는 혼내기 시작했다. "자네 배낭이 엉망이잖아." 그가 매섭게 말했다. "도대체 내가 몇 번을 말해야 되겠나? 여기서는 모든 게 질서가 있어야지. 우리 앞에 어려운 과업이 있고 질서 없이는 어떤 어려운 과업도 이룰 수 없는 거야."

자기 자신의 말에 최면이 걸려서 젊은이는 나무판자 깔린 인도를 비틀거리고 걸으며 더 많은 말을 했다. "군대엔 법이 있고 그건 남자들에게도 마찬가지야." 그가 생각에 잠겨 중얼거렸다. "법은 작은 것들로부터 시작하고 모든 것을 덮어 버릴 때까지 퍼져 나가지. 모든 작은 것들에도 질서가 있어야만 해. 사람들이 일하는 곳에서건, 그들의 옷이건, 그들의 생각이건 간에. 나 자신도 질서 있어야만 해. 난 그 법을 배워야 해. 난 마치 별처럼 밤새 이동하는 뭔가 질서 있고 큰 것과 접촉해야만 해. 내 나름의 소박한 방식으로 난 뭔가를 배우기 시작해야 하고, 인생과 함께, 법과 함께, 주고 뒤흔들고 일하는 것을 시작해야 해."

조지 윌러드는 가로등 가까이 말뚝 울타리 옆에서 멈췄고 몸이 떨리기 시작했다. 그는 지금 막 머리에 떠오른 것 같은 그런 생각을 예전에 결코 해본 적이 없었고 이런 생각들이 어디에서 왔는지 의아해 했다. 그의 밖에 있는 어떤 목소리가 자기가 걸어갈 때 말하고 있는 것 같다고 잠시 생각해 보았다. 그는 자기 마음에 놀라고 기뻤고 다시 계속 걸을 때 이 문제를 열에 들떠 말했다. "랜섬 서벡의 당구장에서 나와서 이런 일들을 생각하게 된 거야." 그가 속삭였다. "혼자 있는 게 낫지. 내가 아트 윌슨처럼 말한다면 애들은 나는 이해하겠지만 여기 이곳에서 내가 생각하고 있는 것은 이해할 수 없을 거야."

이십 년 전의 다른 모든 오하이오 주의 도시들처럼 와인즈버그에는 날품팔이 노동자들이 사는 구역이 있었다. 공장의 시대가 아직 오지 않았기 때문에 노동자들은 밭에서 일하거나 아니면 기찻길의 구역인부였다. 그들은 하루에 열두 시간씩 일했고 긴 하루 동안의 노고에 대해 1달러를 받았다. 그들이 사는 집은 뒤에 정원이 있는 작고 싸구려로 지어진 나무건물이었다. 이들 중 형편이 좀 나은 사람들은 소나 돼지를 키웠는데 정원 뒤의 작은 헛간을 우리로 삼았다.

생각으로 가득 차 머리가 울리는 조지 윌러드는 맑은 일월의 밤에 이런 거리로 접어들었다. 거리는 불이 어두웠고 그곳에는 인도가 없었다. 이 주위 장면들에는 이미 일깨워진 그의 환상을 흥분시키는 뭔가가 있었다. 일 년 동안 그는 틈날 때마다 열심히 책을 읽었고 이제는 중세 시대의 구세계 도시들에서 사람들이 어떻게 살았는지에 관해 그가 읽은 이야기가 마음에 또렷하게 되살아나서 그는 전생의 일부였던 장소를 다시 방문하는 사람이 느끼는 것과 같은 묘한 감정으로 비틀거리며 앞으로 걸어갔다. 충동적으로 그는 방향을 돌려 거리에서 벗어 나와 소와 돼지가 살고 있는 헛간 뒤쪽의 작고 어두운 골목으로 들어갔다.

반시간 동안 그는 골목에 서서 우리에 너무 부대끼게 넣어진 동물들의 진한 냄새를 맡으며 마음에 떠오른 낯설고 새로운 생각에 잠겼다. 맑고 감미로운 공기 속의 고약한 거름 냄새가 그의 머릿속에 있는 뭔가 들떠 있는 것을 일깨웠다. 석유등불로 불 밝히는 가난하고 작은 집들, 굴뚝에서 나와 맑은 대기 속으로 곧바로 위로 올라가는 연기, 돼지들의 꿀꿀거리는 소리, 값싼 옥양목 천 옷을 입고 부엌에서 접시를 닦는 여자들, 집에서 나와 가게와 메인 스트리트의 술집으로 가는 남자들의 발자국 소리, 그리고 짖어 대는 개들과 우는 아이들, 이 모든 것들이 어둠 속에 숨어 있는 그를 모든 삶으로부터 기묘하게 분리되어 떨어져 나온 모습으로 보이게 했다.

이 흥분한 젊은이는 생각의 무게를 감당해내지 못하고 골목을 따라 조심스럽게 움직이기 시작했다. 개 한 마리가 달려들어서 돌을 던져 쫓아내야 했고 웬 남자가 어느 집 문에 나타나 개에게 욕을 퍼부었다. 조지는 공터로 들어가 머리를 젖혀 하늘을 올려다보았다. 그는 자신이 통과하고 있는 그 단순한 경험에 의해 말로 표현할 수 없이 커지고 다시 태어난 것처럼 느꼈고 감정이 뜨거워지자 머리 위로 손을 들어 어둠 속으로 뻗치며 중얼거렸다. 말을 하고 싶은 욕망이 그를 압도했고 그는 의미 없는 말들을 혀에서 굴리면서 말했는데 그건 이 말들이 멋지고 의미로 가득 찬 말이었기 때문이었다. '죽음, 밤, 바다, 두려움, 사랑스러움.' 그가 중얼거렸다.

조지 윌러드는 공터에서 나와 집들이 마주보이는 인도 위에 다시 섰다. 그는 이 작은 거리의 모든 사람들이 자기의 형제자매임에 틀림없다고 느꼈고 이들을 집 밖으로 불러내서 악수하고 싶은 용기가 있기를 바랐다. "여기에 여자 하나만 있다면 난 그녀의 손을 잡고 우리는 둘 다 완전히 지칠 때까지 뛰어다닐 거야." 그는 생각했다. "그러면 내 기분이 좋아질 거야." 여자에 대한 생각을 하면서 그는 거리에서 빠져 나와 벨 카펜터가 사는 집으로 향했다. 그녀가 자신의 기분을 이해할 것이고 자신이 얻으려고 오랫동안 원해 왔던 어떤 입장을 그녀가 있는 자리에서 얻을 수 있을 것이라고 그는 생각했다. 과거에 그녀와 함께 있었고 그녀의 입술에 키스했을 때 그는 자신에 대한 분노로 가득 차 헤어졌었다. 그는 마치 어떤 불분명한 목적을 위해 이용되어서 감정을 즐기지 못하는 그런 사람인 것처럼 느꼈었다. 이제 그는 자신이 이렇게 이용되기에는 갑자기 너무 커졌다고 생각했다.

조지가 벨 카펜터의 집에 도착했을 때 그보다 앞서 온 방문객이 있었다. 에드 핸드비가 문으로 와서 벨을 집 밖으로 나오게 부르며 그녀에게 말하려 했었다. 그는 그 여자에게 자기와 같이 떠나서 자기 아내가 되어 달라고 하고 싶었지만 그녀가 나와서 문 가에 서자 자신감을 잃고 시무룩해졌다. "너 저 꼬마 놈이랑 만나지 마." 그가 조지 윌러드를 떠올리며 으르렁거렸고 그리고는 무슨 말을 또 해야 할지 몰라서 떠나려고 몸을 돌렸다. "너네 둘이 같이 있는 걸 보게 되면 둘 다 뼈를 부러뜨려 놓을 거야." 그가 덧붙였다. 바텐더는 협박하러 온 게 아니라 구애하러 왔었지만 이렇게 실패했기 때문에 자기 자신에게 화가 났다.

애인이 가 버리자 벨은 집안으로 들어가 서둘러 이층으로 뛰어갔다. 집 위쪽 창문으로부터 그녀는 에드 핸드비가 길을 건너가 이웃집 앞에 있는 말 발판에 앉는 것을 보았다. 침침한 불빛 속에서 남자는 머리를 손으로 감싼 채 움직이지 않고 앉아 있었다. 그녀는 이 광경에 행복해졌고 조지 윌러드가 문으로 오자 그녀는 애정이 넘치게 그를 반겼고 서둘러 모자를 썼다. 그녀는 젊은 윌러드와 거리를 걸어 내려가면서 에드 핸드비가 따라오면 대가를 치르게 해 주고 싶다고 생각했다.

한 시간 동안 벨 카펜터와 젊은 기자는 달콤한 밤공기 속에서 나무 아래를 여기저기 걸었다. 조지 윌러드는 거창한 말들을 잔뜩 했다. 골목길 어둠 속에 한 시간 동안 있을 때 자기에게 생겨났던 힘을 그는 아직도 인식하고 있었고 뽐내며 팔을 여기저기 휘두르면서 대담하게 말했다. 그는 자신이 그전에 마음이 약했다는 것을 스스로 알고 있고 자신이 변했다는 것을 벨 카펜터가 이해하도록 만들고 싶었다. "넌 내가 달라졌다는 걸 알게 될 거야." 그가 손을 주머니에 찔러 넣으며 그녀의 눈 속을 대담하게 쳐다보면서 외쳤다. "왜 그런지는 모르지만 그렇게 된 거야. 넌 나를 남자로 생각하든지 아니면 날 그냥 내버려 둬. 그런 얘기라고."

그 여자와 청년은 초승달 아래 조용한 거리를 여기저기 걸었다. 조지가 말을 마쳤을 때 그들은 옆길로 내려가 다리를 건너서 언덕의 옆면으로 올라가는 길에 들어섰다. 언덕은 워터웍스 연못에서 시작하여 위로 와인즈버그 페어그라운드까지 이어졌다. 언덕 비탈에는 촘촘한 덤불과 작은 나무들이 자라고 있었고 덤불 사이에 작고 트인 빈터가 있는데 지금은 뻣뻣해지고 얼어붙은 긴 풀이 깔려 있었다.

여자 뒤에서 언덕을 걸어 올라갈 때 조지 윌러드의 심장은 빠르게 박동치기 시작했고 그는 어깨를 똑바로 폈다. 갑자기 그는 벨 카펜터가 그에게 막 자신을 내주려 한다고 판단했다. 그는 자기 속에서 나타났었던 새로운 힘이 그녀에게 작용해서 그녀에 대한 정복으로 이끌었다고 느꼈다. 이 생각은 남성적 힘을 의식하게 해서 그를 반쯤 취하게 만들었다. 그들이 여기저기 걸을 때 그녀가 그의 말을 귀 기울여 듣는 것 같지 않아 속이 타긴 했지만 그녀가 이곳까지 그와 함께 왔다는 사실에 그의 모든 의혹이 사라졌다. "이번은 달라. 모든 것이 달라졌다고." 그는 생각했고 그녀의 어깨를 잡아 돌리고는 득의만면하여 반짝이는 눈으로 그녀를 바라보고 서 있었다.

벨 카펜터는 저항하지 않았다. 그가 그녀의 입술에 키스하자 그녀는 축 늘어져 그에게 기댔고 그의 어깨 너머로 어둠을 응시했다. 그녀의 태도 전체에는 기다림의 암시가 있었다. 다시금 골목에서처럼 조지 윌러드의 마음은 말로 녹아 나왔고, 여인을 꼭 껴안고서 그는 조용한 밤 속으로 이런 말을 속삭였다. "욕정." 그가 속삭였다. "욕정과 밤과 여인들."

조지 윌러드는 그날 밤 언덕 비탈에서 그에게 어떤 일이 일어났는지 이해할 수 없었다. 나중에 자기 방으로 들어왔을 때 그는 울고 싶었고 그러다가는 분노와 증오로 반쯤 미치게 되었다. 그는 벨 카펜터를 증오했고 평생 동안 그녀를 계속 증오할 것이라고 확신했다. 언덕 비탈에서 그는 그 여자를 덤불 사이 작고 트인 공간으로 데려갔고 그녀 옆에 무릎 꿇었었다. 노동자들 집 옆 공터에서 그렇게 했듯이 그는 자기 속의 새로운 힘에 대해 감사하며 손을 쳐들었었고 여자가 말하기를 기다리고 있었는데 그때 에드 핸드비가 나타났다.

바텐더는 소년이 자신의 여자를 뺏어 가려고 했다고 생각했지만 그 소년을 때리고 싶지는 않았다. 그는 때릴 필요까지는 없다는 걸 알았고 주먹을 쓰지 않고도 목적을 달성할 수 있는 힘이 자기에게 있다는 것을 알았다. 그는 조지의 어깨를 잡아 아래로 누르고 잔디에 앉아 있는 벨 카펜터를 보면서 한 손으로 그를 붙잡고 있었다. 그러다가 팔을 잽싸게 크게 움직여서 그는 자기보다 어린 남자를 덤불 속으로 집어 던져 대자로 뻗게 만들었고 벌떡 일어난 여자를 괴롭히기 시작했다. "너 그러면 안 돼." 그가 거칠게 말했다. "난 너를 괴롭히지 않으려는 마음이 반쯤은 있어. 내가 널 그렇게 많이 원하지 않았다면 널 그냥 놔뒀을 거야."

덤불 속에서 땅에 엎드린 채로 조지 윌러드는 앞에 벌어지는 광경을 응시했고 생각하려고 애썼다. 그는 자신에게 모욕을 준 남자에게 덤벼들 준비를 했다. 맞는 것이 이렇게 수치스럽게 내동댕이쳐지는 것보다 훨씬 더 나을 것 같았다.

젊은 기자는 세 번 에드 핸드비에게 달려들었고 그때마다 바텐더는 그의 어깨를 잡아 덤불 속으로 되던져 버렸다. 나이가 더 많은 남자는 이 운동을 무기한 할 준비가 되어 있는 것처럼 보였지만 조지 윌러드는 머리를 나무뿌리에 부딪쳐 움직이지 못하고 누워 있었다. 그러자 에드 핸드비가 벨 카펜터의 팔을 잡아 데리고 가 버렸다.

조지는 남자와 여자가 덤불을 뚫고 나아가는 소리를 들었다. 기어서 비탈을 내려올 때 그는 마음이 쓰렸다. 그는 자신을 증오했고 자신이 당한 모욕을 가져온 운명을 증오했다. 골목에서 혼자 있었던 시간을 떠 올렸을 때 그는 혼란스러워졌고, 바로 직전에 마음에 새로운 용기를 넣어 줬었던 그의 밖에 있는 소리를 다시 듣기를 희망하며 어둠 속에 서서 귀를 기울였다. 집으로 돌아가는 길에 다시금 판잣집들이 있는 거리로 들어가게 되자 그는 이 광경을 참을 수 없어 뛰기 시작했고 이제 그에게는 완전히 지저분하고 뻔한 모습이 되어 버린 이 동네에서 빨리 벗어나고 싶었다.

깨달음

"괴짜"

와인즈버그의 카울리 앤 썬즈 상점 뒤쪽에 마치 쇠 절삭부분처럼 삐져나온 거친 판자창고 안 상자 위에 앉아서 이 상점의 부대표인 엘머 카울리는 더러운 창문을 통해 〈와이즈버그 이글〉지의 인쇄소를 들여다 볼 수 있었다. 엘머는 구두에 새 끈을 끼우고 있었다. 끈이 쉽게 끼워지지 않아서 그는 구두를 벗어야 했다. 손에 구두를 들고 앉아 그는 양말 한 짝의 발꿈치에 나 있는 커다란 구멍을 들여다 보았다. 그런 다음 갑자기 위를 쳐다보다가 그는 와인즈버그의 유일한 신문기자인 조지 윌러드가 〈이글〉지 인쇄소 뒷문에 서서 멍하게 여기저기 둘러보는 것을 봤다. "이런, 다음엔 또 뭐야." 손에 구두를 든 채 젊은 남자는 벌떡 일어나 창에서 슬그머니 물러나며 외쳤다.

엘머 카울리의 얼굴이 빨개졌고 손이 떨리기 시작했다. 카울리 앤 썬즈 상점 안에는 유태인 외판원 한 사람이 계산대 옆에 서서 그의 아버지와 얘기하고 있었다. 그는 이들이 말하는 내용을 기자가 들을 수 있다고 상상했고 이 생각이 그를 격노하게 만들었다. 구두 한 짝을 여전히 손에 든 채 그는 헛간 구석에 서서 양말 신은 발로 널빤지 바닥을 쾅쾅 굴렀다.

카울리 앤 썬즈 상점은 와인즈버그의 중심가를 향해 있지 않았다. 상점 정면이 모미 스트리트에 있었고 그 너머로는 보이트의 마차

가게와 농부들의 말을 수용하는 마구간이 하나 있었다. 가게 옆으로 골목길이 중심가의 가게들 뒤로 뻗어 있었고 하루 종일 바닥 낮은 짐마차와 배달 마차가 물건을 들여놓고 가져가는 데 열중하며 길을 오르락내리락하고 있었다. 가게 자체는 말로 표현할 수 없을 정도였다. 윌 헨더슨이 한때 이 가게를 가리켜 모든 것을 팔고 또 아무것도 파는 게 없다고 말한 적이 있다. 모미 스트리트 쪽 창문에는 사과 통만큼 큰 석탄덩어리가 있었는데 그건 석탄 주문이 접수되었다는 것을 가리키고 있었고 이 시커먼 석탄 덩어리 옆에는 나무틀 속에서 지저분하게 갈색이 된 벌집 세 통이 있었다.

꿀은 가게 창문에 여섯 달 동안 내걸려 있었다. 이건 판매용이었다. 코트 걸이, 특허 멜빵 단추, 지붕페인트 깡통, 류머티즘 치료약병, 그리고 커피대용품도 판매용이었고 꿀과 함께 인내심 있게 기꺼이 대중에 봉사하려고 진열되어 있었다.

에브니저 카울리는 그 유태인 외판원의 입에서 나오는 열심히 재잘대는 말을 귀 기울여 들으며 가게 안에 서 있는 남자였는데 키가 크고 호리호리했고 잘 씻지 않은 것처럼 보였다. 그의 앙상한 목에는 희끗희끗한 턱수염에 약간 가려진 커다란 혹이 있었다. 그는 기다란 프린스 앨버트 코트[16]를 입고 있었다. 이 코트는 결혼식 예복으로 쓰기 위해 구입한 것이었다. 상인이 되기 전에 에브니저는 농부였고 결혼한 뒤에는 일요일에 교회에 갈 때와 장사하러 읍내에 들어가는

---

16. 역자주: 앨버트공 (Prince Albert: 1819-1861)은 영국 빅토리아 여왕의 남편이었는데 프록 코트를 즐겨 입고 유행시켜서 그의 이름을 따서 프린스 앨버트 코트라는 이름이 붙었다. 프록 코트(frock coat)는 더블이고 무릎까지 내려오는 남자 예복을 가리킨다.

토요일 오후에 이 프린스 앨버트 코트를 입었다. 상인이 되기 위해 농장을 팔고난 뒤에 그는 이 코트를 늘 입었다. 코트는 오래 입어서 색이 바랬고 기름때로 뒤덮였지만 이 코트를 입으면 에브니저는 항상 자신이 성장(盛裝)했고 읍내에 일하러 나갈 준비가 됐다고 느꼈다.

상인으로서 에브니저는 인생에서 행복하게 자리 잡지 못했고 농부로서도 행복하게 자리 잡지 못했다. 그래도 그는 살아갔다. 메이블이라는 딸과 아들로 이루어진 그의 가족은 가게 위의 방들에서 그와 함께 살았고 생활비가 많이 들지 않았다. 그의 골칫거리는 돈 문제는 아니었다. 상인으로서의 그의 불행은 팔 물건을 갖고 다니는 외판원이 가게 앞문에 나타나면 두려움을 느낀다는 사실이었다. 계산대 뒤에서 그는 머리를 가로저으며 서 있었다. 먼저 그는 완강하게 물건을 못 사겠다고 버티면 다시 물건을 팔 기회도 잃어버릴까 봐 두려웠다. 다음에는 완강하지 못해서 마음이 약해지는 순간에 팔리지도 않을 물건을 살까 봐 두려웠다.

조지 윌러드가 뭔가에 귀 기울이고 있는 것처럼 〈이글〉지 인쇄소 뒷문에 서 있는 것을 엘머 카울리가 보고 있던 아침에 항상 아들의 분노를 불러일으키는 어떤 상황이 가게 안에서 일어났다. 외판원이 말을 하고 에브니저는 듣고 있었는데 그의 모습 전체가 망설임을 표현하고 있었다. "이게 얼마나 빨리 되는지 한번 보세요." 목 단추 대용의 작고 납작한 금속을 팔러온 외판원이 말했다. 한 손으로 그는 재빨리 자신의 셔츠에서 한쪽 목깃을 풀었고 그리고는 다시 채웠다. 그는 알랑대고 감언이설로 속이는 말투로 말했다. "근데요, 사람들은 이 목 단추를 채우고 풀고 하던 일을 이제 그만 두게 됐고 당신은 이 다가오는 변화로부터 돈을 벌 사람이에요. 난 당신에게 이 읍에 대한 독점 대리점권을 드리려고 합니다. 이 똑딱 단추 12다스를 사시면 난 다른 가게는 방문하지 않을 겁니다. 이쪽을 전부 당신에게 몰아줄게요."

외판원은 계산대 너머로 몸을 기울여 손가락으로 에브니저의 가슴을 톡톡 쳤다. "이건 기회이고 난 사장님이 그 기회를 갖기를 원해요." 그가 열심히 권했다. "내 친구가 사장님에 대해 말해 줬어요. '가서 카울리라는 분을 만나 봐라.' 그가 말했지요. '그분 대단한 사람이야.'"

외판원은 말을 그쳤고 기다렸다. 주머니에서 장부를 꺼내 그는 주문을 적어 넣기 시작했다. 여전히 손에 구두를 든 채로 엘머 카울리는 가게를 통과해 갔고 열중해 있는 두 남자를 지나 앞문 근처에 있는 유리 진열장 쪽으로 갔다. 그는 진열장에서 싸구려 리볼버 권총을 하나 꺼내 이리저리 휘두르기 시작했다. "당신, 여기서 나가요." 그가 소리 질렀다. "우린 목에 다는 똑딱 단추 따윈 필요 없어요." 그에게 생각이 하나 떠올랐다. "잘 들어요, 난 협박하는 거 아니에요." 그가 덧붙였다. "난 총을 쏘겠다고 말하지 않아요. 아마도 난 그저 한 번 보려고 이 총을 진열장에서 꺼낸 거예요. 근데 당신은 나가는 게 좋겠어요. 자, 내 말 알겠죠? 당신 물건들 집어서 나가라고요."

어린 가게주인의 목소리가 비명으로 높아졌고 그는 계산대 뒤로 가서 두 남자에게 다가갔다. "우린 이제 바보 노릇 그만 할 거예요." 그가 외쳤다. "우린 우리가 팔기 시작할 때까지는 더 이상 물건을 사지 않을 거예요. 우리는 계속 괴짜로 있지 않을 거고 우릴 쳐다보고 우리가 뭐라 그러나 귀 기울이는 사람들과도 끝이에요. 당신, 여기서 나가요."

 외판원은 떠났다. 그는 계산대에서 목 똑딱 단추 견본을 쓸어 모아 검은 가죽 가방에 넣고 뛰었다. 그는 작은 사람이었고 무척 다리가 휘어서 뛰는 게 어색했다. 검은 가방이 문에 걸려 그는 넘어져 쓰러졌다. "미쳤어, 저 친구 말이야. 미쳤어." 그가 인도에서 일어나 서둘러 가면서 이렇게 침 튀기며 말했다.

 가게에서 엘머 카울리와 그의 아버지는 서로를 빤히 쳐다봤다. 이제 분노의 직접적 목표가 사라지자 젊은 남자는 어리벙벙해졌다. "저 진짜였어요. 제 생각에 우리는 너무 오랫동안 괴상했었다고요." 그가 선언했고 진열장으로 가서 리볼버 권총을 제자리에 놨다. 통 위에 앉아 그는 손에 들고 있었던 구두를 잡아당겨 신고 끈을 맸다. 그는 아버지로부터 이해한다는 말을 기다리며 있었는데 에브니저가 말을 했을 때 그의 말은 단지 아들에게 있던 분노를 다시 일깨웠을 뿐이어서 젊은 남자는 대답도 안 하고 가게에서 뛰어나갔다. 길고 더러운 손가락으로 희끗희끗한 턱수염을 긁으며 상인은 자신이 그 외판원과 직면했을 때와 같은 주저하고 불확실한 시선으로 아들을 쳐다봤다. "나를 풀 먹일 거야." 그가 조용히 말했다. "그래, 그래, 날 빨아서 다리미질 하고 풀 먹일 거야."

 엘머 카울리는 와인즈버그 밖으로 나가 기찻길과 평행하게 나 있는 시골길을 따라 걸었다. 그는 자기가 어디로 가는지, 뭘 하려고 하는지 몰랐다. 길이 급하게 오른쪽으로 굽은 뒤에 기찻길 밑으로 움푹 파여 들어간 곳에 있는 대피소에서 그는 걸음을 멈췄고 가게에서 그를 폭발하게 만든 원인이었던 발끈함이 다시 말로 표현되기 시작했다. "난 괴상해지지 않을 거야, 남들이 다 쳐다보고, 귀 기울여 듣는 그런 사람 말이야." 그가 큰 소리로 선언했다. "난 다른 사람들처럼 될 거야. 난 조지 윌러드에게 보여 줄 거야. 그 친구가 알아내겠지. 내가 그에게 보여 주겠어."

정신이 산란한 젊은이는 길 한가운데에 서서 뒤돌아 읍내를 노려봤다. 그는 신문기자인 조지 윌러드를 몰랐고 읍내 뉴스를 모으러 읍 여기저기를 뛰어 돌아다니는 그 키 큰 소년에 관해 특별한 감정이 있는 것은 아니었다. 그 기자는 단순히 〈와인즈버그 이글〉 지의 사무실과 인쇄소에 나와 있다는 이유만으로 젊은 상인의 마음속에 있는 뭔가를 나타내게 된 것이다. 그는 카울리 앤 썬즈 가게를 수도 없이 지나며 거리에서 가다 멈춰 사람들에게 말을 붙이는 그 소년이 자신에 대해 생각하고 있고 조롱하고 있음에 틀림없다고 생각했다. 그가 느끼기에 조지 윌러드는 마을에 속해 있고 마을을 나타내며 그 자신의 몸으로 마을의 정신을 표현했다. 엘머 카울리는 조지 윌러드도 불행한 시절이 있었다는 것과 막연한 갈구와 이름붙이기 어려운 남모르는 욕망이 그의 마음에도 찾아왔다는 것을 믿을 수 없었다. 그는 여론을 대변하고 와인즈버그의 여론은 카울리네 사람들을 괴상하다고 매도하지 않았던가? 그는 휘파람 불고 웃으며 메인 스트리트를 걸어 다니지 않았던가? 누가 그 사람을, 웃으며 제 갈길 가고 있는 이 인간을 때린다면 그건 와인즈버그의 심판이라는 더 큰 적을 때리는 게 되지 않을까?

엘머 카울리는 남달리 키가 컸고 팔은 길고 힘이 셌다. 그의 머리카락, 눈썹, 그리고 뺨에 자라나기 시작한 솜털 같은 턱수염은 거의 하얀색에 가깝게 옅었다. 그의 이는 양 입술 사이에서 튀어나왔고 눈은 와인즈버그의 소년들이 주머니에 넣어 갖고 다니는 '공깃돌'이라 불리는 조약돌의 흐릿한 푸른색처럼 파랬다. 엘머는 와인즈버그에 일 년을 살았는데 친구를 한 명도 사귀지 못했다. 그는 자신이 친구 없이 삶을 살아 나가도록 저주받은 사람이라고 느꼈고 그는 이 생각을 증오했다.

이 키 큰 젊은이는 손을 바지 주머니에 찌른 채 침울하게 터벅터벅 걸어갔다. 으스스한 바람으로 날이 추웠지만 곧 해가 비치기 시작했고 길은 물렁물렁해지고 진창이 되었다. 길을 이루고 있는 얼어붙은 진흙의 윗부분이 녹기 시작하면서 진흙이 엘머의 신발에 들러붙었다. 그의 발이 얼었다. 몇 마일 가자 그는 길에서 벗어나 들판을 가로질러 숲으로 들어갔다. 숲에서 그는 나뭇가지를 모아 불을 피웠고 이 불 곁에 앉아 비참해진 자신의 몸과 마음을 녹이려고 했다.

두 시간 동안 그는 불 가의 통나무 위에 앉았다가 일어나서는 조심조심 나지막한 관목 숲을 지나 울타리까지 갔고 밭 너머로 낮은 헛간에 둘러싸인 작은 농가를 봤다. 그는 입가에 웃음이 떠올랐고 밭에서 옥수수 껍질을 벗기고 있는 어떤 남자에게 긴 팔로 신호를 보내기 시작했다.

이 젊은 상인은 자신이 불행하다고 느낄 때 소년 시절 내내 살았던 농장으로 돌아갔고 그곳에는 자기 얘기를 들어줄 수 있다고 느껴지는 사람이 살고 있었다. 농장의 남자는 무크라는 이름의 반쯤 모자란 늙은 친구였다. 그는 한때 에브니저 카울리에게 고용되었던 적이 있었고 농장이 팔리고 나서도 농장에서 지냈었다. 이 늙은

이는 농가 뒤쪽의 페인트칠 안 된 헛간에서 살았고 들판을 하루 종일 어정대며 돌아다녔다.

반쯤 모자란 무크는 행복하게 살았다. 어린애 같은 믿음으로 그는 자기와 함께 헛간에서 사는 동물들이 지능이 있다고 믿었고 외로울 때면 소, 돼지, 그리고 심지어는 뒤뜰을 여기저기 뛰어다니는 닭과도 긴 대화를 했다. '빨래한다'는 점에 관한 표현을 자신의 전 고용주의 입에 오르내리게 만든 사람이 바로 그였다. 무엇에 의해서건 흥분하거나 놀랄 때면 그는 멍하게 웃었고 이렇게 중얼댔다. "나를 빨아서 다리미질할 거야. 그래, 그래, 날 빨아서 다리미질하고 그리고 풀 먹일 거야."

이 반쯤 모자란 노인네는 옥수수 껍질 벗기는 일을 그치고 숲에 들어왔다가 엘머 카울리와 만나게 되었을 때 젊은이의 갑작스런 출현에 놀라지도 않았고 특별히 관심을 갖지도 않았다. 그의 발도 또한 얼었고 불 옆 통나무 위에 앉아서 따스함에 감사해 했고 엘머가 말해야 하는 내용에 대해서 완전히 무관심했다.

엘머는 진지하게 거리낄 것 없이 말했고 왔다 갔다 걸으며 여기저기 팔을 흔들었다. "아저씨는 나한테 무슨 문제가 있는지 이해하지 못하니까 당연히 신경 쓰지도 않죠." 그가 외쳤다. "난 다르다고요. 제가 늘 어땠었는지 한번 생각해 보세요. 아버지는 괴상하시고 엄마도 괴상하셨어요. 심지어는 엄마가 입는 옷도 다른 사람들의 옷과 달랐고, 아버지가 본인이 잘 차려입었다고 생각하고 마을을 여기저기 돌아다니실 때 입는 외투도 한 번 봐 보세요. 아버지는 왜 새 외투를 안 사시는 거죠? 별로 비싸지도 않을 텐데. 왜 그런지 내가 말해 볼게요. 아버지는 왜 그런지 모르시고 엄마도 살아 계실 때 그걸 몰랐죠. 메이블은 달라요. 그 애는 알고 있지만 아무 말도 안하려 하죠. 전 왜 그런지 말할 거예요. 난 더 이상 사람들의 시선의 대상이 되지는 않을 거예요. 자, 봐요, 무크, 아버지는 읍내에 있는 자기 가게가 그저 이상한 잡동사니라는 것과 자기가 산 물건을 결코 팔지 못할 거라는 걸 모르고 있지요. 그는 여기에 대해 아무것도 몰라요. 가끔 아버지는 장사가 잘 안 된다고 걱정하시는데 그러다가는 가서 다른 뭔가를 사시죠. 저녁이면 아버지는 이층 난롯가에 앉아 조만간 장사가 될 거라고 말하시죠. 그는 걱정하지 않아요. 그는 이상해요. 아버지는 제대로 알지를 못하니 걱정도 안 하는 거죠."

흥분한 젊은이는 더욱 흥분했다. "아버지는 모르지만 난 알아요." 그는 이 반쯤 모자란 사람의 멍하고 응답 없는 얼굴을 내려다보려고 멈춰서면서 이렇게 소리 질렀다. "난 너무 잘 알아요. 난 참을 수 없어요. 우리가 여기 시골에 살 때는 달랐어요. 난 일했고 밤에는 침대로 가서 잠을 잤죠. 난 지금 그러는 것처럼 맨 날 사람들을 지켜보고 생각하고 그러지 않았어요. 읍내에서 난 저녁때 우체국에 가거나 기차가 들어오는 걸 보려고 정거장으로 가기도 하는데 누구도 나한테 아무 말 안 해요. 모두들 주위에 둘러서서 웃고 말하지만 내게 아무 말도 안 해요. 그러면 난 너무나 괴짜로 느껴져서 말을 할 수가 없어요. 난 가 버리죠. 난 아무 말도 할 수 없어요. 못 해요."

젊은 남자의 분노가 통제할 수 없게 되었다. "난 참지 못할 거예요." 잎이 다 떨어진 나뭇가지들을 올려다보며 그가 외쳤다. "난 원래 이런 일 참을 사람이 아니에요."

엘머는 불 옆 통나무에 앉은 남자의 멍한 얼굴에 미치게 화가 나서 길 위에서 와인즈버그 읍내를 되돌아 노려봤었던 것처럼 몸을 돌려 그를 노려봤다. "가서 계속 일이나 해요." 그가 소리 질렀다. "아저씨한테 말해 봐야 무슨 소용 있겠어요?" 어떤 생각이 하나 그에게 떠올랐고 그의 목소리가 가라앉았다. "나도 겁쟁이죠, 그렇죠?" 그가 중얼거렸다. "내가 왜 걸어서 여기 이 먼 곳까지 왔는지 알아요? 난 누군가에게 말해야 했고 아저씨가 내가 말할 수 있는 유일한 사람이었어요. 난 또 다른 이상한 사람을 찾으러 다녔어요, 아시다시피. 난 도망쳤어요. 그게 내가 한 일이에요. 난 저 조지 윌러드 같은 사람에게 맞설 수가 없었어요. 난 아저씨에게 왔어야 했어요. 난 그에게 말해야만 하고 그렇게 할 거에요."

다시 그의 목소리가 높아져 고함이 되었고 그는 여기저기 팔을 휘둘렀다. "난 그 친구에게 말할 거예요. 난 괴상해지지 않을 거예요. 난 사람들이 뭐라고 생각하든 상관없어요. 난 참지 않을 거예요."

엘머 카울리는 불 앞 통나무 위에 그 모자란 사람을 앉아 있게 놔두고 숲에서 뛰어 나갔다. 곧 이 늙은이는 일어나 울타리를 넘어가서 옥수수 다듬던 일로 돌아갔다. "나를 빨아서 다리미질 하고 풀먹일 거야." 그가 소리 질렀다. "그래, 그래, 날 빨아서 다리미질 할 거야." 무크는 재미있어 했다. 그는 길을 따라 내려가서 소 두 마리가 밀짚 더미를 뜯어먹고 있는 들판으로 갔다. "엘머가 여기 있었어." 그가 소들에게 말했다. "엘머는 미쳤어. 그 애가 볼 수 없는 더미 뒤에 숨는 게 좋을 거야. 그 애가 누군가를 해칠 거야, 엘머가 그럴 거야."

그날 밤 여덟 시에 엘머 카울리는 조지 윌러드가 앉아서 글 쓰고 있는 〈와인즈버그 이글〉 사무실 앞문에 머리를 들이 밀었다. 모자가 내려와 눈을 가렸고 음침하고 결심한 표정이 그의 얼굴에 드러났다. "너 나랑 같이 밖에 나가자." 그가 들어와 문을 닫으며 말했다. 그는 마치 다른 누구든지 안에 들어오려는 사람을 막을 준비를 한 것처럼 문손잡이에 손을 대고 있었다. "그냥 밖으로 나오라고. 널 좀 봐야겠어."

조지 윌러드와 엘머 카울리는 와인즈버그의 중앙로를 따라 죽 걸었다. 밤은 추웠고 조지 윌러드는 새 외투를 입고 있었고 무척 말쑥하고 잘 차려입어 보였다. 그는 손을 외투 주머니에 찔러 넣고 뭘 캐려는 듯이 친구를 쳐다보았다. 그는 이 젊은 상인과 오랫동안 사귀고 싶었고 그의 마음속에 뭐가 있는지 알아내고 싶었다. 이제 그는 기회를 봤다고 생각했고 기뻤다. "이 친구가 무슨 일인가? 아마 이 친구는 신문에 낼 뉴스거리라도 하나 있다고 생각하는 모양이지. 그건 화재 소식은 아닐 거야, 왜냐하면 난 화재 경보 종소리를 못 들었고 뛰어 다니는 사람도 아무도 없었거든." 그가 생각했다.

십일월의 추운 밤에 와인즈버그의 중앙로에는 주민 몇 명만이 보였고 이들은 어느 가게 뒤에 있는 난롯가로 가려고 서두르고 있었다. 가게의 창문에는 성에가 꼈고 닥터 웰링의 진료실로 가는 계단 입구 위에 내걸린 양철 간판을 바람이 달그락거리게 만들었다. 헌네 식료품점 앞에 사과 바구니와 새 빗자루가 가득한 선반이 인도 위에 놓여 서 있었다. 엘머 카울리는 걸음을 멈추고 조지 윌러드를 마주 보며 섰다. 그는 말하려고 했고 팔이 펌프질 하듯 위아래로 움직이기 시작했다. 그의 얼굴이 경련하듯 씰룩댔다. 그는 막 외치려는 것처럼 보였다. "아, 너 다시 들어가라." 그가 소리쳤다. "여기 밖에서 나랑 같이 있지 마. 난 너한테 할 말 없어. 난 널 전혀 보고 싶지 않다고."

제정신이 아닌 이 젊은 상인은 괴짜가 되지 않겠다는 결심을 선언하지 못해서 비롯된 분노에 눈이 멀어서 세 시간 동안 와이즈버그의 주택가를 헤매고 다녔다. 패배의식이 쓸쓸하게 그에게 자리 잡았고 그는 울고 싶었다. 그는 오후 내내 아무것도 아닌 일에 부질없이 여러 시간 지껄여 대고 난 후, 그리고 젊은 기자 앞에서 실패한 뒤 자신은 미래의 희망을 볼 수 없다고 생각했다.

그러다가 어떤 새로운 생각이 그에게 떠올랐다. 그를 둘러싼 어둠 속에서 빛이 보이기 시작했다. 이제 어두워진 가게로, 일 년 넘게 헛되게 장사가 되기를 기다리고 있었던 카울리 앤 썬즈 상점으로 가서 그는 살금살금 기어 들어가서 뒤쪽 난롯가에 놓여 있는 통 안에 손을 넣어 더듬었다. 통 속의 대팻밥 아래에 카울리 앤 썬즈 상점의 현금이 들어 있는 양철 상자가 있었다. 매일 저녁 에브니저 카울리는 가게를 닫을 때 이 상자를 통 안에 넣어 두고 이층으로 자러 올라갔다. "사람들이 이렇게 허술한 곳은 생각할 수 없을 거야." 도둑들을 떠올리며 그가 혼자 말했다.

엘머는 20달러를 빼냈는데 10달러짜리 지폐 두 장이었고 이 돈은 농장을 팔고 남은 현금인 400달러 남짓한 작은 지폐뭉치에서 나온 것이다. 그리고는 상자를 대팻밥 밑에 다시 넣어 두고 그는 조용히 앞문으로 빠져나가 다시 거리를 걸었다.

그가 생각하기에 자기의 이 모든 불행에 종지부를 찍을지도 모를 계획은 아주 단순했다. "난 여기서 떠날 거야, 집에서 도망칠 거야."

그가 혼자 말했다. 그는 완행 화물 열차가 자정에 와인즈버그를 통과해 클리블랜드에 새벽에 도착하는 것을 알았다. 그가 완행열차에 몰래 올라 타 클리블랜드에 도착하면 거기에서는 사람들 사이에 묻히게 될 것이다. 그는 어느 가게에서 일자리를 얻을 테고 다른 직원들과 친구가 될 것이다. 차츰차츰 그는 다른 사람처럼 되고 구별되지 않을 것이다. 그러면 그는 말할 수 있고 웃을 수 있게 될 것이다. 그는 더 이상 이상하지 않고 친구도 사귈 터이다. 삶은 다른 사람들에게 그런 것처럼 그에게도 따스함과 의미를 줄 것이다.

키 크고 어색해 하는 젊은이는 거리를 성큼성큼 걸으며 혼자 웃었는데 그건 그가 화가 났었고 조지 윌러드에 대해 반쯤 두려웠었기 때문이다. 그는 읍내를 떠나기 전에 젊은 기자와 얘기를 하기로 마음먹었고, 자신이 그에게 여러 가지를 말하고 아마도 그에게 도전하여, 그를 통해 와인즈버그의 모든 사람들에게 도전하리라 마음먹었다.

새로운 자신감에 불타올라 엘머는 뉴 윌러드 하우스 사무실로 가서 문을 두드렸다. 졸린 눈의 소년 하나가 사무실 간이침대에서 자고 있었다. 그는 급료를 받지는 못했지만 호텔에서 밥을 먹여 줬고 '야간 사무원'이라는 직함을 자랑스럽게 지니고 있었다. 소년 앞에서 엘머는 대담해지고 집요해졌다. "너, 그 친구 좀 깨워 봐." 그가 명령했다. "너 가서 그에게 기차정거장으로 오란다고 해. 난 그를 봐야겠고 난 완행열차를 탈거야. 그에게 옷 입고 내려오라고 해. 난 시간이 별로 없어."

심야 완행열차는 와인즈버그에서의 일을 끝냈고 기차인부들이 화차들을 연결하고 있었고 랜턴을 흔들며 동쪽으로의 주행을 계속

하기 위해 준비하고 있었다. 조지 윌러드는 눈을 비비며 다시 새 외투를 입고 호기심에 불타서 역 플랫폼으로 뛰어 내려갔다. "자, 나 왔어. 뭘 원해? 나한테 뭐 할 얘기 있어, 엉?" 그가 말했다.

엘머는 설명하려고 했다. 그는 혀로 입술을 적시고 신음소리를 내며 출발하기 시작한 기차를 쳐다보았다. "근데, 그게 말이야." 그가 말을 시작했고 그러다가는 그의 혀에 대한 통제를 잃었다. "날 빨아서 다리미질 할 거야. 나를 빨아서 다리미질 하고 풀 먹일 거야." 그가 반쯤 종잡을 수 없게 중얼거렸다.

엘머 카울리는 역 플랫폼 위 어둠 속에서 신음하듯 소리 내고 있는 기차 옆에서 분노하며 춤 췄다. 불빛이 껑충 공중으로 뛰어 올랐고 그의 눈앞에서 위아래로 까딱댔다. 주머니에서 10달러짜리 지폐 두 장을 꺼내 그는 조지 윌러드의 손에 쑤셔 넣었다. "이거 가져." 그가 소리 질렀다. "난 필요 없어. 이거 아버지께 드려. 내가 훔쳤어." 격분하여 으르렁대며 그는 몸을 돌렸고 그의 긴 팔이 허공에 도리깨질 해대기 시작했다. 자신을 붙잡고 있는 손에서 벗어나려고 발버둥치는 사람처럼 그는 팔을 휘둘러 쳤고 조지 윌러드의 가슴, 목, 입을 여러 차례 가격했다. 젊은 기자는 반은 의식을 잃고 끔찍한 매질에 얼떨떨해져서 플랫폼 위를 뒹굴었다. 엘머는 펄쩍 뛰어서 지나가는 기차에 타고 화차 꼭대기에 올라간 다음 편편한 화차로 뛰어 내려가서 어둠 속에 쓰러져 있는 사람을 보려고 엎드려 뒤돌아 봤다. 자부심이 그에게 밀물처럼 몰려왔다. "난 그 친구에게 보여줬어." 그가 외쳤다. "난 보여줬다고 생각해. 난 그렇게 괴상하지는 않아. 난 내가 그렇게 괴짜는 아니라는 걸 그에게 보여 준 거라고."

말하지 못한 거짓말

레이 피어슨과 할 윈터즈는 와인즈버그에서 3마일 북쪽에 있는 어느 농장에 고용된 농장 일꾼들이었다. 토요일 오후면 이들은 읍내로 들어와 시골에서 온 다른 사람들과 거리를 이리저리 걸어 다녔다.

레이는 조용하고 다소 신경이 예민한 쉰 살가량의 남자였는데 갈색 턱수염에 너무나 힘든 노동을 많이 해서 굽은 어깨를 하고 있었다. 천성에 있어서 그는 어느 두 사람이 더 이상 다를 수 없을 만큼 할 윈터즈와 달랐다.

레이는 대단히 심각한 사람이었고 작고 날카로운 모습을 한 부인이 있었는데 그녀는 목소리까지 날카로웠다. 이 두 사람은 다리가 가느다란 여섯 명의 아이들과 함께 레이가 일하는 윌스 농장 뒤쪽 끝 개울 옆에 있는 다 쓰러진 판잣집에 살았다.

할 윈터즈는 그의 동료 일꾼으로 젊은 친구였다. 그는 와인즈버그에서 아주 존경받는 네드 윈터즈 가문은 아니었고, 6마일 떨어진 유니온빌 근처에 제재소를 갖고 있었으며 와인즈버그에서 모든 사람들로부터 늙은 상습 불량배로 간주되는 윈드피터 윈터즈로 불리는 늙은 남자의 세 아들 중 한 명이었다.

와인즈버그가 위치한 북부 오하이오 지역 출신 사람들은 늙은 윈드피터를 그의 이상하고도 비극적인 죽음으로 기억할 것이다. 그는 어느 날 밤 읍내에서 취했는데 기차 철길 위로 마차를 몰고 유니온 빌에 있는 집으로 가려고 출발했다. 그쪽에 사는 푸줏간 주인인 헨리 브래튼버그가 읍 어귀에서 그를 멈추게 하고는 그가 시내로 들어가는 하행선 기차와 틀림없이 부딪칠 것이라고 말했는데 윈드피터는 채찍으로 그를 후려치고는 계속 마차를 몰았다. 기차가 그와 그의 말 두 마리를 치어 죽게 만들었을 때 인근의 길을 따라 마차를 타고 가던 어느 농부와 그의 아내가 이 사고를 봤다. 그들이 말하기를 늙은 윈드피터가 마차 좌석 위에 올라서서, 돌진해 오고 있는 기관차를 향해 미친 듯이 소리치고 욕을 해댔고, 마차 끄는 말들이 그의 줄기찬 매질에 미쳐서 죽을 게 뻔한데도 곧장 앞으로 돌진해 갈 때 그는 즐거워서 소리 질렀다고 했다. 젊은 조지 윌러드와 쎄스 리치몬드 같은 소년들은 이 사건을 무척 생생하게 기억할 텐데, 그건 왜냐하면 우리 읍내에서는 모든 사람들이 그 늙은이가 곧장 지옥으로 가려 했고 그가 없는 게 마을에는 더 낫다고 말하기는 하지만, 이들 소년들은 그가 자신이 뭘 하고 있는지 알고 있었다는 은밀한 확신을 갖고 있었고 그래서 그의 어리석은 용기에 경탄했기 때문이다. 대개의 소년들은 자신들이 그저 단순히 식료품점 점원으로 계속해서 단조로운 삶을 살아야 하는 것 보다는 영광스럽게 죽을 수 있기를 바라는 때가 있다.

그런데 이것은 윈드피터 윈터즈의 얘기도 아니고 레이 피어슨과 함께 윌스 농장에서 일하는 그의 아들 할에 관한 얘기도 아니다. 이건 레이의 얘기다. 그런데 여러분들이 이 이야기의 참뜻을 알게 하기 위해서 젊은 할에 관해 얘기를 좀 하는 것이 필요할 것이다.

할은 못된 놈이었다. 모두가 그렇게 말했다. 그 집안에는 세 명의 윈터즈 아들들이 있었다. 이들은 존, 할, 그리고 에드워드였는데 모두 늙은 윈드피터처럼 어깨가 넓고 덩치가 큰 친구들이었고 모두 싸움꾼이었으며 여자 뒤꽁무니 쫓아다니고 그리고 다방면에 걸쳐 나쁜 짓 하는 사람들이었다.

할은 이 무리 중에서도 제일 나빴고 늘 뭔가 못된 짓을 하고 있었다. 그는 한번은 아버지의 제재소에서 널빤지 한 무더기를 훔쳐 와인즈버그에서 판 적도 있었다. 그 돈으로 그는 싸고 요란스러운 옷을 한 벌 샀다. 그리고는 취해서 아버지가 그를 찾으러 미친 듯이 소리 지르며 읍내로 들어왔을 때 이들은 만나서 메인 스트리트에서 주먹다짐을 했고 체포되어 감옥에 같이 갇혔다.

할은 윌스 농장으로 일하러 갔는데 그건 그의 마음을 사로잡은 어느 시골 학교 선생이 그쪽에 살았기 때문이었다. 그 당시 그는 스물두 살밖에 안 되었었지만 와인즈버그 사람들이 '여자 망쳐놓기'라고 부르는 일을 벌써 두세 번 했다. 그가 학교 선생에게 푹 빠졌다는 말을 들은 사람들은 모두 이 일이 끝이 안 좋을 것이라고 확신했다. "그 친구는 그 여자를 곤경에 빠뜨리고 말 거야, 두고 봐"라는 것이 사람들 사이에서 돌아다니는 말이었다.

이렇게 이 두 남자 레이와 할은 늦은 시월 어느 오후에 밭에서 일하고 있었다. 그들은 옥수수 껍질을 벗기고 있었고 가끔씩 뭔가를 얘기하다가 웃었다. 그러다가 침묵이 흘렀다. 좀 더 예민하고 항상 여러 가지에 신경을 더 쓰는 레이는 손이 터서 아팠다. 그는 손을 외투 주머니에 집어넣었고 멀리 들판을 바라보았다. 그는 슬프고 정신이 산란한 기분이었고 시골의 아름다움에 감동받았다. 여러분들이 가을의 와인즈버그 시골 지역을 안다면, 그리고 나지막한 언덕이 어떻게 노란색과 빨간색으로 모두 흠뻑 젖었는지를 안다면 그의 느낌을 이해할 수 있을 것이다. 그는 오래 전 자신이 당시 와인즈버그에서 빵집을 하던 아버지와 같이 살던 젊은 시절을 떠올렸다. 그리고 오늘 같은 날에 밤을 주우러, 토끼를 잡으러 혹은 빈둥거리며 파이프 담배를 피우기 위해 어떻게 숲을 헤매고 다녔었는지를 생각하기 시작했다. 그의 결혼은 이렇게 헤매고 다니던 나날 중 어느 날에 이루어지게 되었다. 그는 자기 아버지 가게에서 일하는 소녀를 꼬여서 데리고 나갔고 뭔가가 일어났다. 그는 그 오후를, 어떻게 그 일이 그의 인생 전체에 영향을 끼쳤는지를 생각하고 있는 그때 항의의 정신이 그의 안에서 깨어났다. 그는 할이 옆에 있는 것도 잊은 채 중얼거렸다. "신에게 속았어, 그게 나야. 인생에 속고 조롱거리가 되고." 그가 나지막이 말했다.

그의 생각을 마치 이해하기라도 했다는 듯이 할 윈터즈가 큰 소리로 말했다. "그래, 그럴 만한 가치가 있던가요? 어땠나요? 결혼이니 그런 게 다 어떻든가요?" 그가 물었고 그리고는 웃었다. 할은 계속 웃으려고 했지만 그도 또한 진지한 기분이었다. 그는 진지하게 말하기 시작했다. "남자는 그래야만 하나요?" 그가 물었다. "남자는 마구(馬具)에 묶인 채 평생을 마치 마차 끄는 말처럼 끌려 다녀야 하나고요?"

할은 대답을 기다리지 않았고 벌떡 일어나 옥수수 단 사이를 오르락내리락 걷기 시작했다. 그는 점점 더 흥분했다. 갑자기 무릎을 구부리더니 그는 노란 옥수수 열매를 하나 집어 울타리를 향해 던졌다. "내가 넬 군터를 임신시켰어요." 그가 말했다. "정말이라고요. 근데 아저씨 입 다물고 있어야 해요."

레이 피어슨은 일어나 바라보고 서 있었다. 그는 할보다 거의 1피트는 작았고 젊은 남자가 와서 두 손을 나이든 남자의 어깨에 올려놓자 이들은 하나의 그림이 되었다. 거기서 이들 뒤로 말없는 옥수수 단이 열을 지어 서 있었고 멀리 빨갛게 노랗게 단풍 든 언덕이 보이는 크고 텅 빈 밭에 그들은 서 있었고, 두 명의 대수롭지 않은 일꾼에서 이들은 서로에게 완전히 살아 있는 존재가 되었다. 할은 이를 눈치 챘고 늘 그러듯 웃었다. "그런데, 아저씨." 그가 어색하게 말했다. "어서, 내게 충고 좀 해 줘요. 내가 넬을 임신시켰다고요. 아저씨도 저 같은 곤경에 처했었는지 모르죠. 난 모든 사람들이 말하는 대로 하는 게 옳은 일이라는 걸 아는데 아저씨 생각은 어때요? 내가 결혼해서 눌러 앉아야 하는 건가요? 내가 날 마구에 채워서 늙어빠진 말처럼 지쳐 빠지게 만들어야 하나요? 절 아시잖아요. 레이. 그 누구도 날 망가뜨릴 수 없지만 난 내 자신을 망가뜨릴 수 있어요. 내가 이 일을 해야 할까요, 아니면 넬에게 지옥에나 가라고 말할까요? 자, 어서, 말해 봐요. 아저씨가 뭐라고 말하건, 레이, 전 그렇게 할 거예요."

레이는 대답할 수 없었다. 그는 몸을 흔들어 할의 손을 털어 내고 몸을 돌려 곧장 헛간 쪽으로 걸어 가 버렸다. 그는 감수성이 예민한 사람이었고 그의 눈에는 눈물이 고였다. 그는 늙은 윈드피터 윈터즈의 아들인 할 윈터즈에게 할 말이 단 하나가 있다는 것을, 그 자신의 모든 훈련과 자기가 아는 모든 사람들의 믿음이 인정하는 단 하나가 있다는 것을 알고 있었지만 아무리해도 자신이 말해야만 하는 것을 말할 수 없었다.

그날 오후 네 시 반에 레이는 헛간 주위에서 빈둥대고 있었는데 그의 아내가 개울을 따라 나 있는 길을 올라와 그를 불렀다. 할과 이야기를 하고 난 뒤에 그는 옥수수 밭으로 돌아가지 않았고 헛간 주위에서 일했다. 그는 벌써 저녁 허드렛일을 다 했고, 읍내에서의 요란한 밤을 위해 옷 차려입고 준비를 마친 할이 농가에서 나와 길로 들어서는 것을 봤다. 자기 집으로 가는 길을 따라 그는 아내 뒤에서 터벅터벅 걸었고 땅을 보면서 생각에 잠겼다. 그는 뭐가 잘못 되었는지 이해할 수 없었다. 눈을 들어 어두워 가는 시골의 아름다움을 볼 때면 언제나 그는 지금껏 안 해봤던 뭔가를 하고 싶었고, 고함을 지르거나 비명을 지르거나 주먹으로 아내를 때리거나, 아니면 그 비슷하게 뭔가 예기치 않은 끔찍한 일을 하고 싶었다. 그는 머리를 긁적이며 길을 따라 걸었고 이해하려고 애썼다. 그는 아내의 등을 매섭게 노려보았는데 그녀는 아무렇지도 않은 것 같았다.

그 여자는 그가 읍내에 가서 식료품을 사오기를 원했을 뿐이고 할 말을 다 하자마자 그를 나무라기 시작했다. "당신은 맨 날 빈둥거려." 그녀가 말했다. "서둘러요. 집에 저녁거리가 하나도 없으니 빨리 읍내에 갔다 와요."

레이는 자기 집으로 들어가서 문 뒤의 옷걸이 못에서 외투를 낚아챘다. 외투는 주머니 주위가 찢어졌고 목은 닳아서 반질거렸다. 그의 아내는 침실로 들어가 곧 한 손에는 더러운 천 조각을, 다른 손에는 1달러짜리 동전 세 개를 들고 나왔다. 집안 어디에선가 아이가 몹시 울었고 난롯가에서 자고 있던 개가 일어나 하품을 했다. 다시 아내가 나무랐다. "애들이 계속 울 거예요. 왜 맨 날 꼼지락거려요?" 그녀가 물었다.

레이는 집 밖으로 나가 울타리를 넘어 들로 나갔다. 막 어두워지기 시작했고 앞에 펼쳐진 풍경은 아름다웠다. 낮은 언덕들이 모두 단풍이 들었고 울타리 옆 구석의 관목 군락도 생생하게 아름다웠다. 레이 피어슨에게는 모든 세상이 무엇인가로 생명으로 가득 차게 된 것처럼 보였는데 그건 그와 할이 서로의 눈을 쳐다보며 옥수수밭에 서 있었을 때 갑자기 생명이 차 있다고 느꼈던 것처럼 그랬다.

와인즈버그 주변 시골의 아름다움은 그 가을 저녁때 레이에게는 참기 힘들 정도였다. 아름답다고 할 수밖에 없었다. 그는 참을 수가 없었다. 갑자기 그는 자신이 조용한 늙은 농장 일꾼이라는 사실을 모두 잊은 채 찢어진 외투를 벗어던지고는 들판을 가로질러 뛰기 시작했다. 뛰어가면서 그는 자신의 삶에 대해, 모든 삶에 대해, 인생을 추하게 만드는 모든 것에 대해 항의하며 외쳤다. "약속이 이루어진 게 아무것도 없잖아." 그는 주위의 공터 쪽으로 소리 질렀다. "난 내 미니에게 아무것도 약속한 바 없고 할은 넬에게 아무 약속도 안 했지. 난 그가 약속 안 했다는 걸 알아. 그녀는 자기가 가고 싶었기 때문에 그를 따라 숲으로 들어갔던 거야. 그가 원하는 걸 그녀도 원한거지. 왜 내가 대가를 치러야 해? 왜 할이 대가를 치러야 해? 왜 누군가가 대가를 치러야 하는 거야? 난 할이 늙고 기운 빠지는 걸 원하지 않아. 그 친구에게 말해야겠어. 이걸 그냥 내버려둘 수 없어. 그가 읍내에 도착하기 전에 내가 할을 따라잡아 말해야겠어."

레이는 서투르게 달리다가 한번 비틀거리고 넘어졌다. "난 할을 따라잡아서 말할 거야." 그는 계속 생각했고 숨을 헐떡이기는 했지만 더욱 더 빨리 계속 뛰었다. 뛰면서 그는 여러 해 동안 마음에 떠오르지 않았던 것들을 생각했다. 즉, 결혼할 당시에 그가 서부로 오리건 주 포틀랜드에 있는 삼촌에게 가려고 계획 세운 일과, 농장 일꾼이 되고 싶지는 않았던 일 등을 생각했다. 또 그가 서부에 갔을 때 바다로 가서 뱃사람이 되거나 아니면 목장에 일자리를 구해서 말을 몰고 서부의 도시들로 들어가면서 소리 지르고 웃고 그리고 그의 야성적인 외침으로 집 안에 있는 사람들을 깨우려고 했던 일도 생각했다. 그는 뛰면서 자기 아이들을 기억했고 상상 속에서 아이들의 손이 그를 꽉 잡고 있다고 느꼈다. 자신에 관한 그의 모든 생각은 할에 대한 생각과 관련되어 있었고 그는 아이들이 이 젊은 남자도 꽉 붙잡고 있다고 생각했다. "애들은 살면서 우연히 생겨난 것들이야, 할." 그가 외쳤다. "애들은 내 것도 아니고 자네 것도 아니야. 난 애들과 아무 상관없어."

레이 피어슨이 자꾸만 뛰어가는 동안 어둠이 들에 퍼지기 시작했다. 그의 숨이 작은 흐느낌으로 새어나왔다. 길 가장자리의 울타리에 이르러서 잘 차려입고 말쑥하게 걸으면서 파이프 담배를 피우고 있는 할을 대면하게 되자 그는 자신이 생각했던, 혹은 원했던 것을 말할 수가 없었다.

레이 피어슨은 말할 용기를 잃었고 이것이 정말로 그에게 일어났던 일에 대한 이야기의 결말이다. 그가 울타리에 이르렀을 때는 거의 어두웠고 그는 울타리 제일 위의 빗장에 손을 올려놓고 서서 바라보고 있었다. 할 윈터즈는 도랑을 겅충 뛰어 건넜고 레이 쪽으로 가까이 와서 손을 주머니에 넣고는 웃었다. 그는 옥수수 밭에서 일어났었던 일이 기억이 나지 않는 것처럼 보였고 힘센 손을 들어 올려 레이의 외투의 접은 깃을 잡자 그는 마치 나쁜 짓을 한 개를 잡고 흔들 듯 늙은 남자를 뒤흔들었다.

"나한테 말하러 오셨수, 예?" 그가 말했다. "자, 뭐든지 내게 거리낌 없이 말해도 돼요. 난 겁쟁이가 아니고 난 벌써 마음먹었어요." 그가 다시 웃었고 펄쩍 뛰어서 도랑을 다시 건넜다. "넬은 바보가 아니에요." 그가 말했다. "그 여자가 나한테 결혼하자고 한 게 아니에요. 내가 그 여자랑 결혼하고 싶어요. 난 정착해서 아이들을 갖고 싶어요."

레이 피어슨도 웃었다. 그는 마치 자기 자신과 세상에 대해 웃는 것처럼 느꼈다.

할 윈터즈의 모습이 와인즈버그로 가는 길 위에 드리운 땅거미 속으로 사라지자, 그는 몸을 돌려 찢어진 외투를 버리고 왔던 곳으로 들을 지나 천천히 되돌아갔다. 걸어가면서 개울가 다 쓰러져 가는 집에서 다리 가느다란 아이들과 함께 보냈던 즐거운 저녁시간의 어떤 기억이 그의 마음에 떠올랐음에 틀림없었는데 왜냐하면 그가 이렇게 중얼거렸기 때문이다. "그냥, 잘 됐어. 내가 뭐라고 그 친구에게 말했건 그건 거짓말이 되었을 거야." 그가 조용히 말했다. 그리고는 그의 모습 또한 들의 어둠 속으로 사라졌다.

술 취한 날

톰 포스터는 아직 젊고 새로운 인상을 많이 받아들일 수 있을 때 신시내티에서 와인즈버그로 왔다. 그의 할머니는 읍내 근처의 농장에서 자랐고 어린 소녀 시절에 열두 채 혹은 열다섯 채의 집들이 트러니온 파이크 길에 있는 잡화상점 주위에 밀집하여 들어서 와인즈버그 마을을 이루었을 때 와인즈버그로 학교를 다녔었다.

개척지의 생활에서 떠난 후로 이 늙은 여자가 얼마나 힘들게 살았었겠는가! 이 자그마한 늙은 여자는 얼마나 강인했고 능력이 있었던가! 그녀는 캔자스, 캐나다, 그리고 뉴욕에서 살았었고 기계공인 남편이 죽기 전까지 그와 함께 여기저기 떠돌아 다녔다. 나중에 그녀는 딸과 함께 살게 되었는데 이 딸도 기계공과 결혼했었고 신시내티에서 강 건너에 있는 켄터키 주 커빙튼에서 살았다.

그러다가 톰 포스터의 할머니에게 힘든 시절이 시작되었다. 먼저 그녀의 사위가 파업 중에 경찰관에게 사살되었고 톰의 어머니 역시 병들어 죽었다. 할머니는 돈을 좀 모아 놨었지만 그건 딸의 병과 두 번의 장례식으로 물에 휩쓸려 가듯 다 없어졌다. 그녀는 반쯤 기진맥진하고 늙어 빠진 여자 노동자가 되었고 신시내티 뒷골목에 있는 고물상 윗방에 손자와 함께 살았다. 오 년 동안 그녀는 어느 사무실 건물의 바닥을 닦았고 그리고는 식당에 접시닦이 일자리를 구했다.

그녀의 손은 뒤틀려서 형체를 알아보기 어려웠다. 대걸레나 빗자루의 손잡이를 잡을 때면 그녀의 손은 마치 나무에 들러붙어 기어 올라가는 늙은 덩굴의 말라빠진 줄기처럼 보였다.

이 늙은 여자는 기회가 생기자마자 와인즈버그로 돌아왔다. 어느 저녁 퇴근길에 그녀는 37달러가 들어 있는 지갑을 주웠고 이것이 길을 열어 줬다. 그 여행은 소년에게는 대단한 모험이었다. 할머니가 늙은 손에 지갑을 꼭 쥔 채로 집에 돌아왔을 때는 밤 일곱 시가 넘었고 그녀는 너무 흥분해서 거의 말을 할 수가 없었다. 그녀는 그날 밤 신시내티를 떠나자고 고집했고 만약 그들이 아침까지 머무른다면 돈 주인이 그들을 반드시 찾아내서 문제가 생길 것이라고 말했다. 당시 열여섯 살이었던 톰은 이 세상에서 그들이 가진 모든 소유물을 다 낡아빠진 담요에 싸서 등에 둘러멘 채 늙은 여자와 함께 역으로 터덜터덜 걸어가야만 했다. 옆에서 할머니가 그를 앞으로 재촉하며 걸었다. 그녀의 이 빠진 늙은 입은 조심스럽게 움찔거렸고 톰이 지쳐서 길 건널목에서 짐을 내려놓고 싶어 하자 그녀는 짐을 낚아채서 만약 그가 막지 않았었다면 그 짐을 그녀 자신의 어깨에 걸쳤을 것이다. 그들이 탄 기차가 도시를 벗어나자 그녀는 마치 소녀처럼 기뻐했고 소년이 전에 들어본 적이 없는 얘기를 했다.

기차가 밤새 덜컹거리며 가는 동안 할머니는 톰에게 와인즈버그에 관한 이야기와 그가 어떻게 들에서 일하고 거기 숲에서 야생동물을 사냥하며 인생을 즐기게 될지 말했다. 그녀는 오십 년 전의 조그마한 마을이 자신이 없는 동안 번창하는 읍으로 성장했다는 것을 믿을 수 없었고 아침에 기차가 와인즈버그에 닿자 내리고 싶지 않았다. "이건 내가 생각하던 게 아니야. 네가 여기서 살려면 힘들 거야." 그녀가 말했다. 그런데 기차가 자기 길을 떠나가자 두 사람은 어디로 가야할지 모르는 채 와인즈버그의 화물소장인 엘버트 롱워쓰 앞에 어리벙벙하게 서 있었다.

그러나 톰 포스터는 잘해 나갔다. 그는 어디에서건 잘 사는 그런 사람이었다. 은행가의 아내인 화이트 부인은 그의 할머니를 부엌에서 일하도록 고용했고 그는 은행가가 새로 지은 벽돌 마구간에서 말을 돌보는 일자리를 얻었다.

와인즈버그에서는 하인을 구하기가 어려웠다. 집안일을 도와줄 사람을 찾던 부인은 어떤 '정식 하녀'를 고용했는데 이 하녀는 식탁에서 가족과 함께 앉겠다고 고집했다. 화이트 부인은 정식 하녀들에 질려서 이 늙은 도시 여자를 차지할 기회를 붙잡았다. 그녀는 소년 톰을 위해서는 마구간 위층에 방을 하나 꾸며 줬다. "이 애는 말을 돌볼 필요가 없을 때면 잔디도 깎을 수 있고 심부름 보낼 수도 있어요." 그녀가 남편에게 설명했다.

톰 포스터는 나이에 비해 체구가 작은 편이었고 커다란 머리는 곧추 선 빳빳한 검은 머리칼로 뒤덮여 있었다. 머리카락이 그의 큰 머리를 더 눈에 띠게 했다. 그의 목소리는 상상할 수 있는 한 가장 부드러운 소리였고, 그 스스로도 너무 온화하고 말이 없어서 그는 전혀 사람들의 관심을 끌지 않고 읍내에서의 삶으로 미끄러져 들어갔다.

사람들은 톰 포스터가 어디에서 그 온화함을 얻게 되었는지 의아하게 생각하지 않을 수 없을 것이다. 신시내티에서 그는 거친 소년들이 패를 지어 거리를 어슬렁거리며 다니는 그런 동네에 살았었고 어린 인격형성기 내내 거친 소년들과 어울려 다녔다. 한동안 그는 전보회사의 배달원이었고 매춘굴이 흩어져 있는 이웃 동네에 전보를 배달했다. 매춘굴의 여자들이 톰 포스터를 알고 사랑했고 갱단의 거친 소년들도 그를 사랑했다.

그는 결코 자기주장을 하지 않았다. 이것이 그가 이런 환경에 물들지 않게 도와줬다. 이상한 방식으로 그는 인생이라는 울타리의 그늘에 서 있게 되었고, 또 그 그늘 속에 서 있도록 예정되어 있었다. 그는 욕정을 사고파는 집에서 남자와 여자들을 봤고 그들이 아무렇지도 않게 벌이는 끔찍한 정사를 눈치 챘다. 그리고 소년들이 싸우는 것을 봤고 그들이 들려주는 도둑질하고 술 마시는 얘기를 감동받지 않고 희한하게도 물들지도 않은 채 들었다.

한번은 톰도 도둑질을 했다. 그건 그가 아직도 도시에 살 때였다. 그때 할머니는 아팠었고 그도 일자리가 없었다. 집에 먹을 게 없어서 그는 골목에 있는 마구상에 들어가 현금서랍에서 1달러 75센트를 훔쳤다.

마구상은 콧수염이 긴 어느 늙은 남자가 운영하고 있었다. 그는 소년이 숨어 있는 것을 보았지만 별 생각을 하지는 않았다. 그가 거리로 나가 마차꾼과 얘기하는 동안 톰은 현금서랍을 열고 돈을 꺼내 사라졌다. 나중에 그는 붙잡혔고 그의 할머니는 한 달 동안 일주일에 두 번씩 와서 가게를 걸레질 해 주겠다고 하여 문제를 해결했다. 소년은 창피했지만 좀 기쁘기도 했다. "창피한 건 상관없고 그게 새로운 것들을 이해하게 해 줘요." 그가 할머니에게 말했는데 할머니는 소년이 무슨 말을 하는지 알 수 없었지만 그를 너무나 사랑했기 때문에 그녀가 이해하건 못하건 그건 중요하지 않았다.

일 년 동안 톰 포스터는 은행가의 마구간에 살았고 그리고는 그곳의 일자리를 잃었다. 그는 말들을 썩 잘 돌보지 못했고 은행가의 아내를 끊임없이 화나게 만드는 장본인이었다. 그 여자가 그에게 잔디밭을 깎으라고 했는데 그는 잊었다. 그러다가 그녀는 가게나 우체국에 그를 보냈는데 그는 돌아오지 않고 남자들과 소년들의 무리에 어울려서는 우두커니 서 있거나 그들의 말에 귀 기울이거나, 혹은 이들이 말을 붙여 오면 몇 마디 하면서 이들과 오후를 다 보냈다. 도시에 살 때 매춘굴에서, 그리고 밤에 거리를 싸돌아다니는 소년들 틈에서 그랬던 것처럼, 와인즈버그에서도 주민들 사이에서 그는 늘 자신을 둘러싼 삶의 일부가 될 수 있는 힘을 가졌지만 분명히 그 삶으로부터 떨어져 있었다.

은행가 화이트 씨네 집에서의 일자리를 잃고 나자 톰은 저녁때 할머니가 종종 그를 찾아오기는 했지만 같이 살지는 않았다. 그는 늙은 루퍼스 화이팅 소유의 작은 목조 건물 뒤에 있는 방 한 칸을 세냈다. 이 건물은 두웨인 거리에 있었는데 메인 스트리트에서 막 벗어난 곳이었고 그 늙은이가 법률사무소로 여러 해 동안 사용하고 있었는데 그는 변호사 직을 수행하기에는 너무 몸이 약했고 건망증이 심하면서도 자기의 무능을 깨닫지 못했다. 그는 톰을 좋아해서 그가 한 달에 1달러에 그 방을 쓰게 했다. 변호사가 집에 가고 난 늦은 오후면 소년은 그곳을 독차지했고 난롯가 바닥에 누워서 이런저런 일들을 생각하며 여러 시간을 보냈다. 저녁에는 할머니가 와서 변호사 의자에 앉아 파이프 담배를 피웠고 그러는 동안 톰은 모든 사람 앞에서 그렇듯 말없이 가만히 있었다.

  그 늙은 여자는 종종 아주 활기차게 말하곤 했다. 가끔 은행가의 집에서 일어난 어떤 일에 화가 날 때면 그녀는 몇 시간이고 불평을 하며 그 일을 잊었다. 자기가 버는 돈에서 그녀는 걸레를 한 자루 사서 정기적으로 변호사 진료실을 닦았다. 그러다가 그곳이 먼지하나 없이 깨끗해져서 냄새까지도 깨끗해지면 그녀는 사기 담뱃대에 불을 붙였고 톰과 같이 담배를 피웠다. "네가 죽을 준비가 되면 나도 죽을 거란다." 그녀가 자기 의자 옆 바닥에 누워 있는 소년에게 말했다.

  톰 포스터는 와인즈버그에서의 생활을 즐겼다. 그는 부엌 난로에 넣을 장작을 패거나 집 앞의 잔디밭을 깎거나 하는 등의 허드렛일을 했다. 오월 하순이나 유월 초순이면 그는 밭에서 딸기를 땄다. 그는 빈둥거릴 시간이 있었고 빈둥거리기를 즐겼다. 은행가 화이트 씨는 너무 커서 내버린 코트를 그에게 줬고 그의 할머니는 그것을 잘라 줄였다. 그에게는 또 같은 데서 얻은 외투도 있었는데 가장자리가 모피로 되어 있었다. 모피는 여기저기가 닳았지만 외투는 따뜻했고 겨울이면 톰은 그 옷을 입고 잠들었다. 그는 자신이 세상에서 살아가는 방식이 상당히 맘에 들었고 와인즈버그에서 이렇게 살아가게 된 데 대해 행복하고 만족했다.

  가장 터무니없고 작은 일들이 톰 포스터를 행복하게 만들었다. 내 생각에 그게 사람들이 그를 사랑하는 이유였다. 헌의 식료품점에서는 금요일 오후면 토요일에 손님이 들이닥칠 때를 대비해 커피를 볶는데 그 진한 향기가 메인 스트리트 아래쪽으로 퍼졌다. 톰 포스터가 나타나 가게 뒤쪽의 상자 위에 앉았다. 한 시간 동안 그는 움직이고 않고 아주 가만히 앉아 있었고 자극적인 커피 향으로 자신의 존재를 채우자 행복감에 반쯤 취했다. "난 이게 좋아." 그가 부드럽게 말했다. "이건 내게 멀리 떨어진 것들과, 그런 장소들과 물건들을 생각나게 하지."

어느 날 밤 톰 포스터는 취했다. 그 일은 희한한 방식으로 일어났다. 그는 전에 취했던 적이 한 번도 없었고 정말로 평생 동안 취하게 만드는 어떤 것도 마신 적이 없었는데 그때 한 번은 취해야 할 필요가 있다고 느꼈고 그래서 마시러 갔고 취했다.

신시내티에 살 때 톰은 많을 것을 알게 되었는데, 추잡함과 범죄와 욕정에 관한 것들이었다. 사실 이런 일들에 대해서 그는 와인즈버그의 다른 누구보다도 많이 알았다. 특히 섹스의 문제는 그가 꽤 끔찍한 방식으로 알게 되어서 그의 마음에 깊은 인상을 남겨 놓았다. 그는 추운 밤에 그 더러운 집 앞에 서 있던 여자들을 보고, 또 그들과 말하려고 걸음을 멈춘 남자들의 눈빛을 보고 난 뒤 자신의 삶에서 섹스를 완전히 없애겠다고 생각했다. 이웃 여자들 중의 한 명이 한 번 그를 유혹했고 그는 그녀와 함께 방에 들어갔다. 그는 그 방의 냄새와 그 여자의 눈에 떠오른 탐욕스러운 표정을 결코 잊을 수 없었다. 그것이 그를 구역질나게 했고 아주 끔찍하게 그의 영혼에 상처를 남겼다. 그는 전에는 여자들을 마치 자신의 할머니같이 아주 순진무구한 존재로 생각했었는데 그 방에서의 그 한 번의 경험 이후로는 여자들을 마음속에서 지워 버렸다. 그의 천성은 너무나 착해서 그는 어떤 것도 증오할 수 없었고, 자신이 이해할 수 없는 것들은 잊기로 마음먹었다.

그래서 톰은 와인즈버그에 올 때까지는 정말 잊었다. 거기 이 년간 살고난 후에 뭔가가 그의 안에서 꿈틀거리기 시작했다. 사방에서 그는 젊은이들이 사랑의 행위를 하는 것을 보았고 그 자신도 젊은이였다. 무슨 일이 일어났는지 알기도 전에 그도 사랑에 빠졌다. 그는 자기 고용주의 딸인 헬렌 화이트를 사랑하게 되었고 밤에는 그녀를 생각했다.

그것이 톰에게는 문제였고 그는 자기만의 방식으로 이 문제를 해결했다. 그는 헬렌 화이트의 모습이 마음에 떠오를 때면 언제나 그녀를 생각하게 자신을 내버려뒀고 생각의 방식에 대해서만 관심을 가졌다. 그는 자신의 욕망을 원래 있어야 할 곳에 가둬 놓으려는 조용하지만 굳게 결심한 자기만의 작은 투쟁을 했고 대체로 그가 승리했다.

그러다가 그가 취한 봄날 밤이 왔다. 톰은 그날 밤 야성적이었다. 그는 마치 어떤 미치게 만드는 풀을 먹은 숲속의 순진하고 어린 수사슴 같았다. 그 일이 하루 밤에 시작되어 진행되고 끝났는데 여러분들은 와인즈버그의 누구도 톰의 폭발 때문에 더 나쁘게 된 건 없다고 확신할 수 있다.

무엇보다도 밤이 그 감수성 예민한 사람을 취하게 만들었다. 읍내의 주택가 거리를 따라 있는 나무들은 부드러운 녹색 잎으로 모두 새 옷을 입었고 집 뒤의 정원에서는 남자들이 채소밭에서 빈둥거리고 있었고 공기 중에는 정적이 흐르고 있었고, 피를 끓게 만드는 기대에 찬 침묵이 있었다.

톰은 이제 막 시작된 밤이 밤으로 느껴지기 시작할 때 두웨인 거리에 있는 자신의 방을 나왔다. 먼저 그는 거리를 걸었고 말로 표현하려고 애쓰는 생각들을 생각하면서 살며시, 그리고 조용히 걸었다. 그는 헬렌 화이트가 공중에서 춤추는 불꽃이고 자신은 하늘에 뚜렷이 대비되게 있는, 잎이 없는 작은 나무라고 말했다. 그리고는 그녀는 바람이고, 풍랑 이는 바다의 어둠으로부터 온 강하고 무서운 바람이며, 자신은 어부에 의해 바닷가에 남겨진 보트라고 말했다.

  이 생각이 소년을 기분 좋게 했고 그는 이 생각을 계속하면서 어슬렁어슬렁 걸었다. 그는 메인 스트리트로 들어갔고 웨커의 담배 가게 앞 연석 위에 앉았다. 한 시간 동안 그는 남자들이 하는 말을 귀 기울여 들었지만 썩 재미있지 않아서 살며시 빠져나갔다. 그러다가 그는 술 마시기로 마음먹고 윌리의 술집으로 들어가 위스키 한 병을 샀다. 병을 주머니에 집어넣고 그는 걸어서 읍내를 나왔고 더 많은 생각을 하기 위해서, 그리고 위스키를 마시기 위해서 혼자 있고 싶었다.

  톰은 읍내에서 1마일쯤 북쪽의 길 가에 있는 새로 난 풀로 덮인 강둑에 앉아 술을 마셨다. 그의 앞에는 하얀 길이 있었고 뒤에는 한참 꽃이 만발한 사과 과수원이 있었다. 그는 병째로 한 모금 마셨고 그리고는 풀 위에 누웠다. 그는 와인즈버그의 아침 풍경을 떠올렸고 은행가 화이트 씨네 집 옆의 자갈 깔린 마차 진입로의 돌이 어떻게 이슬에 젖어 아침 햇살을 받아 빛났는지 생각했다. 그는 비가 내릴 때 마구간에서 깬 채로 누워서 떨어지는 빗방울의 북 치는 듯한 소리에 귀 기울이고 말과 건초의 따뜻한 냄새를 맡았던 밤을 떠올렸다. 그러다가 그는 며칠 전에 으르렁대며 와인즈버그를 훑고 간 폭풍을 떠올렸고, 생각이 과거로 거슬러 가면서 그는 신시내티에서 올 때 할머니와 둘이서 기차에서 보냈던 밤을 기억했다. 그는 기차 간에 가만히 앉아서 기차를 밤새도록 앞으로 휘몰아 나아가게 하는 기관차의 힘을 느끼는 것이 얼마나 이상하게 보였던가를 또렷하게 기억했다.

톰은 아주 짧은 시간에 취했다. 그는 생각이 들 때마다 계속 병에 입을 대고 술을 마셨고 머리가 어찔어찔해지기 시작하자 일어나 와인즈버그 읍내를 벗어나는 길을 따라 걸었다. 와인즈버그에서 나와 북쪽으로 이어리 호로 가는 길에 다리가 하나 있었는데 취한 소년은 길을 따라 그 다리까지 갔다. 거기서 그는 앉았다. 그는 다시 마시려고 했지만 병에서 코르크 마개를 따자 머리가 아팠고 곧 다시 마개를 닫았다. 머리가 앞으로 뒤로 흔들려서 그는 다리로 가는 돌길 위에 앉아 한숨을 쉬었다. 그의 머리는 마치 바람개비처럼 이리저리 날리다가는 공중으로 내던져지는 것 같았고 팔과 다리는 어찌할 수 없이 여기저기 팔딱거리며 움직였다.

열한 시에 톰은 읍내로 다시 들어왔다. 조지 윌러드는 그가 여기저기 헤매고 다니는 것을 발견하고는 그를 〈이글〉지 인쇄소 안으로 데리고 들어갔다. 그는 취한 소년이 바닥에 토할까 두려워 그를 부축해서 골목으로 나갔다.

기자는 톰 포스터 때문에 혼란스러웠다. 그 취한 소년은 헬렌 화이트에 대해 말했고 자기가 그녀와 바닷가에 같이 있었고 그녀와 사랑을 나눴다고 말했다. 조지는 저녁에 헬렌 화이트가 그녀의 아버지와 함께 거리를 걷는 것을 보았기 때문에 톰이 정신이 나갔다고 판단했다. 헬렌 화이트에 관해 그 자신의 마음속에 숨어 있던 어떤 감정에 불이 붙었고 그는 화가 났다. "자, 이제 그만 해." 그가 말했다. "난 헬렌 화이트의 이름이 이렇게 질질 끌리게 내버려두지 않을 거야. 난 그런 일이 생기지 않게 할 거야." 그는 톰의 어깨를 흔들기 시작했고 그를 이해시키려 했다. "이제 그만 두라고." 그가 다시 말했다.

두 젊은이는 이렇게 이상하게 한데 있게 되어 세 시간 동안 인쇄소에 머물렀다. 조금 회복되자 조지는 톰을 데리고 같이 걸었다. 그들은 교외로 나가 숲 가장자리 근처의 통나무 위에 앉았다. 조용한 밤 속의 뭔가가 이들을 한 데 이끌었고 술 취한 소년의 머리가 맑아지기 시작하자 그들은 이야기했다.

"술 취하니까 기분 좋데요." 톰 포스터가 말했다. "술이 내게 뭔가 가르쳐줬어요. 그렇다고 다시 술 마실 필요는 없고요. 앞으로는 난 더 분명하게 생각할 거예요. 아시겠죠?"

조지 윌러드는 알지 못했다. 그러나 헬렌 화이트와 관련된 그의 분노는 사라졌고 이 창백하고 동요하는 소년에게 이끌린다고 느꼈는데 그는 누구에 대해서도 이렇게 이끌려 본 적이 없었다. 엄마와 같은 근심으로 그는 톰이 일어나 좀 걸어 다녀야 한다고 주장했다. 다시 그들은 인쇄소로 돌아왔고 어둠 속에서 말없이 앉아 있었다.

기자는 톰 포스터가 무슨 목적으로 그렇게 행동했는지 마음속에서 헤아려 볼 수 없었다. 톰이 다시 헬렌 화이트에 관해 말하자 그는 다시금 화가 났고 꾸짖기 시작했다. "너, 그거 그만두라고." 그가 날카롭게 말했다. "넌 그 여자랑 같이 있었던 것도 아니잖아? 뭣 때문에 네가 그랬었다고 말하는 거야? 뭣 때문에 이런 얘기 계속하느냐고? 자, 인제 그만 해, 내 말 들려?"

톰은 마음이 상했다. 그는 조지 윌러드와 싸울 수 없었는데 그건 그가 싸울 능력이 없었기 때문이었고, 그래서 가려고 일어섰다. 조지 윌러드가 고집을 굽히지 않자 톰은 손을 내밀어 자기보다 나이 많은 소년의 팔에 올려놓고 설명하려고 했다.

"그래요," 그가 부드럽게 말했다. "난 어떻게 된 일인지 몰라요. 난 행복했어요. 아시잖아요? 헬렌 화이트가 날 행복하게 만들어 줬고 그 밤도 날 행복하게 해 줬어요. 난 고통 겪고 싶고, 어떻게든 상처받고 싶어요. 난 그게 내가 해야 할 일이라고 생각해요. 아시다시피 난 고통 겪고 싶어요. 왜냐하면 누구나 고통을 겪고 잘못을 저지르기 때문이죠. 난 해야 할 많을 일들을 생각했지만 그 일들이 잘 안 돼요. 그 일들은 모두 다른 누군가를 다치게 하는 거예요."

톰 포스터의 목소리가 높아졌고 그의 일생에 한 번 그는 거의 흥분했다. "그건 사랑의 행위 같은 거죠. 그게 내가 말하려는 거예요." 그가 설명했다. "그게 어떻게 된 건지 모르겠어요? 내가 했던 일을 하는 건 날 아프게 하고 모든 걸 이상하게 만들어요. 그래서 내가 그걸 한 거죠. 난 기쁘기도 해요. 그게 내게 뭔가를 가르쳐 줬어요. 그게 바로 이거고 그게 내가 원하던 거예요. 모르겠어요? 난 뭔가를 배우고 싶어 했어요. 그래서 내가 그 일을 한 거죠."

죽음

헤프너 블록 거리에 있는 페리스 포목상 이층 닥터 리피의 진료실로 올라가는 계단에는 흐릿하게 불이 켜져 있었다. 계단 제일 위쪽에는 받침대로 벽에 고정된 더러운 굴뚝과 함께 등불이 하나 걸려 있었다. 등불에는 양철로 된 반사경이 있었는데 녹이 슬어 거무스레했고 먼지로 뒤덮여 있었다. 계단을 올라가는 사람들은 그들보다 앞서 갔었던 많은 사람들의 발자국을 따라 올라갔다. 계단의 부드러운 널빤지에는 사람들 발의 무게를 못 이기고 깊이 꺼진 곳들이 있었다.

계단 꼭대기에서 오른쪽으로 돌면 의사의 진료실 문이 된다. 왼쪽으로는 쓰레기로 가득 찬 어두운 복도가 있다. 낡은 의자들, 목수의 작업대, 발판 사다리와 빈 상자들이 어둠 속에서 정강이 피부가 까지기를 기다리며 놓여 있었다. 쓰레기 더미는 페리스 포목상에서 나온 것이다. 가게의 카운터나 아니면 선반 한 줄이 쓸모없게 되면 점원들이 그것을 들고 계단을 올라와 쓰레기 더미 위에 던졌다.

닥터 리피의 진료실은 헛간처럼 넓었다. 둥근 배불뚝이 난로가 방 한가운데에 있었다. 난로 받침대는 주위에 톱밥이 쌓여 있었고 마룻바닥에 못으로 박혀 있는 무거운 널빤지에 의해 제자리에 고정되어 있었다. 문 가에는 한때 헤릭네 옷가게의 가구의 일부였고 맞춤옷을 전시하는 데 사용되었던 커다란 탁자가 있었다. 탁자는 책, 병, 그리고 수술 도구들로 뒤덮여 있었다. 탁자의 끄트머리 쪽에 존 스페이너드가 남겨 놓고 간 사과 서너 개가 놓여 있었는데 그는 나무 묘목 키우는 사람이었고 닥터 리피의 친구였는데 문으로 들어오면서 사과를 슬그머니 주머니에서 꺼내 놓았었다.

중년인 닥터 리피는 키가 크고 행동거지가 어색한 사람이었다. 그가 나중에 기르게 된 희끗희끗한 턱수염은 아직 보이지 않았지만 윗입술 위에 갈색 콧수염이 자라고 있었다. 그는 나이가 들어가면서 고상해지는 사람은 아니었는데 손과 발을 어떻게 처리해야 하는가의 문제에는 무척 골몰하였다.

그녀가 결혼한 지 오래 되었고 아들인 조지가 열둘 혹은 열네 살의 소년이었을 때 여름날 오후면 엘리자베스 윌러드는 가끔 닳아빠진 계단을 올라가 닥터 리피의 진료실로 가곤 했다. 원래 키가 컸던 그 여자의 모습은 이미 처지기 시작했고 기운 없이 여기저기 몸을 질질 끌고 다녔다. 겉보기에 그녀는 건강 때문에 의사를 보러 갔지만 그를 만나러 갔었던 대여섯 번의 방문이 건강문제 때문은 아니었다. 그녀와 의사는 그녀의 건강에 대해 얘기했지만 주로 그녀의 인생, 그들 둘의 인생, 그리고 그들이 와인즈버그에서 살아가는 동안 떠오른 생각들에 관해 얘기했다.

크고 텅 빈 진료실에서 남자와 여자는 서로를 바라보며 앉아 있었고 이들은 무척 닮아 보였다. 그들의 육신은 그들의 눈 색깔처럼, 그들의 코의 길이와 그들의 존재가 처한 상황이 다른 것처럼 달랐지만 그들 속의 뭔가는 같은 것을 의미했고 같은 해방을 원해서 보는 사람의 기억에 같은 인상을 남겼을 것이다. 나중에 그가 늙어서 젊은 아내와 결혼했을 때 의사는 종종 아내에게 자신이 그 아픈 여자와 보냈던 시간에 대해 얘기했고 엘리자베쓰에게는 표현할 수 없었던 아주 많은 것들을 표현했다. 그는 노년에 거의 시인이었고 일어난 일에 대한 그의 생각을 시적으로 표현하였다. "난 내 인생에서 기도가 필요한 때에 이르렀고 그래서 난 신들을 만들어 냈고 그들에게 빌었소." 그가 말했다. "난 기도를 말로 하지도 않고 무릎을 꿇지도 않았지만 의자에 꼼짝 않고 앉아 있었소. 늦은 오후에 메인 스트리트가 덥고 조용할 때나 날이 우중충한 겨울에는 신들이 진료실로 들어왔고 나는 누구도 그들에 대해 모른다고 생각했소. 그러다가 나는 이 여인 엘리자베쓰는 안다는 것을, 그리고 그녀도 같은 신들을 섬긴다는 것을 알게 되었다오. 그녀가 내 진료실로 온 것은 그녀가 신들이 거기에 있을 거라고 생각해서이기 때문이었지만 어쨌든 그녀는 자기가 혼자가 아니라는 것을 발견한 것만으로도 행복했다는 생각을 나는 갖고 있소. 이건 설명될 수 없는 경험이요. 어느 곳에서건 이런 일이 항상 남자와 여자에게 일어나고 있다고 내가 추측하기는 하지만."

*

여름날 오후 엘리자베쓰와 의사가 진료실에 앉아 자신들의 두 인생에 대해 얘기하던 때에 이들은 다른 사람들의 삶에 대해서도 얘기했다. 가끔씩 의사는 철학적 경구를 만들었다. 그러다가 그는 재미있어 하며 껄껄댔다. 가끔씩 침묵의 시간이 흐르고 난 뒤에는 희한하게도 말하는 사람의 인생이 어땠는지 밝혀 주는 한마디 말이나 힌트가 주어졌고, 그러면 소망이 욕망이 되고, 아니면 반쯤 죽은 꿈이 갑자기 불붙어 되살아났다. 대개는 여인이 말을 했고 그녀는 남자를 쳐다보지 않고 말을 했다.

호텔 주인의 아내는 의사를 만나러 올 때마다 조금씩 더 거리낌 없이 얘기했고 그의 앞에서 한두 시간이 지나고 난 후 계단을 내려가 메인 스트리트로 접어들면 그녀는 일상의 지루함에 대비되게 새로워지고 강해지는 것을 느꼈다. 소녀 때처럼 나긋나긋 몸을 좌우로 흔들며 그녀는 길을 걸었지만 자기 방 창가에 있는 의자에 되돌아와 어둠이 밀려오고 호텔 식당에서 일하는 소녀가 저녁을 쟁반에 담아 오자 그녀는 저녁이 식게 내버려뒀다. 여자의 생각은 열렬히 모험을 갈망했던 소녀시절로 뛰어 달아났고 모험이 가능했던 시절에 자신을 껴안았던 남자들의 팔을 기억했다. 특히 그 여자는 한동안 자신의 연인이었고 격정적인 순간에 백번이 넘게 자기에게 "그대, 내 사랑, 그대 내 사랑, 그대 사랑스런 내 애인"이라는 똑같은 말을 미친 듯이 반복하며 외쳐 댔었던 사람을 기억했다. 그녀는 이 말이 자기가 인생에서 얻고자 했었던 뭔가를 표현한 것이라고 생각했다.

너저분한 호텔의 자기 방에서 호텔 주인의 병든 아내는 울기 시작했고 손을 얼굴에 갖다 대고는 몸을 앞뒤로 흔들었다. 그녀의 유일한 친구인 닥터 리피의 말이 그녀의 귀에서 울렸다. "사랑이란 깜깜한 밤에 나무 아래 풀을 살랑대게 하는 바람 같은 거지요." 그는 말했다. "당신은 사랑을 명확하게 정의하려고 해서는 안 돼요. 사랑은 살아가는 데 있어 신성한 우연적 사건이지요. 당신이 사랑에 대해 명확해지려 하고 확신하려 한다면, 그리고 부드러운 밤바람이 불어오는 나무 아래에서 살고자 한다면 실망의 긴 뜨거운 낮이 순식

간에 오고 지나가는 마차에서 온 모래투성이 먼지가 키스로 벌겋게 되고 부드러워진 입술에 들러붙을 겁니다."

엘리자베쓰 윌러드는 자신이 겨우 다섯 살일 때 죽은 어머니를 기억할 수 없었다. 그녀는 정말로 아무렇게나 소녀시절을 보냈다. 그녀의 아버지는 혼자 있기를 좋아하는 사람이었지만 호텔의 일들은 그를 혼자 내버려두려고 하지 않았다. 그도 또한 병자로 살다 죽었다. 매일 그는 명랑한 얼굴로 일어났지만 아침 열시쯤이면 모든 즐거움이 그의 마음에서 떠나갔다. 손님이 호텔 식당의 음식 값에 대해 불평하거나 아니면 침대 정돈하는 처녀 중 한 명이 결혼해서 떠나면 그는 마룻바닥을 발로 구르고 욕을 해댔다. 밤에 잠들 때면 그는 호텔에 흘러들어 왔다 나가곤 하는 사람들의 물결 사이에서 자라는 자신의 딸을 생각했고 슬픔에 잠겼다. 소녀가 나이가 들어가고 남자들과 밤에 데이트하러 나갈 때 그는 그녀에게 말을 하고 싶었지만 그렇게 하려고 할 때에 그는 성공하지 못했다. 그는 항상 자신이 말하고자 했던 것을 잊었고 자기 일에 대해 불평하는데 시간을 다 썼다.

소녀시절과 젊은 여성이던 시절에 엘리자베스는 인생에서 진짜 모험가가 되려고 했다. 열여덟 살의 나이에 삶이 순탄치 않아 그녀는 더 이상 처녀가 아니었다. 그녀는 톰 윌러드와 결혼하기 전에 여섯 명의 애인이 있었지만 욕망에 의해서만 부추겨지는 모험은 결코 시작하지 않았다. 세상의 모든 여자들처럼 그녀는 진정한 연인을 원했다. 그녀는 항상 맹목적이고 열정적으로 무엇인가를, 인생의 어떤 숨겨진 경이로움을 찾으려고 했다. 나무 아래에서 남자들과 걸었던, 팔을 휘두르며 성큼성큼 걸었던 그 키 크고 아름다운 소녀는 항상 손을 어둠 속으로 내밀어 어떤 다른 손을 잡으려고 했다. 그녀가 모험을 같이한 남자들의 입술에서부터 나오는 모든 말의 재잘거림에서 그녀는 자신에게 진정한 말이 될 무엇인가를 찾으려고 애썼다.

엘리자베쓰는 아버지 호텔의 사무원인 톰 윌러드와 결혼했는데 그건 그가 가까이 있었고 결혼하겠다는 결심이 드는 때에 결혼하고 싶었기 때문이었다. 한동안 다른 대부분의 처녀들처럼 그녀는 결혼이 인생의 모습을 바꿀 것이라고 생각했다. 마음속에 톰과의 결혼의 결과에 대한 의구심이 생기면 그녀는 그것을 떨쳐 버렸다. 여자의 아버지가 그 당시 아파서 거의 죽을 지경이었고 막 시작했던 연애가 아무 의미 없이 끝나 버렸기 때문에 여자는 착잡했다. 와인즈버그에 사는 그녀 또래의 다른 처녀들은 그녀가 늘 알아 왔던 남자들, 가령 식료품점 점원이나 젊은 농부들과 결혼했다. 저녁에 이들은 자신들의 남편과 메인 스트리트를 걸었고 그녀가 지나가면 행복하게 웃었다. 그녀는 결혼의 사실은 뭔가 감추어진 의미로 가득 차 있는 게 아닐까 생각하기 시작했다. 그녀가 같이 얘기하는 젊은 아내들은 나지막하게 부끄러워하며 말했다. "자기 남자가 생기면 많은 것들이 바뀌죠." 그들은 말했다.

이 착잡한 소녀는 결혼 전날 밤에 아버지와 얘기를 나눴다. 나중에 그녀는 그 병든 사람과 단 둘이 있던 시간이 결혼하려는 결심으로 이끌지 않았었나 생각했다. 아버지는 자기 인생에 대해 말했고 딸에게 자신처럼 그런 뒤죽박죽인 삶을 살지 말라고 충고했다. 그는 톰 윌러드를 비난했고 그것이 엘리자베쓰로 하여금 그 사무원을 편들게 했다. 병든 사람은 흥분했고 침대에서 나오려고 하였다. 그녀가 그를 돌아다니지 못하게 하자 그는 투덜대기 시작했다. "난 맘대로 혼자 있어 보지도 못하는구나." 그가 말했다. "내가 열심히 일하긴 했지만 호텔이 수지가 맞게 만들지 못했어. 심지어 지금도 난 은행에 빚을 지고 있지. 내가 죽고 나면 네가 그걸 알게 되겠지."

병든 사람의 목소리는 진지함으로 긴장되었다. 일어설 수 없자 그는 손을 내밀어 소녀의 머리를 끌어당겨 내려 자기 머리 옆으로 오게 했다. "빠져 나갈 길이 있어." 그가 속삭였다. "톰 윌러드이건 여기 와인즈버그의 그 누구이건 결혼하지 마라. 내 짐 가방 속에 있는 양철통에 800달러가 있단다. 그걸 갖고 떠나거라."

다시 한 번 병든 사람의 목소리가 투덜거렸다. "약속하거라." 그가 단언했다. "결혼하지 않겠다는 약속을 하지 못하겠다면 톰에게 결코 그 돈에 대해 말하지 않겠다고 내게 약속해라. 그건 내 돈이고 그 돈을 네게 준다면 난 그런 요구를 할 권리가 있는 거야. 돈을 감춰 놓아라. 그건 애비 노릇 잘못한 데 대해 너에게 보상해 주기 위한 거란다. 언젠가는 그 돈이 하나의 문으로, 네게 열리는 큰 문이 될 거야. 자, 네게 말하는데 난 곧 죽을 거니까 내게 약속해 다오."

*

닥터 리피의 진료실에서 지치고 수척한 마흔한 살의 늙은 여자 엘리자베쓰는 난로 가까이에 있는 의자에 앉아서 바닥을 내려다보고 있었다. 창문 근처 작은 책상 가에 의사가 앉아 있었다. 그의 손은 책상에 놓여 있는 연필을 만지작거렸다. 엘리자베쓰는 결혼한 여자로서의 자신의 인생에 대해 말했다. 그녀는 자기감정을 드러내지 않게 되었고 자기 남편을 잊었고 그를 단지 자신의 이야기를 강조하는 일종의 인체모형으로 사용할 따름이었다. "그러다가 저는 결혼했는데, 이건 아니었어요." 그녀가 비통하게 말했다. "결혼생활을 시작하자마자 저는 두려워지기 시작했어요. 아마 저는 미리 너무 많이 알고 있었고 그리고 아마 저는 그와의 첫날밤 동안 너무 많은 것을 알게 된 거지요. 난 기억은 못 해요.

"난 참 바보였어요. 아버지가 제게 돈을 주며 내가 결혼하려는 생각을 포기하도록 말씀하셨지만 전 귀담아들으려 하지 않았어요. 난 결혼한 여자들이 결혼생활에 대해 말했던 것을 생각했고 나도 결혼을 원했지요. 내가 원한 건 톰이 아니라 결혼이었어요. 아버지가 주무시러 가자 저는 창밖으로 몸을 내밀어 내가 살아왔던 삶을 생각했지요. 난 나쁜 여자가 되고 싶지는 않았어요. 읍내에선 사람들마다 제 얘기를 하고 있었죠. 나는 심지어 톰이 변심하지나 않을까 두렵기도 했어요."

여인의 목소리가 흥분하여 떨리기 시작했다. 어떤 일이 일어나고 있는지 깨닫지 못한 채 그녀를 사랑하기 시작한 닥터 리피에게 기묘한 착각이 일어났다. 그는 그녀가 말할 때 그 여인의 육체가 변하고 있었고, 그녀가 더 젊고, 몸도 더 똑바로 펴지고, 더 강해지고 있다고 생각했다. 그가 이러한 착각을 떨쳐 버릴 수 없을 때 그의 마음은 그 착각을 직업적으로 한번 돌려 표현했다. "그건 이 여자의 몸과 마음에 둘 다 좋은 거야, 이렇게 말하는 것이." 그가 중얼거렸다.

여인은 그녀가 결혼하고 나서 몇 달 뒤 어느 오후에 일어났던 사건에 대해 말하기 시작했다. 그녀의 목소리가 더 차분해졌다. "늦은 오후에 저는 혼자 드라이브 나갔죠." 그녀가 말했다. "난 모이어네 마차대여소에 사륜마차와 작은 회색 망아지를 맡겨 놓고 있었죠. 톰은 호텔에서 방에 페인트칠을 하고 벽지를 다시 바르고 있었어요. 그는 돈이 필요했고 나는 아버지가 내게 주신 800달러에 대해 그에게 말하기로 마음을 먹고 있던 중이었죠. 하지만 그렇게 하기로 결정할 수 없었어요. 난 그 남자를 많이 좋아하지 않았거든요. 그 시절에 그의 손과 얼굴에는 늘 페인트가 묻어 있었고 그에게는 페인트 냄새가 났어요. 그는 낡은 호텔을 수리하려고, 새롭고 멋지게 보이게 만들려고 하고 있었어요."

흥분한 여자는 의자에 등을 똑바로 펴고 앉아 있었고 봄날 오후에 혼자 드라이브 한 얘기를 할 때는 손을 소녀처럼 빠르게 움직였다. "구름이 꼈었고 비바람이 불려고 하고 있었죠." 여자가 말했다. "검은 구름이 나무와 풀의 녹색을 두드러지게 해서 그 색깔이 눈을 아프게 했어요. 전 나가서 트러니언 파이크 길로 1마일 가량 가다가 샛길로 빠졌어요. 작은 말이 빠르게 언덕을 오르락내리락 하며 갔죠. 전 참을 수 없었어요. 생각이 떠올랐고 저는 생각들로부터 벗어나고 싶었죠. 저는 말을 채찍질하기 시작했어요. 검은 구름들이 자리를 잡더니 비가 오기 시작했어요. 저는 무서운 속도로 가고 싶었고, 영원히 계속해서 마차를 몰고 싶었어요. 전 읍내에서 벗어나고 싶었고, 내 옷에서, 내 결혼에서, 내 육신에서, 모든 것에서 벗어나고 싶었어요. 저는 말을 뛰게 만들어서 거의 말을 죽일 뻔 했지요. 그리고 말이 더 이상 뛰지 못할 때 나는 마차에서 내렸고 넘어져 옆구리를 다칠 때까지 뛰어서 어둠 속으로 들어갔지요. 난 모든 것으로부터 뛰어 달아나고 싶었지만 뭔가를 향하여 뛰어가고 싶기도 했어요.

일이 어떻게 된 건지 모르시겠어요, 당신?"

엘리자베쓰는 의자에서 벌떡 일어나 진료실 안을 여기저기 걸어다니기 시작했다. 그녀는 닥터 리피가 지금껏 누구도 그렇게 걷는 것을 본 적이 없는 걸음으로 걸었다. 그녀의 온 육신에는 그를 도취시키는 하나의 흔들림이, 하나의 리듬이 있었다. 여자가 와서 그의 의자 옆 바닥에 무릎 꿇자 그는 여자를 껴안고 뜨겁게 키스하기 시작했다. "전 집에 가는 내내 울었어요." 그녀가 자신의 거친 마차몰이에 관한 이야기를 계속하려고 말 했지만 그는 귀 기울여 듣지 않았다. "그대 내 사랑, 그대 아름다운 내 사랑! 오, 그대 아름다운 내 사랑아!" 그는 중얼거렸고 자신이 품에 안고 있는 것이 지쳐 빠진 마흔한 살의 여자가 아니라, 지쳐 빠진 여인의 육신의 껍질로부터 어떤 기적에 의해 스스로를 밖으로 투사할 수 있었던 사랑스럽고 순진무구한 소녀라고 생각했다.

닥터 리피는 자신이 품에 안았던 여자를 그녀가 죽은 후까지 다시 보지 못했다. 여름날 오후 진료실에서 그가 막 그녀의 연인이 되려고 할 때 어떤 괴상한 작은 사건이 그의 연애를 갑자기 끝나게 만들었다. 남자와 여자가 서로를 꼭 껴안고 있을 때 육중한 발이 진료실 계단을 쿵쿵거리며 올라왔다. 두 사람은 벌떡 일어났고 떨면서 귀 기울였다. 계단의 소리는 페리스 포목 상점 회사의 점원이 낸 소리였다. 커다란 쿵 소리와 함께 그는 빈 상자를 복도에 있는 쓰레기 더미 위에 던졌고 육중한 걸음으로 계단을 내려갔다. 엘리자베쓰는 거의 즉각적으로 그를 따라갔다. 여자가 자신의 유일한 친구에게 얘기할 때 자기 안에서 생명을 부여받았던 것이 갑자기 죽었다. 여자는 닥터 리피가 그랬던 것처럼 신경이 예민해졌고 얘기를 계속하고 싶지 않았다. 길을 따라 걸어가는데 몸속에는 아직도 피가 노래하고 있었지만 메인 스트리트에서 나와 눈앞에 있는 뉴 윌러드 하우스의 불빛을 보자 여자는 몸을 떨기 시작했고 무릎이 너무 흔들려서 자기가 길에 쓰러질지 모른다고 잠시 생각했다.

그 병든 여자는 삶의 마지막 몇 달을 죽음을 갈구하며 보냈다. 죽음의 길을 따라 그녀는 갔다, 죽음을 찾고, 갈구하면서. 그녀는 죽음의 모습을 인격화시켜서 때로는 언덕을 뛰어넘어 가는 힘센 검은 머리의 젊은이로, 또 어떤 때는 살아가는 일에 의해 점 생기고 흉터 생긴 엄하고 조용한 남자로 만들었다. 자기 방 어둠 속에서 여자는 침대이불 밖으로 손을 내밀었고 죽음이 마치 살아 있는 존재처럼 손을 자기에게 내밀었다고 생각했다. "기다려요, 내 사랑." 여자가 속삭였다. "당신은 항상 젊고 아름다워야 하고 기다릴 줄 알아야 해요."

병이 그 무거운 손을 여자에게 얹었고 감춰 놓은 800달러에 대해 아들 조지에게 말하려는 계획을 무산시켰던 밤에 그녀는 침대에서 나와 방을 반쯤 가로질러 기어가면서 생명을 한 시간만 더 달라고 죽음에게 애원했다. "기다려요, 내 사랑. 내 아들! 내 아들! 내 아들!" 그녀는 모든 힘을 다 짜내 자신이 그렇게 간절히 원하던 연인의 팔을 뿌리치려고 하면서 이렇게 간청했다.

*

엘리자베쓰는 아들 조지가 열여덟 살이 되던 해 삼월 어느 날에 죽었고 젊은 남자는 그녀의 죽음의 의미에 대해 거의 알지 못했다. 오직 시간만이 그에게 그걸 알게 해 줄 것이다. 한 달 동안 그는 그녀가 침대에서 창백하고 가만히, 아무 말도 안하고 누워 있는 것을 보아 왔고 그러다가 어느 오후에 의사가 그를 복도에서 멈추게 하고는 몇 마디 말을 했다.

젊은이는 자기 방으로 들어가 문을 닫았다. 그는 자기 배 있는 쪽에 묘한 공허감이 들었다. 잠시 동안 그는 바닥을 응시하며 앉아 있었고 그러다가 벌떡 일어나 산책하러 나갔다. 그는 기차역 플랫폼을 따라 걸었고 빙 돌아 주택가 거리를 통과해 고등학교 건물을 지나며 거의 완전히 자기 일만 생각했다. 죽음의 생각은 그를 붙잡을 수 없었고 그는 사실 자기 엄마가 그날 죽은 것이 언짢았다. 그는 읍내 은행가의 딸인 헬렌 화이트로부터 그가 보냈었던 쪽지에 대한 답으로 쪽지를 하나 막 받았었다. "오늘 밤 난 그 여자를 보러 갈 수 있었을 텐데 이제 그 일을 미뤄야 하다니." 그가 반쯤 화가 난 채 생각했다.

엘리자베쓰는 금요일 오후 세시에 세상을 떠났다. 아침에 춥고 비가 내렸지만 오후에는 해가 났다. 죽기 전에 그녀는 엿새 동안 몸이 마비되어 누워서 말도 못 하고 움직이지도 못했으며 단지 마음과 눈만 살아 있을 뿐이었다. 그 엿새 중 사흘 동안 그녀는 아들을 생각하며 그의 미래에 관련하여 몇 마디 얘기를 하려고 몸부림쳤고 그녀의 눈에는 너무나 감동적인 호소력이 있어서 그걸 본 사람들은 다 죽어가는 이 여인의 기억을 자신들의 마음속에 여러 해 동안 간직했다. 늘 자기 아내를 거의 증오해 왔던 톰 윌러드까지도 증오심을 잊었고 눈물이 그의 눈에서부터 흘러내려 콧수염에 머물러 있었다. 콧수염이 희끗희끗해져서 톰은 염색을 했다. 염색을 준비하며 그가 사용하는 기름이 있었는데 눈물이 콧수염에 달라붙었다가 손에 의해 씻겨 나가면서 미세한 안개 비슷한 증기를 만들어 냈다. 슬픔에 잠겨 있는 톰 윌러드의 얼굴은 매서운 날씨에 오랫동안 밖에 있었던 작은 개의 얼굴처럼 보였다.

조지는 어머니가 죽던 날 어두워져서야 메인 스트리트를 걸어 집으로 왔고 머리와 옷을 솔질하기 위해 자기 방으로 간 다음에 복도를 통해 시체가 누워 있는 방으로 들어갔다. 문 가의 화장대 위에 양초가 있었고 닥터 리피가 침대 옆 의자에 앉아 있었다. 의사는 일어났고 밖으로 나가려 했다. 그는 젊은이에게 인사하듯 손을 내밀었다가 어색해 하며 다시 불러들였다. 방의 공기는 자기 생각에 빠진 두 사람의 존재로 인해 무거웠고 그 남자는 서둘러 나갔다.

죽은 여인의 아들은 의자에 앉아 바닥을 내려다보았다. 그는 다시금 자기 자신의 일들을 생각했고 자기가 인생에서 변화를 이룰 것이고 와인즈버그를 떠나겠다고 확실하게 결심했다. "난 도시로 가겠어. 아마 난 신문사에 일자리를 얻을 수 있을 거야." 그는 이렇게 생각했고 그러다가 그의 마음은 자신이 오늘 저녁을 같이 보내기로 되어 있었던 소녀를 향했고 다시금 자신이 그녀에게 가는 것을 막은 일련의 사건들에 대해 거의 화가 났다.

불이 어둠침침한 방에서 죽은 여인과 함께 있으면서 젊은이는 생각을 하기 시작했다. 어머니의 마음이 죽음에 대한 생각에 골몰했듯이 그의 마음은 삶에 대한 생각에 골몰했다. 그는 눈을 감고 헬렌 화이트의 붉고 젊은 입술이 자신의 입술에 닿는 것을 상상했다. 그의 몸이 흔들렸고 손이 떨렸다. 그러다가 어떤 일이 일어났다. 소년은 벌떡 일어나 꼿꼿이 섰다. 그는 시트 아래 죽은 여인의 모습을 내려다봤고 자기가 했던 생각에 대한 수치심이 휩쓸고 지나가자 그는 울기 시작했다. 어떤 새로운 생각이 그의 마음에 떠오르자 그는 몸을 돌려 누가 자기를 보고 있지 않을까 두려워하는 것처럼 죄의식에 잠겨 여기저기 둘러봤다.

조지 윌러드는 어머니의 시신에서 시트를 걷어 그 얼굴을 보고 싶은 미친 듯한 생각에 사로잡혔다. 마음에 떠오른 이 생각에 그는 끔찍할 정도로 꽉 붙잡혔다. 그는 자기 어머니가 아니라 다른 누군가가 자기 앞의 침대에 누워 있다고 확신하게 되었다. 이 확신은 너무나 진짜 같아서 거의 참을 수 없을 지경이 되었다. 시트 밑에 있는 시신은 몸이 길었고 죽었어도 젊고 우아해 보였다. 어떤 이상한 환상에 사로잡힌 소년에게 시신은 말할 수 없이 사랑스러웠다. 그의 앞의 시신이 살아 있다는 느낌, 곧 어떤 사랑스런 여인이 침대에서 벌떡 일어나 내려와 그와 대면하게 되리라는 느낌이 너무나 강해져서 그는 이 긴장감을 참을 수 없었다. 자꾸만 자꾸만 그는 손을 내밀었다. 한번은 그녀를 덮고 있는 하얀 시트를 만지다가 반쯤 들어 올렸는데 용기가 사라져서 닥터 리피처럼 몸을 돌려 방에서 나갔다. 문밖 복도에서 그는 걸음을 멈췄고 몸이 떨려서 자신을 지탱하기 위해 손을 내밀어 벽에 기대야 했다. "저건 내 엄마가 아니야. 저기 있는 건 내 엄마가 아니야." 그가 혼자 말했고 다시금 그의 몸은 두려움과 불확실성으로 떨었다. 시신을 지켜보러 왔던 엘리자베쓰 스위프트 아줌마가 옆방에서 나와 그의 손을 양손으로 잡자 그는 머리를 좌우로 크게 흔들며 슬픔으로 눈이 반은 가린 채 흐느끼기 시작했다. "우리 엄마가 죽었어요." 그가 말했다. 그리고는 그 여자는 잊은 채 몸을 돌려 자기가 막 들어온 문을 응시했다. "사랑아, 사랑아, 오 아름다운 내 사랑." 소년은 자기 밖의 어떤 충동에 떠밀려서 큰 소리로 중얼거렸다.

*

800달러에 관해 말하자면 죽은 여인은 그 돈을 너무 오랜 기간 동안 감춰 놨었고 조지 윌러드가 도시에서 새 출발을 할 때 쓰려고 마련해 놓았었는데, 이 돈은 어머니의 침대 다리 옆 회칠한 벽 뒤의 양철상자에 들어 있었다. 엘리자베쓰는 결혼한 지 일주일 뒤에 막대기로 회벽을 부숴 떼어내고 돈을 거기에 넣었다. 그런 다음 그녀는 자기 남편이 그 당시에 호텔일로 고용한 일꾼 한 명에게 벽을 수리하도록 했다. "내가 침대 모서리를 벽에 부딪치게 했어요." 그녀는 남편에게 이렇게 설명했는데, 그 당시에 그녀는 자신의 해방의 꿈을 포기할 수 없었다. 이 해방은 결국 그녀에게 인생에 딱 두 번 찾아오게 되는데 그녀의 연인들인 죽음과 닥터 리피가 각각 그녀를 그들의 팔에 안았던 그때였었다.

성숙

늦은 가을의 어느 날 초저녁이었고 와인즈버그의 군 농진회 날이라 많은 시골사람들이 읍내로 들어왔다. 낮에는 맑았고 밤에는 따뜻하고 쾌적했다. 트러니언 파이크 길이 쭉 뻗어서 읍내를 벗어나 지금은 메마른 갈색 잎으로 덮인 딸기밭 사이로 사라지는데 그 길 위로, 지나가는 마차에서 먼지가 구름처럼 일어났다. 어린 아이들은 작은 공처럼 몸을 둥글게 말아 마차 바닥에 흩어져 있는 밀짚 위에서 잤다. 그들의 머리카락은 먼지를 잔뜩 뒤집어썼고 손가락은 검고 끈적거렸다. 먼지는 들판 위로 굴러서 사라졌고 지는 해를 받아 붉게 타올랐다.

와인즈버그의 중심가에는 사람들이 가게와 인도를 채우고 있었다. 밤이 되자 말들이 울었고 가게의 점원들은 여기저기 미친 듯이 뛰어다녔으며 아이들은 길을 잃어버려 큰 소리로 울었고, 미국의 한 마을이 몹시 열중하며 스스로를 즐기고 있었다.

메인 스트리트에서 인파를 뚫고 나아간 뒤에 젊은 윌러드는 닥터 리피의 사무실로 가는 계단에서 몸을 숨기고 사람들을 쳐다봤다. 열에 들뜬 눈으로 그는 가게 불빛 아래로 떠밀리듯 지나가는 얼굴들을 지켜보았다. 생각이 그의 머리에 계속 떠올랐는데 그는 생각하고 싶지 않았다. 그는 안달하며 나무계단에 발을 쾅쾅 굴렀고 날카롭게 주위를 둘러보았다. "그래, 그 여자가 그 놈과 하루 종일 같이 있을 건가? 지금껏 기다린 게 헛수고란 말인가?" 그가 중얼거렸다.

오하이오 시골마을 소년인 조지 윌러드는 빠르게 어른으로 자라나고 있었고 새로운 생각들이 그의 마음에 들어오고 있었다. 그날 온종일 농진회의 빼곡한 사람들 사이에서 그는 외롭게 느끼면서 여기저기 돌아다니고 있었다. 그는 와인즈버그를 이제 막 떠나 어느 도시로 가서 그곳 도시 신문사에서 일자리를 얻기를 희망했고 그는 자신이 다 컸다고 느꼈다. 그를 사로잡은 기분은 남자 어른들에게는 알려져 있지만 소년에게는 안 알려져 있던 것이다. 그는 나이 들었다고 느꼈고 좀 피곤했다. 기억들이 그의 안에서 깨어났다. 그의 마음에는 성숙에 대한 새로운 인식이 그를 다른 사람들로부터 분리시켰고 반쯤 비극적인 인물로 만들었다. 그는 어머니가 죽은 후 자신을 사로잡았던 그 느낌을 누군가가 이해했으면 했다.

모든 소년의 인생에는 그가 처음으로 인생을 되돌아보게 되는 때가 있다. 아마 그건 그가 경계를 지나 어른이 되는 그런 때일 것이다. 소년은 자기 읍내의 거리를 통과해 걷고 있다. 그는 미래를, 자신이 세상에서 이루게 될 모습을 생각하고 있다. 야망과 회한이 그의 속에서 깨어난다. 갑자기 무슨 일인지가 일어나서 그는 나무 아래 멈춰서 그의 이름을 부르는 목소리를 기다린다. 옛날 일들의 유령이 그의 의식 속으로 기어들어 온다. 그의 밖에 있는 목소리들이 인생의 한계에 관한 메시지를 속삭인다. 자기 자신과 자신의 미래에 대해 무척 확신하다가 이제 그는 전혀 확신할 수 없게 된다. 만약 그가 상상이 풍부한 소년이라면 문이 부서지며 열릴 것이고 처음으로 그는 밖으로 세상을 본다. 마치 그의 시대 이전에 무에서 세상으로 들어와 자신들의 삶을 살고 다시 무로 사라져 들어가 버린 셀 수 없이 많은 사람들이 행진이라도 하는 것처럼 그의 앞에 있는 것을 보면서. 성숙의 슬픔이 소년에게 왔다. 놀라서 숨을 급히 몰아쉬며 그는 자기가 마을 거리를 통과해 불어오는 바람에 날리는 나뭇잎에 불과하다고 생각한다. 그는 친구들의 모든 자신만만한 얘기에도 불구하고 자신이 불확실성 속에 살다가 죽어야만 한다는 것을, 그리고 자신이 바람에 날리는 존재이고, 태양아래 시드는 옥수수처럼 운명 지워진 존재라는 것을 안다. 그는 몸을 떨고 주위를 열심히 둘러본다. 그가 살아온 십팔 년은 그저 한순간으로, 인류의 긴 행진에서 그저 잠깐 숨 돌리는 시간에 불과한 것으로 보인다. 벌써 그는 죽음이 부르는 소리를 듣는다. 온 마음을 다해서 그는 다른 어떤 사람에게 다가가고 싶고 손으로 누군가를 만지고 싶고 다른 사람의 손이 그를 만지기를 원한다. 만약 그 다른 사람이 여자이면 좋겠다고 그가 생각한다면 그건 그가 여자는 부드러울 것이고 여자는 이해할 것이라고 믿기 때문이다. 그는 무엇보다도 누가 자신을 이해해 주기를 바란다.

성숙의 순간이 조지 윌러드에게 오자 그의 마음은 와인즈버그의 은행가의 딸인 헬렌 화이트로 향했다. 항상 그는 자신이 어른으로 성장하고 있듯이 그 소녀가 여인으로 성장하는 것을 의식하고 있었다. 언젠가 그가 열여덟이던 어느 여름날 밤 그는 그녀와 함께 시골길을 같이 걸었고 그녀 앞에서 그는 자랑하려는 충동에 자신을 내맡겼고 그녀 눈앞에 자신이 크고 중요하게 보이고자 했다. 이제 그는 그녀를 다른 목적을 위해 만나고 싶었다. 그는 자신에게 찾아온 새로운 충동에 대해 그녀에게 말하고 싶었다. 그는 자기 자신은 어른이 되는 일을 전혀 모르면서 그녀가 그를 어른으로 생각하게끔 만들려고 했었지만, 이제 그는 그녀와 함께 있고 싶었고 그녀로 하여금 자기의 본성 속에서 일어났다고 생각하는 변화를 느끼게 하고 싶었다.

헬렌 화이트에 관해 말하자면 그녀도 변화의 시기에 이르렀다. 조지가 느끼는 것을 그녀도 젊은 여성의 방식으로 느꼈다. 그녀는 더 이상 소녀가 아니었고 여성의 우아함과 아름다움에 이르기를 간절히 바랬다. 그녀는 대학에 다니던 클리블랜드에서 농진회에서 하루를 보내기 위해 집에 다니러 왔었다. 그녀 또한 추억들을 갖기 시작했다. 낮 동안 그녀는 대학에서 강사인 어떤 젊은 남자와 함께 특별관람석에 앉아 있었는데 이 남자는 그녀 어머니가 초대한 사람이었다. 이 젊은 남자는 아는 체하는 성향이 있어서 그녀는 그가 자기의 목적에는 맞지 않는다는 걸 바로 알았다. 농진회에서 그녀는 그가 옷을 잘 입었고 외지인이라 그와 함께 사람들 눈에 띄는 것이 기뻤다. 그녀는 그가 여기에 있다는 사실이 사람들에게 인상을 남길 것임을 알았다. 낮 동안 그녀는 행복했지만 밤이 오면 안절부절 못하게 되었다. 여자는 이 강사를 몰아내고 싶었고 그의 면전에서 벗어나고 싶었다. 그들이 특별관람석에 같이 앉아 있을 때 그 전에 학교 친구였던 사람들의 눈이 이들을 쳐다보는 동안 여자는 자신이 동반한 남자에게 너무나 많은 관심을 보여서 그는 흥미를 갖게 되었다. "학자는 돈이 있어야 해요. 나는 돈 있는 여자와 결혼할 거예요." 그가 생각에 잠겨 말했다.

헬렌 화이트는 조지 윌러드가 그녀를 생각하며 인파 속을 우울하게 정처 없이 걸어 다니던 동안에도 그를 생각하고 있었다. 그녀는 그들이 같이 걸었었던 여름날 밤을 기억했고 다시 그와 함께 걷고 싶었다. 그녀는 도시에서 지냈던 시절과 극장에 가고 수많은 사람들이 가로등 켜진 길에서 여기저기 돌아다니는 것을 본 일이 그녀를 크게 변화시켰다고 생각했다. 그녀는 자신의 성격의 변화를 그가 느끼고 인식하기를 원했다.

두 젊은 남녀 모두의 추억에 흔적을 남겨 놓은 그들이 함께 했던 그 여름밤은 아주 현명하게 판단해 본다면 좀 어리석게 보낸 것이다. 그들은 읍내를 나와 시골길을 따라 걸었었다. 그러다가 어린 옥수수 밭 근처의 울타리에 멈춰 섰고 조지 윌러드는 외투를 벗어 자기 팔에 걸었다. "자, 난 이 와인즈버그에서 살아오고 있지, 그래, 난 아직 떠나지 않았지만 어른이 되어 가고 있어." 그가 말했다. "난 책을 읽고 있고 생각하고 있어. 난 인생에서 뭔가 대단한 일을 이룰 거야."

"그래," 그가 설명했다. "그건 중요한 건 아니고. 난 그만 말하는 게 낫겠어."

혼란스러워진 소년은 소녀의 팔에 손을 올려놓았다. 그의 목소리가 떨렸다. 두 사람은 읍내를 향해 길을 따라 되돌아가기 시작했다. 조지는 필사적으로 떠벌였다. "난 거물이 될 거야, 와인즈버그에서 지금까지 살았던 사람 중에 가장 대단한 거물이 될 거야." 그가 외쳤다. "난 네가 뭔가를 해 주면 좋겠어, 딱히 뭐라고 말 할 수는 없지만. 아마 내가 너한테 이래라저래라 할 수 있는 일은 아니겠지만. 난 네가 다른 여자들과 달라지려고 애쓰면 좋겠어. 너도 내 말 뜻 알지? 내가 상관할 일은 아니지만. 난 네가 아름다운 여자가 되기를 원해.

내가 뭘 원하는지 알겠지."

 소년의 목소리가 메었고 이 둘은 말없이 읍내로 돌아와서 헬렌 화이트의 집으로 가는 길을 걸었다. 대문간에서 그는 뭔가 인상적인 말을 하려고 했다. 애써 생각했던 말들이 그의 머리에 들어왔으나 그 말들은 완전히 두서없어 보였다. "난 생각했고, 난 생각하고는 했지, 내 맘 속에서 네가 세쓰 리치몬드와 결혼할 거라 생각했어. 그런데 난 네가 그러지 않을 거란 걸 알아." 그녀가 대문을 지나 자기 집 현관 쪽으로 갈 때 그는 이 말밖에는 할 수 없었다.

 따뜻한 가을날 밤에 계단에 서서 메인 스트리트를 떠밀려 다니는 군중을 보고 있을 때 조지는 어린 옥수수 밭 곁에서 했던 이야기를 떠올렸고 자신이 보였을 모습에 부끄러웠다. 거리에서 사람들은 마치 우리 안에 갇힌 소처럼 위아래로 몰려다녔다. 사륜마차와 짐마차가 좁은 길을 거의 채우다시피 하고 있었다. 악대가 연주를 했고 조그만 남자애들이 사람들 다리 사이로 뛰어들면서 인도를 따라 달리기 경주했다. 빛나며 불그레한 얼굴의 젊은 남자들이 자기들에게 팔짱 낀 처녀들과 함께 여기저기 어색하게 걸어 다녔다. 어느 가게 이층에 있는 방에서는 무도회가 열릴 예정이었고 악사들이 악기를 조율하고 있었다. 띄엄띄엄 이어지는 소리가 열린 창문을 통해 사람들이 중얼거리는 소리와 악대의 요란스러운 나팔 소리를 가로질러 밖으로 흘러 내려왔다. 연이어 나오는 소리가 젊은 윌러드의 신경을 거슬렸다. 사방 모든 곳에서 사람들이 빼곡 들어차 움직여 다니고 있다는 생각이 그를 옥죄었다. 그는 혼자 달아나서 생각해 보고 싶었다. "만약 그녀가 저 친구와 같이 있고 싶으면 그렇게 하겠지. 내가 왜 신경 써야 해? 그게 나한테 무슨 차이가 있겠어?" 그는 고함치듯 말했고 메인 스트리트를 따라 걷다가 헌네 식료품 가게를 통해 골목으로 들어섰다.

조지는 너무나 외롭고 낙담해서 울고 싶었지만 자존심 때문에 팔을 휘저으며 빨리 걸었다. 그는 웨슬리 모이어의 마차 대여소에 와서 어둠 속에 걸음을 멈추고 일단의 사람들이 웨슬리의 종마 토니 팁이 오후에 있었던 군 농진회에서 이긴 경주에 대해 말하고 있는 것에 귀 기울였다. 사람들이 대여소 앞에 떼 지어 모여들었고 모인 사람들 앞에서 웨슬리는 의기양양하게 왔다 갔다 했고 떠벌였다. 그는 손에 말채찍을 들고 땅을 톡톡 두들겼다. 작은 먼지 구름이 등불 속에 피어올랐다. "젠장, 말 좀 그만들 해요." 웨슬리가 외쳤다. "난 겁나지 않았어. 난 이들을 매번 이겼었지. 난 겁나지 않았어."

보통 때였으면 조지 윌러드는 기수 모이어의 떠벌임에 몹시 관심을 가졌었을 것이다. 지금은 그게 그를 화나게 했다. 그는 몸을 돌려 서둘러 나가 길로 접어들었다. "늙어빠진 허풍쟁이 같으니." 그가 내뱉었다. "왜 그 사람은 허풍떨기를 좋아하지? 왜 입 닥치고 있지 못하는 거야?"

조지는 빈터로 들어갔고 서둘러 가다가 쓰레기 더미 위에 넘어졌다. 빈 상자에서 튀어나온 못이 그의 바지를 찢었다. 그는 땅에 앉아 욕을 했다. 그는 찢어진 곳을 핀으로 수선했고 일어나 계속 갔다. "난 헬렌 화이트네 집에 갈 거야. 그게 내가 할 일이야. 난 곧장 걸어 들어갈 거야. 난 그 여자를 만나고 싶다고 말하겠어. 난 곧바로 들어가 앉을 거야, 난 그렇게 할 거야." 울타리를 넘어 뛰기 시작하면서 그가 외쳤다.

*

은행가 화이트 씨네 집 베란다에서 헬렌은 안절부절못하고 심란했다. 강사가 어머니와 딸 사이에 앉았다. 그가 하는 말이 그녀를 지치게 했다. 비록 그도 오하이오의 마을에서 자랐지만 강사는 도시사람인 체했다. 그는 세계주의자처럼 보이기를 원했다. "사모님이 우리 여학생 대부분의 출신지역인 이곳에 대해 제게 연구할 기회를 주셔서 좋습니다." 그가 큰 소리로 말했다. "저를 하루 동안 여기로 내려오게 해 주셔서 감사합니다, 화이트 부인." 그가 헬렌에게 몸을 돌려 웃었다. "네 삶은 여전히 이 고장의 삶에 엮여 있지?" 그가 물었다. "여기 네가 관심 갖는 사람들이 있어?" 소녀에게 그의 목소리는 거만하고 무게 잡는 것이었다.

헬렌은 일어나 집 안으로 들어갔다. 뒤쪽 정원으로 가는 문에서 그녀는 걸음을 멈추고 서서 들었다. 그녀의 어머니가 말하기 시작했다. "헬렌 같은 양갓집 규수와 교제하기에 맞는 사람은 여기에 아무도 없지요."

헬렌은 집 뒤의 계단참을 뛰어 내려가 정원으로 들어갔다. 어둠 속에서 여자는 멈췄고 떨며 서 있었다. 그녀에게는 세상은 무의미한 말을 지껄여 대는 사람들로 가득 차 있는 것 같았다. 보고 싶다는 간절함으로 불타올라 여자는 뛰어서 정원 문을 지나 은행가의 마구간 옆의 모퉁이를 돌아 작은 뒷길로 들어갔다. "조지! 어디 있어, 조지?" 여자가 불안한 흥분에 싸여 외쳤다. 여자는 뛰다가 멈췄고 나무에 기대어 신경질적으로 웃었다. 어둡고 좁은 길을 따라 조지 윌러드가 걸어오고 있었고 여전히 이런 말을 하고 있었다. "난 그녀의 집으로 곧바로 들어갈 거야. 나는 바로 들어가 앉을 거야." 그가 그녀에게 다가가면서 외쳤다. 그는 멈췄고 멍하게 바라보았다. "이리 와." 그가 말했고 그녀의 손을 잡았다. 머리를 숙인 채 이들은 나무 아래 길을 따라 걸어 나갔다. 마른 잎이 발밑에서 바스락거렸다. 이제 그녀를 찾고 나니 조지는 무엇을 하고 무엇을 말하는 게 더 좋을까 생각했다.

*

와인즈버그 페어그라운드의 위쪽 끝에는 반쯤 허물어진 오래된 특별관람석이 있었다. 그것은 한 번도 페인트칠이 된 적이 없었고 널빤지는 뒤틀려서 모양이 흉하게 되었다. 페어그라운드는 와인 크릭 계곡에서부터 시작하여 올라가는 낮은 언덕의 꼭대기에 있었고 밤에는 이 특별관람석으로부터 옥수수 밭 너머로 하늘을 배경으로 반사되는 읍내의 불빛을 볼 수 있었다.

  조지와 헬렌은 언덕을 올라 워터웍스 연못을 지나는 길 쪽으로 해서 페어그라운드로 갔다. 고향 마을의 붐비는 거리에서 이 젊은 남자가 느낀 외로움과 고립감은 헬렌의 존재에 의해 부서지기도 했다가 더 심해지기도 했다. 그가 느끼는 것이 그녀에게도 반영되었다.

  젊은 시절에는 항상 두 가지의 세력이 사람들 속에서 투쟁한다. 뜨겁고 생각 없는 작은 동물이 반추하고 기억하는 존재와 대항해 싸우는데, 더 나이 들고 더 성숙한 것이 조지 윌러드를 사로잡았다. 그의 기분을 알아채고 헬렌은 존경심이 가득 차 그의 곁을 걸었다. 특별관람석에 이르자 그들은 지붕이 있는 곳에서 위쪽으로 올라가 긴 벤치 같은 좌석에 앉았다.

연례 군 농진회가 거행되었던 밤에 어느 중서부의 마을 끝자락에 있는 페어그라운드에 들어가는 경험에는 뭔가 기억에 남을 만한 것이 있었다. 그 느낌은 결코 잊혀 지지 않는 것이다. 사방에 유령이 있는데 이는 죽은 사람들의 것이 아니라 산 사람들의 것이었다. 지금 막 지나간 낮 동안에는 읍내와 주변의 시골에서 사람들이 여기로 밀려들어 왔었다. 아내와 아이들을 데려온 농부들과 수백 개의 작은 목조 가옥에서 온 모든 사람들이 이 널빤지 담장 안에 모였다. 어린 소녀들은 웃었고 턱수염 기른 남자들은 그들이 살면서 겪는 일들을 얘기했다. 이곳은 생명으로 가득 차 넘쳐흘렀다. 이곳은 생명으로 간지러워하고 꿈틀댔었고 이제 밤이 되자 생명이 모두 떠나가 버렸다. 침묵은 거의 끔찍할 지경이다. 어떤 사람은 나무 밑동 옆에서 말없이 서서 몸을 숨기고 있고 그럴 때는 그의 타고난 반추하는 성향이 강해진다. 또 어떤 사람은 또 삶의 무의미함이라는 생각에 치를 떨지만 바로 그 순간에 읍의 사람들이 그의 고향 사람들이라면 그는 삶을 너무나 강렬하게 사랑해서 눈에서 눈물이 난다.

특별관람석의 지붕 아래 어둠 속에서 조지 윌러드는 헬렌 화이트 옆에 앉아 존재의 구도 속에서 자신의 미미함을 아주 강렬하게 느꼈다. 사방으로 휘젓고 다니며 수많은 일들로 바쁜 사람들의 존재가 그렇게나 그를 성가시게 만드는 읍내를 벗어나니 이제 그 성가심은 모두 사라졌다. 헬렌의 존재는 그를 새롭게 하고 신선하게 했다. 그건 마치 그녀의 여자의 손이 그가 자신의 인생이라는 기계를 세밀하게 재조정하도록 도와주는 것 같았다. 그는 자신이 늘 같이 살아오고 있었던 읍내 사람들을 뭔가 존경심 같은 것을 갖고 생각하기 시작했다. 그는 헬렌에 대해 존경심이 있었다. 그는 그녀를 사랑하고 그녀에게 사랑받고 싶었지만 그 순간에 그녀가 여자라는 점 때문에 혼란스러워지고 싶지는 않았다. 어둠 속에서 그는 그녀의 손을 잡았고 그녀가 기어들어 안길 때 그녀 어깨에 손을 얹었다. 바람이 불기 시작했고 그는 몸을 떨었다. 온 힘을 다해서 그는 자신에게 다가온 이 기분을 붙잡고 이해하려고 했다. 어둠 속 그 높은 곳에서 이 둘의 기묘하게 감수성이 예민한 인간의 원자들이 서로를 꼭 껴안고 기다렸다. 각자의 마음속에는 같은 생각이 있었다. "난 이 외딴 곳까지 왔고 여기에 내 상대가 있구나." 이것이 그가 느낀 내용의 핵심이었다.

복작대던 낮이 지나고 와인즈버그는 늦가을의 긴 밤이 되었다. 농장의 말들은 제각각 맡은 몫의 지친 사람들을 싣고 외로운 시골길을 따라 느릿느릿 걸어 사라졌다. 점원들은 인도에 내놨던 물건 견본을 안으로 들여 놓고 가게 문을 잠그기 시작했다. 오페라 하우스에는 사람들이 쇼를 보려고 모여들었고 메인 스트리트 더 아래쪽에는 악사들이 악기를 조율하고는 무도회장 바닥 위를 날아다니는 젊은 사람들의 발동작에 박자를 맞추려고 땀을 뻘뻘 흘리며 애쓰고 있었다.

어둠 속 특별관람석에서 헬렌 화이트와 조지 윌러드는 말없이 가만히 있었다. 가끔씩 이들에게 씌워져 있는 주문이 깨졌고 그들은 몸을 돌려 침침한 빛 속에서 서로의 눈을 보려고 했다. 그들은 키스했으나 그 충동은 오래가지 않았다. 페어그라운드 위쪽 끝에는 남자 대여섯 명이 오후 동안 경주했던 말들을 보살피고 있었다. 남자들은 불을 피웠고 물주전자를 데우고 있었다. 그들이 빛 속에 왔다 갔다 할 때 그들의 다리만이 보일 뿐이었다. 바람이 불자 불의 작은 불꽃들이 이러 저리 미친 듯 춤췄다.

조지와 헬렌은 일어났고 어둠 속으로 걸어 들어갔다. 그들은 아직 베어지지 않은 옥수수 밭을 지나 길을 따라 걸었다. 바람이 마른 옥수수 잎사귀 사이에서 속삭였다. 마을로 되돌아 걸어가는 동안 이들에게 씌워져 있던 주문이 잠시 깨졌다. 워터웍스 언덕의 마루에 이르렀을 때 이들은 나무 옆에 멈춰서 조지는 다시 손을 소녀의 어깨 위에 올려놓았다. 그녀는 그를 열망하며 껴안았고 그러다가 그들은 다시 그 충동으로부터 곧 빠져 나왔다. 그들은 키스를 멈추고 조금 떨어져 섰다. 상호간의 존경심이 이들에게서 커졌다. 그들은 둘 다 당혹해 했고 이 당혹감을 누그러뜨리기 위해 순수한 청춘기의 동물이 되어 장난을 쳤다. 그들은 웃었고 서로를 당기고 끌기 시작했다. 어떤 면에서 그들은 기분에 의해 순화되고 순수하게 되어 어른 남녀가 아니고, 소년, 소녀도 아니고, 흥분한 작은 동물들이 되었다.

그들이 언덕을 내려갈 때 이랬다. 어둠 속에서 그들은 마치 젊은 세계에 있는 두 명의 찬란한 젊은 것들처럼 장난쳤다. 한번 빨리 앞으로 뛰어나가 헬렌은 조지의 발을 걸었고 그는 넘어졌다. 그는 꿈틀거렸고 소리 질렀다. 몸이 흔들리게 웃으면서 그는 언덕을 굴러 내려갔다. 헬렌은 그의 뒤를 쫓아 뛰어갔다. 단지 한순간 그녀는 어둠 속에 멈췄다. 어떠한 여성적인 생각들이 그녀의 마음을 통과해 갔는지 알 길은 없지만 언덕 밑에 이르자 그녀는 소년에게 다가갔고 그의 팔을 끼고는 그의 곁에서 품격 있는 침묵 속에서 걸어갔다. 그들이 설명할 수 없는 어떤 이유로 그들은 둘이 함께한 침묵의 밤으로부터 둘 다 필요로 하는 것을 얻었다. 남자로서건 혹은 소년으로서건,

여자로서건 혹은 소녀로서건, 그들은 잠시 동안이지만 현대 세상에서 남자와 여자의 성숙한 삶을 가능하게 하는 무엇인가를 포착했다.

출발

젊은 조지 윌러드는 새벽 네 시에 잠자리에서 일어났다. 때는 사월이었고 어린 나뭇잎들이 막 봉오리에서 피어나오고 있었다. 와인즈버그의 주택가를 따라 심어져 있는 나무는 단풍나무이고 그 씨에는 날개가 달려 있다. 바람이 불면 씨앗들이 여기저기 미친 듯이 빙빙 돌아 공중을 가득 채우다가 발밑에 카페트처럼 쌓인다.

조지는 갈색 가죽가방을 들고 계단을 내려와 호텔 사무실로 들어갔다. 출발하기 위해 트렁크 가방을 꾸려놓았었다. 두 시부터 그는 깨어 있었고 막 시작할 여행을 생각했고 여행의 끝에서 무엇을 발견하게 될지 궁금해 했다. 호텔 사무실에서 자는 소년은 문 가 간이침대 위에 누워 있었다. 그는 입을 벌린 채 코를 세게 골고 있었다. 조지는 살금살금 간이침대를 지나가서 조용하고 인적이 끊긴 중앙로로 들어섰다. 동쪽은 새벽이 와 분홍빛이었고 긴 빛줄기들이 아직도 몇 개의 별이 반짝이는 하늘 속으로 올라갔다.

와인즈버그의 트러니언 파이크 길 위의 끝 집 저 너머에는 탁 트인 들판이 멀리까지 뻗어 나간다. 들판은 읍내에 사는 농부들 소유인데 이들은 저녁때면 가벼운 삐걱거리는 마차를 타고 트러니언 파이크 길을 따라 마차를 몰고 집으로 간다. 들에는 딸기와 작은 과일들이 심어져 있다. 뜨거운 여름날 늦은 오후에 길과 밭이 흙먼지로 뒤덮일 때는 부연 안개가 거대하고 편편한 분지 위로 드리운다. 그 안개 너머를 보는 것은 마치 바다를 내다보는 것과 같다. 봄에 땅이 녹색이면 효과는 다소 다르다. 땅은 넓은 녹색 당구대가 되는데 그 위에서 조그만 인간 벌레들이 오르락내리락 힘들게 일한다.

소년 시절과 어린 어른 시절을 거치는 동안 내내 조지 윌러드는 트러니언 파이크 길을 걷는 습관이 있었다. 그는 눈으로 덮이고 오직 달만이 그를 내려다보는 겨울밤에 들판 한가운데에 나와 있었다. 그는 황량한 바람이 부는 가을에도 거기 있었고 공기가 벌레들의 노래로 진동하는 여름날 저녁에도 거기 있었다. 사월 아침에 그는 그곳에 다시 가서 정적 속에서 다시 걸어 보고 싶었다. 그는 읍내에서 2마일을 나와 길이 작은 개울에 잠긴 곳으로 걸어갔지만 돌아서서 조용히 되돌아 왔다. 메인 스트리트에 이르자 점원들이 가게 앞의 인도를 쓸고 있었다. "야, 조지야. 떠나는 기분이 어때?" 그들이 물었다.

서쪽으로 가는 기차는 아침 7시 45분에 와인즈버그를 떠난다. 톰 리틀이 기차 차장이다. 그의 기차는 클리블랜드를 떠나 시카고와 뉴욕에 종착역이 있는 거대한 간선 철도망에 연결된다. 톰은 철도업계 사람들이 '수월한 노선'이라고 부르는 구간을 운행한다. 매일 저녁 그는 가족들에게로 돌아간다. 그는 가을과 봄에는 일요일을 이어리 호에서 낚시질하며 보낸다. 그는 둥글고 불그레한 얼굴과 작고 푸른 눈을 하고 있다. 그는 자기 기차가 지나가는 마을의 사람들을 도시에 사는 사람이 자기 아파트 건물에 사는 사람들을 아는 것보다 더 잘 알았다.

조지는 일곱 시에 뉴 윌러드 하우스에서 나지막한 비탈을 내려

왔다. 톰 윌러드가 그의 가방을 들었다. 아들이 아버지보다 키가 더 커졌다.

역 플랫폼에서 모든 사람이 젊은이와 악수했다. 열두 명도 넘는 사람들이 주위에서 기다리고 있었다. 그러다가 그들은 자기들 일을 얘기했다. 심지어는 게으르고 종종 아홉 시까지 자는 윌 헨더슨도 잠자리에서 나왔다. 조지는 어리둥절했다. 와인즈버그 우체국에서 일하는 키 크고 마른 쉰 살 먹은 여자 거투르드 윌모트가 역 플랫폼을 따라 왔다. 그녀는 조지에게 한 번도 아는 척한 적이 없었다. 이제 그녀는 걸음을 멈추고 손을 내밀었다. 두 마디로 그녀는 모든 사람들이 느끼는 것을 말했다. '행운을 빈다.' 그녀가 급하게 말했고 방향을 틀어 자기 갈 길로 갔다.

기차가 역 안으로 들어오자 조지는 안도감을 느꼈다. 그는 서둘러 기차에 올랐다. 헬렌 화이트는 그와 작별인사 한마디를 나누고 싶어서 메인 스트리트를 따라 뛰어 왔지만 그는 앉을 자리를 발견하느라 그녀를 보지 못했다. 기차가 떠날 때 톰 리틀은 그의 차표에 구멍을 냈고 씩 웃었다. 그는 조지를 잘 알았고 그가 이제 막 어떤 모험을 시작했는지 알았지만 아무 말도 하지 않았다. 톰은 천 명이나 되는 조지 윌러드가 고향 마을을 떠나 도시로 가는 것을 봤었다. 그건 그에게는 아주 흔해빠진 사건이었다. 매캐한 객차 안에는 지금 막 톰을 샌더스키 만으로 가는 낚시 여행에 초대한 어떤 남자가 있었다. 그는 초대를 받아들이고 세부일정에 대해 이야기 하고 싶었다.

조지는 기차간을 위아래로 훑어보며 아무도 자기를 보고 있지 않다는 것을 확인하고는 지갑을 꺼내 돈을 세었다. 그의 마음은 애송이처럼 보이지 않으려는 욕망으로 가득 찼다. 아버지가 그에게 했던 거의 마지막 말은 그가 도시에 도착했을 때의 행동의 문제에 관한 것이었다. "정신 똑바로 차려라." 톰 윌러드가 말했다. "돈에서 항상 눈 떼지 마라. 깨어 있으라고. 그게 중요한 거야. 누구도 너가 풋내기라고 생각하게 하면 안 돼."

돈을 세고 난 후 조지는 창밖을 내다봤고 기차가 아직도 와인즈버그에 있다는 것을 알고 놀랐다.

인생의 모험과 만나기 위해 자기 고향을 떠나는 이 젊은 남자는 생각을 하기 시작했지만 아주 거창하거나 극적인 건 어떤 것도 생각하지 않았다. 자기 어머니의 죽음이나, 와인즈버그를 떠나는 일이나, 도시에서의 그의 미래의 불확실한 삶, 그리고 인생의 심각하고도 더 큰 요소 같은 것들은 그의 마음에 들어오지 않았다.

그는 작은 일들을 생각했다. 가령 터크 스몰레트가 아침에 수레에 널빤지를 싣고 읍내의 중앙로를 지나간다든지, 아버지의 호텔에서 언젠가 하루 밤 묵었었던 아름다운 옷을 입은 어떤 키 큰 여자라든가, 와인즈버그에서 가로등불 켜는 사람인 버치 윌러가 여름날 저녁에 손에 횃불을 들고 거리를 서둘러 지나가는 모습이라든가, 헬렌 화이트가 와인즈버그 우체국 창가에 서서 편지봉투에 우표를 붙이고 있는 광경 같은 것들을.

젊은이의 마음은 꿈을 꾸려는 점점 더 커지는 열정에 빠졌다. 누군가 그를 봤다면 그가 특별히 빈틈없다고 생각하지는 않았을 것이다. 자잘한 일들에 대한 회상이 그의 마음을 차지하면서 그는 눈을 감고 기차간 좌석에 등을 기댔다. 그는 그 상태로 오래 있었고 깨어나 다시 한 번 객차 창문 밖을 내다보았을 때 와인즈버그 읍내는 사라졌고 거기에서의 그의 삶은 그저 그의 어른 꿈을 그리는 배경이 되었다.

끝

옮긴이의 글

《와인즈버그, 오하이오》는 서로 연관이 없어 보이는 이십여 편의 단편들로 이루어져 있다. 와인즈버그는 미국 중서부의 오하이오 주에 있는 인구 1,800명의 시골 마을로 설정되어 있는데 이 가공의 마을은 작가 앤더슨이 어린 시절에 살았던 클라이드가 그 모델이다. 이 작품은 〈모험〉, 〈선생님〉에서는 여성들의 억눌린 성적 욕망을, 〈손〉에서는 동성애를 연상시키는 이야기를 다루는 등 그 당시로서는 다분히 파격적이었다. 앤더슨은 이러한 프로이트적 주제 못지않은 또 다른 현대적 주제도 다루는데 의사소통의 문제나 고독, 소외 등이 그것이다.

작품 속에서 사람들은 서로 간에 의사소통이 되지 않아서 괴상해(grotesque)지고, 또한 괴상하기 때문에 의사소통을 할 수 없기도 하다. 의사소통이 단절되는 가장 극적인 예는 〈모험〉에서 앨리스 하인드만의 경우이다. 그녀는 굳게 사랑을 맹세한 애인이 대도시로 떠난 뒤에 결국 소식이 끊어지고 그를 기다리는 동안 노처녀가 되어 버린다. 그녀는 어느 비오는 날 충동적으로 옷을 벗고 거리를 달린다. 그녀는 누군가에게 자기 얘기를 하고 싶었다. 길에서 웬 남자와 마주치지만 그는 가는귀가 먼 노인네였고 결국 그녀는 뜻을 못 이루고 집에 돌아와 벽을 향해 누울 뿐이고 그녀의 절망과 고독은 더욱 커진다.

　말하는 일의 어려움은 〈외로움〉의 이너크 로빈슨처럼 스스로 벽을 쌓는 결과를 낳기도 한다. 이너크의 경우 미술학교의 동료들에게 자기 마음속의 생각을 말로 표현하지 못하고 결국은 자신의 상상 속에서 만들어 낸 자기 방에 살게 만든 사람들하고만 대화할 수 있다. 이런 면에서 〈생각 많은 사람〉에서 조우 웰링이 하는 "우리 주위에 높은 담이 둘러져 있어요"라는 말은 그가 정신이 오락가락하는 사람이지만 귀담아들어야 할 대목이다. 말하기 어렵고, 말해도 상대가 오해할지 모른다는 생각, 그리고 이로 인해 비롯되는 고독과 소외 등은 괴상한 사람들에게만 국한되는 것이 아니라 기실 모든 인간에게 깊이 내재하고 있는 일종의 실존적 현실임을 앤더슨은 직시한다. 가령 엘리자베쓰 윌러드나 앨리스 하인드만에게서 보이는 원초적이고 근원적인 외로움의 모습이 그것이다. 이러한 주제를 다루는 점에서 이 작품을 최초의 '현대' 미국 소설로 보기도 한다.

　사람들 사이의 의사소통에서 말 못지않게 중요한 요소가 손이다. 사람들은 손으로 애정과 관심은 물론 혐오와 불쾌감도 표시한다. 첫 번째 단편 〈손〉에서 윙 비들봄은 펜실베이니아에서 교사로 있을 때 학생들을 손으로 어루만지며 꿈을 심어 주었으나 이를 오해한 학부형들에게 폭행당하고 쫓겨나게 되어 와인즈버그로 와서 외딴 판잣집에서 혼자 산다. 그가 실제로 동성애자인지 아닌지는 그렇게 중요하지 않다. 비들봄은 자신의 손으로 누구보다도 딸기를 빨리 따지만 그 손을 항상 몸 뒤에 감추려 한다. 그의 경우에 있어 의사소통의 직접적 수단이 되어야 할 손이 오히려 소통 단절의 원인이 된다. 이 작품에는 유독 손의 이미저리가 많다. 윙 비들봄의 경우 이 외에도 가령 유리창을 깨뜨려 피가 철철 나는 하트만 목사의 손, 쭈그러든 사과를 닮은 닥터 리피의 마디 굵은 손, 조지의 따귀를 때리는 케이트 스위프트의 작은 손 등이다. 즉, 의사소통이라는 주제가 손이라는 모티프를 통하여 일관되게 흐르고 있는 것이다.

　괴상한 사람들은 의사소통이 어려워서 혼자 말하는 습관이 생기거나 고립되는 경향이 있는데, 그러다가 강박증으로 진전되기도 한다. 그러나 이러한 괴상한 사람들에게도 내면의 아름다움이 있다는 것을 앤더슨은 시사한다. 〈종이 알맹이〉에서 닥터 리피는 진료실은 늘 지저분하고 환자도 별로 없는 의사이며 기인이다. 그는 떠오르는 생각을, 그의 '진리들'을 그때그때 종잇조각에 적었다가 주머니에 넣어 두는데 잊고 있다 보면 그게 말려서 종이 알맹이가 되고 그러면 의사는 그것을 버린다. 그에게 진찰 받으러 온 '키 크고 가무스름한' 처녀는 의사의 이 기이해 보이는 모습 뒤에서 쭈그러진 사과와도 같은 달콤함을 대번에 알아보고 결국 결혼한다. 대도시의 아파트에서 사람들이 먹는 둥글고 보기 좋은 사과보다 과수원 가지에 그냥 내걸린 채 사람들이 거들떠보지 않는 말라비틀어진 사과가 훨씬 더 맛있다는 것은 소수의 사람만이 안다. 독자들이 그 '소수'에 속하기를 앤더슨은 기대하고 있는지도 모른다.

　조지 윌러드는 전편에 걸쳐 등장하면서 '괴상한 사람들'의 이야기나 고백을 들어주는 역할을 하면서 한편으로 단편들을 이어주는 실마리가 된다. 괴상한 사람들은 아무한테도 얘기하지 못한 수십 년간 가슴에 묻어온 비밀을 마을 신문사 기자인 조지에게만은 들려준다. 따라서 그는 이들의 비밀을 들어주는 사람(confidant)인 동시에 더 나아가 고해성사하는 사제 같기도 하다. 그는 이들의 얘기를 들으며 때때로 감정이입도 한다. 예를 들면 〈존경스러움〉 후반부에서 그가 늙은 워시 윌리엄즈의 얘기를 들으며 "젊은 기자는 아프고 힘이 빠졌다고 느꼈다. 상상 속에서 그도 또한 늙고 추하게 되었다"고 서술하는 대목이 그렇다.

수많은 괴상한 사람들의 이야기를 듣는 대리경험을 거치며 조지 윌러드는 어른의 세계로 입문(initiation)할 준비를 하는데 이런 점에서 이 단편들은 조지가 어른에 이르는 일련의 통과의례(rites of passage)에 관한 이야기라고 할 수 있다. 예를 들어 여자와 관련하여서 〈아무도 모를 거야〉에서는 이성에 대한 호기심에서 비롯되어 루이즈 트러니언과 육체적 욕망에 탐닉하지만 후반부의 〈성숙〉에 가면 삶의 깊이와 복잡함의 의미를 깨우치면서 헬렌 화이트와의 교제를 상호이해와 존경심에 기초한 한 차원 높은 남녀관계로 승화시킨다.

마지막 단편 〈출발〉은 주인공 조지가 마치 '날개 달린' 단풍나무 씨앗처럼 멀리 떠나는 내용이다. 자신이 일하는 신문사 사무실에서 짬짬이 습작을 하면서 작가가 되려는 생각을 품고 있었던 조지는 어머니가 죽은 뒤에 결국 대도시로 떠난다. 작가가 되어 말 못하는 많은 괴상한 사람들의 대변인이 되려는 희망이 있을 것이다. 때는 4월의 아침이라 그의 출발이 희망적이라는 것을 암시한다. 그렇다면 이 작품은 단편모음집을 넘어서 주인공 조지 윌러드의 인격적, 도덕적 성장이 그려지는 일종의 교양소설(*Bildungsroman*)이 될 것이고 이 속의 이야기들은 예술가가 되려는 그의 '젊은 예술가의 초상'이 되는 셈이다.

한편, 다른 단편들과 일견 성격을 달리하는 것으로 보이는 〈신의 길〉 4부작은 미국의 개척시대가 끝나고 자본주의가 성장해가며 물질주의적 사조가 지배하기 시작하던 시절을 살던 제시 벤틀리와 그 일가의 얘기를 통해 작품 전체에 역사적 배경을 제공하는 역할을 한다. 그는 아브라함 같은 구약시대의 가부장을 자처하며 신의 계시를 기다리지만 또한 주위의 땅에 대한 소유욕이 대단한 물질주의의 총아라는 모순적인 모습을 보여준다. 제시 벤틀리의 탐욕으로 대변되는 산업주의가 팽배하면서 인간은 이웃으로부터, 자기 자신으로부터 더욱 소외되는데, 이런 현상이 앤더슨 작품의 배경이 된다.

이 작품이 표면상 의도하는 바는 아니겠지만 괴상한 사람들의 치유의 힘은 이웃들의 따뜻함과 관심에서 나올 수 있다. 술주정뱅이 젊은이가 어린 여자아이에게 지어준 '탠디'라는 이름이 이것을 상징적으로 보여준다. 'Tandy'는 '부드러운tender'과 '캔디candy'를 합성한 이름으로 볼 수 있는데 이 다분히 여성적인 속성인 '다정'하고 '달콤한' 것들로써 상처 입은 영혼들을 보듬어 줄 것 같다. 그렇다면 이 여자아이는 구원의 여인상으로 제시되고 있는 셈이다.

작가 앤더슨은 괴상한 사람들의 이야기를 일상적인 간결한 문체에 담아 심리적 통찰력을 한껏 발휘하고 있다. 그는 이 작품을 대도시가 아닌, 오하이오 주의 작은 마을을 배경으로 하고 있고 시대적으로도 본격적인 산업주의가 시작되기 전의 19세기 말을 배경으로 택했다. 이를 통해 앤더슨은 맬컴 카울리(Malcolm Cowley)가 언급하듯이 '선의와 순수의 지나간 시절'을 찬양하고 있다. 즉, 산업화가 되어 우리가 잃어 가는 것들에 대한 일종의 향수를 표현하고 있다고 볼 수 있다.

먼저 쾌히 번역을 맡겨 주신 부북스의 신현부님께 감사드린다. 그리고 번역을 주선하고 조언을 아끼지 않으신 카이스트의 조애리 선생님께 감사를 표한다. 그리고 10년 넘는 기간 동안 독회에서 만나 이론서도 같이 읽고 번역도 같이 하며 늘 즐거움과 격려를 주고받는 동지들인 강문순, 김진옥, 박종성, 유정화, 윤교찬, 이혜원, 조애리, 한애경 선생님께 감사드린다.

셔우드 앤더슨 연보

1876 미국 오하이오 주 캠든에서 아버지 어윈과 어머니 에머 사이의 셋째 아들로 태어남.
1883 부친의 사업 실패로 오하이오 주의 클라이드로 이주.
1895 어머니 사망.
1898-99 미국-스페인 전쟁에 참전하여 쿠바에서 복무.
1900 크로웰 출판사에서 허드렛일을 하며 위텐버그 학교 다님. 시카고에서 광고 카피라이터로 취직.
1904 코넬리아 레인과 결혼.
1907 다시 오하이오로 돌아가 페인트 회사 운영. 습작 시작.
1912 신경쇠약으로 사업을 사실상 접음. 집필에 전념하는 계기가 됨.
1915 《와인즈버그, 오하이오》 집필 시작.
1916 레인과 이혼하고 테네시 미첼과 결혼. 처녀작 《윈디 멕퍼슨의 아들》 발표.
1917 두 번째 소설 《행군하는 사람들》 출간.
1919 《와인즈버그, 오하이오》 출간. 엇갈린 평가 받음
1921 신예작가 헤밍웨이를 만나 격려. 유럽에서 거투르드 스타인, 제임스 조이스와 만남. 단편 모음집 《계란의 승리》 출간
1924 미첼과 이혼하고 엘리자베쓰 프롤과 결혼.
1925 《어두운 웃음》 출간
1927 버지니아의 메리언 출판사를 인수하고 신문 편집인이 됨.
1932 프롤과 이혼하고 엘리노어 코펜하버와 결혼. 세계각지 여행 시작.
1933 단편 모음집 《숲속의 죽음 및 기타 이야기》 출간.
1941 남미 여행 중 파나마에서 복막염으로 사망.
1942 《셔우드 앤더슨 회고록》 출간.

최인환

서울대학교 영문과 졸업, 동대학원에서 석사를, 미국 오리건대 영문과에서 박사학위를 받음. 현재 대전대학교 영문과 교수. 주요 논문으로 〈Otherness and Identity in Eighteenth-Century Colonial Discourses 〉, 〈Empire and Writing: A Study of Naipaul's *The Enigma of Arrival*〉, 〈래드클리프의《숲속의 로맨스》에서의 자연경관 묘사의 의미와 역할〉 등이 있다. 역서로는《탈식민주의 길잡이》(공역),《문화코드 어떻게 읽을 것인가?》(공역),《베트남 단편소설선》(공역),《아랍단편소설선》(공역) 등이 있다.

와인즈버그, 오하이오

초판 1쇄 인쇄 2012년 2월 24일
초판 1쇄 발행 2012년 2월 28일

지은이 셔우드 앤더슨
옮긴이 최인환
편집인 신현부
발행인 모지희
발행처 부북스

주소 100-835 서울시 중구 신당2동 432-1628
전화 02-2235-6041
팩스 02-2253-6042
이메일 boobooks@naver.com

ISBN 978-89-93785-31-9 04080
ISBN 978-89-93785-07-4 (세트)